DANIEL BADRAUN

Hundsvieh

AUF DEN HUND GEKOMMEN Claudio Mettler ist blank. Um seine Finanzen ins Lot zu bringen, nimmt er jede Arbeit an. Wie die im Kunstmuseum in Chur oder die bei der Post in St. Moritz. Mona, Claudios anspruchsvolle Freundin, macht ihm mächtig Dampf. Und so schlittert Mettler in Chur ungewollt in einen Fall hinein, der ihn um ein Haar ins Gefängnis bringt: Die Giacometti-Skulptur Le chien, auf die Mettler hätte aufpassen müssen, wird bei einer Vernissage gestohlen. Doch Polizei, Museumsleitung und die Strippenzieher im Hintergrund haben den starrköpfigen Bergler unterschätzt. Eine wilde Jagd quer durch den Kanton Graubünden beginnt. Natürlich muss sich einer wie Mettler von solchen Strapazen erholen. Im heruntergekommenen Bad Innerpers sucht er seine Ruhe. Doch Mettler wäre nicht Mettler, wenn er nicht auch hier Probleme anziehen würde. Politiker, Tourismuspromoter, Kühe und Leichen machen ihm das Leben schwer, sodass er sogar überlegt, seine verdiente Badekur abzubrechen …

© Markus Sidler

Daniel Badraun, geboren 1960 im Engadiner Dorf Samedan, schreibt für Erwachsene und Kinder. Seit 1989 arbeitet er als Kleinklassenlehrer in Diessenhofen. Darüber hinaus war er einige Jahre Abgeordneter im Thurgauer Kantonsparlament. Seit 2006 schreibt der Autor für das Leseförderprojekt »Geschichtendock«. Daniel Badraun wohnt mit seiner Frau in der Nähe des Bodensees, hat vier erwachsene Kinder und eine wachsende Enkelschar. Neben dem Schreiben ist er auch oft draußen anzutreffen, auf dem Rad oder auf Wanderwegen. 2018 wurde sein Theaterstück »Schnee von gestern« in Chur uraufgeführt.

www.badrauntexte.ch

DANIEL BADRAUN

Hundsvieh

Ein Fall für Müller & Himmel

Personen und Handlung sind frei erfunden.
Ähnlichkeiten mit lebenden oder toten Personen
sind rein zufällig und nicht beabsichtigt.

Immer informiert

NEWSLETTER

Spannung pur – mit unserem Newsletter informieren wir Sie
regelmäßig über Wissenswertes aus unserer Bücherwelt.

Gefällt mir!

Facebook: @Gmeiner.Verlag
Instagram: @gmeinerverlag
Twitter: @GmeinerVerlag

FSC www.fsc.org MIX Papier aus verantwortungsvollen Quellen FSC® C083411

Besuchen Sie uns im Internet:
www.gmeiner-verlag.de

Im Ehnried 5, 88605 Meßkirch
Telefon 07575/2095-0
info@gmeiner-verlag.de

1. Neuausgabe 2021

Lektorat: René Stein
Herstellung: Mirjam Hecht
Umschlaggestaltung: U.O.R.G. Lutz Eberle, Stuttgart
unter Verwendung eines Fotos von: © nivoa / photocase.de
Druck: CPI books GmbH, Leck
Printed in Germany
ISBN 978-3-8392-2832-6

Für Daniela

TEIL 1

VON HUNDEN

DER KÖTER VON ALBERTO

Da qualche parte c'è una terra che brucia, lo sai,
che mi riscalda il cuore e non mi abbandona mai
e le sue pioggie sono lagrime di primavera
voglie d'aprile sulle ombre di questa sera.
Dimmi cos'è,
che mi sorprende a vegliare la notte, dimmi perchè!

Bevor die Sterne verblassen und der Mond erlischt,
Dunkle Vertrautheit in der ersten Sonne zerbricht,
Zieh' ich tastend mich in die Nacht zurück
Singende Lichter mich weckender Augenblick.
Milchstraßenlang
Bis meine schlafende Erde sich aufmacht,
    zu blühendem Gang.

Pippo Pollina und Linard Bardill

1.

April 1996

Der Eisenbahnwaggon kommt aus der Dunkelheit des Tunnels heraus, ein Blinzeln, schon sind wir in schwindelerregender Höhe auf dem Landwasserviadukt. Der Zug, ein Geländer, darunter die gähnende Leere. Irgendwo im Nichts Felsbrocken, Wasser, Büsche und Wiesen. Ich sitze da und starre hinunter in den Abgrund. Tiefer als in solch ein Loch hier könnte ich kaum fallen.

Vor einer Stunde bin ich in St. Moritz losgefahren. Schnellzug nach Chur mit Halt in Celerina, Samedan, Bergün, Filisur, Tiefencastel, Thusis und Reichenau. In jedem dieser Orte würde ich liebend gerne aussteigen, einen Tee trinken und dann gemütlich zurückfahren. Doch ich kann und darf nicht.

Wie gelähmt starre ich in die Tiefe, zwischen den Pfeilern des mächtigen Bauwerks fließt weit unten der tosende Fluss. Einige japanische Touristen hinter mir lehnen sich mit ihren Fotoapparaten und Filmkameras weit aus dem Fenster. Aufregung macht sich breit. Das Viadukt muss abgelichtet werden, möglichst aus der nächsten Kurve heraus, damit zu Hause einige der roten Wagen auf dem Bild erscheinen. Könner bringen auch noch den Tunnelausgang mit aufs Bild. Die Rhätische Bahn, die ›Kleine Rote‹, wie die Schmalspurbahn von den Werbern liebe- und effektvoll genannt wird, ist ein Tourismusmagnet für Eisenbahnfreunde aus der ganzen Welt. Diese Strecke mit den imposanten Bauwerken müsste eigentlich

UNESCO-Weltkulturerbe werden. Für mich ist dieser Zug das einzig mögliche Verkehrsmittel, das mich von A nach B bringt, von St. Moritz nach Chur, die Straße kommt für mich nicht infrage, denn ich kann und will mir keinen Wagen leisten. Und mit dem Fahrrad überqueren nur gestählte Fitnessapostel in einer Sinnkrise die Pässe, die aus meinem Tal herausführen.

Knapp zwei Stunden Zugfahrt trennen St. Moritz von der Kantonshauptstadt Chur, in der mich das Unvermeidliche erwartet.

Die Tür des Abteils geht auf. Der Imbisswagen.

»Kaffee, Gipfel, Mineral, Sandwich!«

Langsam rollt der Wagen auf mich zu. Professionelle Freundlichkeit in einem dunklen Gesicht. »Sie wünschen, Chef?«

»Einen Tee bitte.«

»Creme, Zucker, Lemon?«

»Creme und Zucker.«

Breitbeinig schenkt der Hochgebirgszugkellner ein. »Gipfel auch, Chef?« Lächelnd stellt er den Becher auf das Tischchen unter dem Fenster mit der fantastischen Landschaft und schaut mich erwartungsvoll an.

»Kein Gipfel.«

»Sandwich?« Der gibt wohl nie auf! »Käse, Schinken, Salami?«

Genervt schüttle ich den Kopf.

»Zigaretten?«

Ein müdes Kopfschütteln. Irgendwann in einer fernen Vergangenheit, als alles noch so leicht schien, das Leben weit und verheißungsvoll vor mir lag, da rauchte ich. Nicht viel, eine Zigarette da, eine dort zu einem guten Kaffee oder einem Glas Wein. Mit einem Freund am Fluss, wir schauten dem Wasser nach und zogen den Rauch tief in uns hinein. Das Wasser trug unsere Träume und Wünsche in die Welt hinaus. Irgendwie glaubte ich, das Leben zu spüren.

Unterdessen bin ich fast dreißig, das Leben hat mich manchmal leicht gestreift, doch richtig fassen konnte ich es nie. Ein Hauch von Ewigkeit flog vorbei, damals am Ganges in Indien, an den Ghats, den Treppen, die hinunter zum Wasser führten. In ihren langen Saris die Frauen, mit einem schlichten Tuch um den Bauch die Männer, so gingen sie langsam hinunter zum Fluss, übergaben ihre Opfergaben dem Wasser, führten dann die vorgeschriebenen rituellen Waschungen durch.

In Indien, da spürte ich etwas, das sich wie ein Sinn anfühlte, eine tiefe Intensität. Seither ziehen die Tage und Wochen an mir vorbei, ziellos streife ich durch dieses Leben, in dem ich nicht wirklich angekommen bin und keine echte Herausforderung spüre.

Der Mann zieht eine Schublade aus seinem kleinen Wagen.

»Fisherman's Friend vielleicht?«

»Nein, danke.«

Im Moment habe ich nicht sehr viel Geld, der Hunderter in meiner Tasche gehört nicht mal mir, er ist bloß geliehen, Mona wird ihn zu gegebener Zeit von mir zurückverlangen.

Langsam lasse ich den Teebeutel kreisen, ziehe ihn, als ich glaube, die Brühe sei dunkel genug, aus dem Becher, Zucker, Creme, ein erster Schluck – eigentlich hätte ich es wissen müssen.

»Ach, Mona, musste das wirklich sein?«

Gedankenverloren schaue ich dem Mann nach, wie er mit seinem schwankenden Wagen im nächsten Abteil verschwindet.

Einfach rausgeschmissen hat mich Mona heute Morgen, mir blieb gerade noch Zeit, um meine Reisetasche zu packen, schon standen wir beide an der Tür unserer Wohnung, die in Wirklichkeit ihre Wohnung ist, weil sie den Vertrag unterschrieben hat und meistens die Miete alleine bezahlt. Mit ihrem Lohn, den sie sich hart verdient auf der Bank, wie sie bei jeder möglichen und auch jeder unmöglichen Gelegenheit immer wieder betont.

»Weißt du, Claudio, ein regelmäßiges Einkommen ist die Basis für ein geregeltes Leben!« Monas Grundsätze und ihre Sturheit sind in gewissen Situationen kaum auszuhalten, vor allem regen sie mich nicht zur Nachahmung an, ganz im Gegenteil, aber das will und kann meine Freundin einfach nicht verstehen.

Ein geregeltes Leben heißt für Mona eine gut eingerichtete und geheizte Wohnung, ein Wagen, alle nötigen und unnötigen Versicherungen, diverse Anschaffungen nach dem Lustprinzip, immer mal wieder neue Kleider, Schuhe natürlich, auswärts essen und Kino. Zudem leistet sie sich einen ganz speziellen Luxus, wie sie manchmal erklärt, begleitet von einem gekünstelten Hüsteln, das mir das Blut in den Gefäßen erstarren lässt. Dieser Luxus bin in ihren Augen ich.

Natürlich steuere ich immer mal wieder etwas zum gemeinsamen Haushalt bei, kaufe ein, wenn ich Geld habe, übernehme alle möglichen Hausarbeiten, die sie nicht mag, sauge, mache den Abwasch, putze das Klo, gieße die Blumen, wasche ihre Blusen und bügle sie ordentlich. Wenn ich keinen Job habe, was öfters der Fall ist, sieht Monas Wohnung immer sauber und akkurat aus.

Und wie gesagt, zwischendurch verdiene ich einiges. Sogar ziemlich viel, wenn ich für meinen Freund Reto

Müller einen Auftrag erledige, im Winter als Aushilfs-Skilehrer arbeite oder im Sommer als Wanderleiter eine Gästegruppe durch ein romantisches Seitental führe.

Doch was macht sie? Hartherzig und stur, wie sie nun einmal ist, setzt sie alles daran, mich wieder in die richtige Arbeitswelt zu integrieren. Eine richtige Arbeit bedeutet für sie Ordnung und Sicherheit, für mich aber Sklaverei und Enge. Zweiundvierzigstundenwoche, fünf Wochen Ferien, dreizehnter Monatslohn. Chef und Telefon und Computer und Sitzungen und der tägliche Stau vor der Kaffeemaschine. Wie ich das hasse! Mona sollte doch wissen, wie wenig ich mich zu geregelter Arbeit eigne.

»Hier, Claudio!« Schnell streckte sie mir eine Fahrkarte nach Chur zu, einen Hunderter Startkapital und ein Stelleninserat. »Melde dich um zwei bei dieser Adresse, ich habe angerufen, die haben einen richtigen Job für dich.«

Und schon war ich draußen. Vielleicht hätte ich mich nach der Wintersaison etwas intensiver um Arbeit bemühen sollen, dann wäre ich jetzt noch bei Mona. Doch nachdem die Pisten weggetaut und die letzten Gäste Ende März abgereist waren, wollte ich zuerst etwas ausspannen. Mona hatte endlich Ferien, wir fuhren nach Italien, denn es gibt nichts Öderes, als die Zwischensaison in einem Tourismusgebiet zu verbringen. Geschlossene Lokale, ausgeräumte Boutiquen, leere Straßen, überall Baustellen. Die Wiesen braun und staubig, alle Farben aus dem Tal verschwunden, der Schnee auf den Bergen noch ziemlich nah. Kein Kino, kein Hallenbad, keine Freunde, mit denen man sich die Nächte um die Ohren schlagen könnte. Keinerlei Frühlingsgefühle.

Mit Mona nach Italien zu fahren ist dagegen ein Fest! Da wird in guten Hotels übernachtet, ausgiebig getafelt, genossen und wieder richtig aufgetankt. Nach der harten Wintersaison ging es mir mit jedem Tag Müßiggang besser.

Mein Kontostand bewegte sich allerdings in die entgegengesetzte Richtung, als wir zurückkamen, war nicht mehr viel übrig von meinem Winterverdienst. Wie ich für Mona ein Luxus bin, den sie sich leistet, ist auch Mona ein Luxus für mich. Ein Luxus aber, den ich mir eigentlich nicht leisten kann.

Einige unnötige Anschaffungen wie diverse Lampen, ein Teppich, Vorhänge für Monas Wohnung gaben meinem Vermögen endgültig den Rest. Und irgendwann letzte Woche war ich bei Null angelangt.

»Hier, deine Zahnbürste, hast du die absichtlich liegen lassen? Komm zurück, wenn du dich selber ernähren kannst, klar?« Dann war die Tür endgültig zu und Mona weg.

Die Japaner hängen wieder am Fenster. Gleich werden wir das Solisviadukt überqueren, das höchste Bauwerk der Albula-Strecke. Es wird weiterhin ausgiebig fotografiert, auch der Bahnhof Solis, bewohnt von einem Geranien-Fetischisten, wird abgelichtet und Pixel für Pixel nach Japan transferiert. Dann folgt der nächste Tunnel, eine Möglichkeit, auf den diversen Displays die Ernte der letzten Minuten zu begutachten.

Ich ziehe das zerknitterte Inserat hervor. ›Das Kunsthaus Chur sucht einen initiativen Mitarbeiter oder eine initiative Mitarbeiterin für diverse Aufgaben. Bei Fragen steht Ihnen Paul Fritschi gerne zur Verfügung.‹

Mona hatte angerufen und mich angemeldet. So weit bin ich gesunken.

Sils im Domleschg, Kreuzungspunkt. Auf dem anderen Geleise setzt sich ein entgegenkommender Zug in Bewegung. Rote Wagen, gefüllt mit lächelnden und winkenden Touristen, ziehen vorbei. Dieser Zug würde mich auf dem direkten Weg zurück nach St. Moritz, zurück zu Mona bringen. Ich schüttle trotzig den Kopf. Nein. Mona, ich komme nicht angekrochen! Sie wird mich erst wieder sehen, wenn ich zu Geld gekommen bin, wenn ich sie zum Abendessen ausführen kann.

Thusis. Ich schaue zu den hellgrünen Wiesen hinauf, sehe zwei Biker am Hang, einen Gleitschirmflieger im tiefblauen Himmel kreisen, einige Wanderer. Da müsste man sein, denke ich wehmütig und schlürfe den bitteren Tee, der mittlerweile kalt geworden ist. Schlimmer kann man sich ein Leben kaum mehr vorstellen.

Ein Ruck weckt mich auf. Chur, mein Rücken ist steif, ich bin zu lang, um bequem im Zug schlafen zu können, langsam steige ich aus und durchquere die Unterführung. Eine Treppe bringt mich hinauf, vor mir ein abgestellter Zug der Arosabahn, der noch zu umgehen ist. Es ist warm, die Sonne wirft ein mildes Licht auf den Bahnhofsplatz, ich kaufe Brot, ein Stück Käse, setze mich auf eine Bank und esse.

Eigentlich ist es ganz angenehm, hier zu sein. Die Luft ist mild, es riecht nach Frühling, dagegen werden im Engadin die Wiesen erst jetzt langsam grün. In Chur dagegen sind die Straßencafés bereits gut gefüllt, die Leute sind leichter angezogen, ein Lachen liegt in der Luft.

Ein streunender Hund setzt sich vor mich auf den Asphalt und schaut mich mit großen Augen an.

»Na du?«, frage ich, er winselt leise.

Also teile ich den Rest des Brotes und den Käse mit ihm.

»Ah, un amico dei cani, ein Hundefreund, das gefällt mir!« Ein elegant gekleideter Mann im dunklen Anzug mit Aktentasche und Hut setzt sich zu mir auf die Bank. Umständlich nimmt er die Sonnenbrille ab und reibt sich die Augen.

»Allora? Wie läuft es so?«

»Nicht besonders«, brumme ich und werfe dem Hund einen letzten Bissen Brot zu. Geschickt fängt mein neuer Freund den Happen auf und verzieht sich damit unter die Bank.

»Wollen Sie etwas verdienen? Un piccolo lavoro, nichts Großes, eine Gefälligkeit für einen Freund.«

»Lavoro? Arbeit?« Dieses Wort verursacht mir immer wieder Übelkeit, da kann ich einfach nichts dagegen tun.

Der Fremde hebt beruhigend die Hände. »No, no, keine Angst, es ist nichts Anstrengendes, eher etwas für einen amico dei cani, für einen Hundefreund.« Und er lacht, dass seine Goldzähne blitzen.

»Können wir vielleicht später nochmals darüber reden?« Ich zeige auf die Uhr beim Bahnhof. »Ich habe um zwei eine Verabredung.«

»Kein Problem, dann treffen wir uns più tardi, später. Ich warte im Café auf dem Arcas.« Er steht auf und klopft mir freundlich auf die Schultern. »Ciao!«

Einen Moment noch schaue ich ihm nach. Was will der Mann von mir? Sehe ich aus wie einer, der dringend auf Arbeit angewiesen ist? Wie jemand, der hungert? Der Hund winselt, er bekommt noch eine Portion Streicheleinheiten, mehr kann ich im Moment nicht bieten. Dann nehme ich meine Reisetasche und gehe die Bahnhofstrasse hinauf Richtung Kunsthaus.

2.

Wenn ich es mir recht überlege, ist das mit der Kunst keine schlechte Idee. Ich sehe mich bereits in der Uniform eines Museumswächters mit blinkendem Namensschild. Unbeweglich würde ich neben einer modernen Skulptur stehen und mir amüsiert die Kommentare der ratlosen Museumsbesucher anhören. Es gibt anstrengendere Methoden, um an Geld zu kommen.

Die Bahnhofstrasse führt leicht ansteigend hinauf zum Postplatz, dem Tor zur Altstadt von Chur. Rechts stehen mächtig und etwas angestaubt die traditionsreichen Warenhäuser Globus und Manor, links davon befinden sich in den Überbleibseln eines vormals stattlichen Parks zwei Villen. In der größeren ist die Verwaltung der Rhätischen Bahn beheimatet. Rechts davon steht die Villa Planta, ein protziger Bau von zurückhaltender Schönheit, der das obere Ende der Bahnhofstrasse markiert.

Ehrfürchtig betrete ich das Kunsthaus. Hier würde ich in Zukunft arbeiten. Einen Moment bleibe ich in der verglasten Veranda stehen, ziehe die Luft ein, schaue mich um. Links ein Raum mit Schließfächern, rechts die bescheidene Cafeteria.

Die Frau im cremefarbenen Wollkleid will mich aufhalten an der Kasse, es sei nicht erlaubt, mit einer Tasche das Museum zu betreten. Ich stelle mich vor, zeige ihr das Inserat aus der Zeitung.

Sie lächelt reserviert, führt mich dann vorbei an einigen großformatigen Bildern, »Angelika Kaufmann«, sagt sie beiläufig. Marmorboden, Säulen, hohe Räume, links ein Lichthof. »Nicht einfach, hier Kunst zu präsentieren, vor allem nicht moderne Werke!«, erklärt sie, klopft dann an einer Tür und öffnet.

»Herr Fritschi, Claudio Mettler aus St. Moritz ist da.« Dann macht sie Platz und lässt mich vorbei.

Paul Fritschi, der Direktor des Bündner Kunsthauses, empfängt mich in seinem kleinen Büro. Braun gebrannt, sportliches Hemd, Jeans. Kein Anzug, keine Krawatte. Er bietet mir den Besucherstuhl an und setzt sich mit verschränkten Armen auf die Kante seines mit Papieren überladenen Schreibtisches.

»Willkommen in der Villa Planta! Kennen Sie die Geschichte des Hauses?«

Ich schüttle den Kopf.

»Die Familie von Planta machte ihr Geld mit dem Baumwollhandel und dem Eisenbahnbau in Ägypten. Die letzten weiblichen Nachkommen der Familie schenkten die Villa dem Kanton mit der Auflage, ein Kunsthaus einzurichten. Außerdem bescherten sie Chur eine Frauen- und Geburtsklinik.«

»Interessant«, sage ich und versuche, ein Gähnen zu unterdrücken.

Fritschi räuspert sich. »Mögen Sie Kunst, Mettler?«

Ich höre den spöttischen Unterton in seiner Stimme. Daher lasse ich mich nicht auf eine Diskussion über die toten Helden und lebenden Hungerleider der Bündner Kunstgeschichte ein. Zurückhaltung und Bescheidenheit, besser, ich versuche gar nicht erst, mit meinem lückenhaften Halbwissen über die gezeigten Bilder und Statuen zu glänzen und mich dabei lächerlich zu machen.

So reagiere ich mit einer Gegenfrage: »Sie haben Arbeit für mich?«

Er mustert mich schweigend, nickt dann. »Können Sie mit einem Rasenmäher umgehen?«

»Was hat das mit Kunst zu tun?«

»Morgen Abend, Herr Mettler, werden wir einige ausgesuchte Statuen hier im Park präsentieren, ein gepflegter Rasen gehört dazu.«

»Ich verstehe nicht ganz …«

»Melden Sie sich bitte morgen um acht beim Empfang, dann werden wir weitersehen.« Fritschi steht auf.

»Hat nicht Joseph Beuys gesagt, dass jeder Mensch ein Künstler ist?«, werfe ich ein. »In diesem Bereich kann ich mich sicher nützlich machen!«

»Beuys hätte sicher nichts gegen die Kunst des Rasenmähens einzuwenden«, sagt der Direktor und lächelt kühl. Die Audienz ist beendet.

Die Dame am Empfang entlässt mich mit einem distanzierten Kopfnicken.

Dann stehe ich draußen auf der Straße mit meiner Reisetasche. Mein Freund Reto Müller kommt mir in den Sinn.

»Besuch mich, wenn du mal in Chur bist, Claudio. Meine Tür steht immer für dich offen!«

Reto ist ein Macher, einer, der überall ein Geschäft wittert, der Bedürfnisse erkennt und entsprechende Angebote entwickelt, bevor die Konkurrenz zur Stelle ist, auch bevor die Kundschaft selbst weiß, was sie wirklich braucht. Seine Karriere begann Müller als Mitarbeiter beim Kurverein St. Moritz. Er bediente Gäste am Telefon und am Schalter, buchte Zimmer und organisierte Ausflüge. Oft musste er Leute abweisen, denn in den klaren Strukturen des Tourismusbüros gab es keine Möglichkeiten, um sehr spezielle Wünsche zu erfüllen.

Schnell merkte er, dass in der Tourismusbranche jenseits der öffentlichen Organisation viel Geld zu verdienen ist, vorausgesetzt, man hatte keine Skrupel und wusste, wie man es anpackte.

So machte sich Müller selbstständig, er betrieb einen Limousinenservice, brachte die reichen Gäste vom Flugplatz in Samedan zu ihren Villen in St. Moritz und von den Villen zum Shopping, zu den Restaurants und Clubs. Auch sonst organisierte er dies und das für seine illustren Kunden, ihre Wünsche konnten noch so ausgefallen sein. Er besorgte alles für die kleinen und großen Räusche der Sinne, kannte Anwälte und Notare, Richter und Clubbesitzer, kassierte und verteilte.

Dabei bewegte er sich des Öfteren mal am Rand der Legalität, er verstand es aber immer, mit sauberen Händen dazustehen. Bei heiklen Aufgaben standen ihm stets Leute zur Seite, die bereit waren, für ein paar Hunderter Nebenverdienst einiges zu riskieren; Leute wie ich eben.

»Meine Gäste«, sagte Müller, wenn er etwas zu viel getrunken hatte, »sind stinkreich, darum können sie sich den Luxus erlauben, ohne Moral zu leben. Ich hingegen kann mir nur Luxus leisten, weil ich ohne Moral lebe.«

Mit seinem Bierbauch unter der Lederweste, den dunklen, öligen Haaren, die hinter dem Kopf zu einem kleinen Pferdeschwanz zusammengebunden sind, dem Dreitagebart im breiten Gesicht ist er eine eindrückliche Erscheinung, nichts bringt ihn aus der Ruhe – außer vielleicht ein Anruf seiner Mutter, bei der er bis vor Kurzem immer noch lebte.

Im Februar verkaufte Müller überstürzt seinen Limousinenservice, gab seine Geschäftsräume auf und zog Hals über Kopf nach Chur. Irgendetwas war bei einem Deal schiefgelaufen, er war wohl einigen einflussreichen Leuten zu sehr auf die Zehen getreten. Es erschien ihm ratsam, eine Weile aus dem Engadin zu verschwinden. Selbst seine Mutter hätte ihn nicht zurückhalten können.

Müllers Wohnung muss irgendwo hinter dem Postplatz sein. Bei der nächsten Telefonkabine rufe ich die Auskunft an und bekomme für einige Münzen die gesuchte Adresse, schleppe die Reisetasche zwei Straßen weiter und dann noch hinauf bis ins dritte Stockwerk.

›Müller Enterprises‹ steht auf einem protzigen Türschild. Typisch Reto.

Trotz mehrmaligem Klingeln öffnet niemand. Schade, er ist nicht zu Hause. Weil ich nicht weiß, wohin ich sonst gehen soll, lasse ich die Reisetasche vor der Tür stehen und schreibe ihm einen Zettel.

Hoffentlich ist Reto nicht irgendwohin in die Ferien gefahren.

Ohne die schwere Reisetasche fühle ich mich gleich viel besser. Der Mann von heute Mittag kommt mir in den Sinn, der Mann, der einen Auftrag für einen Hundefreund hat. Ein Auftrag bedeutet Geld, bedeutet Essen, bedeutet eine schnelle Rückkehr nach St. Moritz. Da ich nichts anderes zu tun habe, beschließe ich, ihn zu treffen. Ich schlendere durch die Altstadt, vorbei an der reformierten Martinskirche, die eingeklemmt zwischen den Häusern unterhalb des Hofes steht. Hier die stolze, reformierte Pfarrkirche, oben die pompöse Kathedrale, Sitz des Bischofs von Chur, abgehobener und reichlich konservativer Herrscher über weit verstreute und doch widerspenstige Gläubige. Gleich hinter dem Martinsplatz führt ein schmaler Durchgang hinaus auf den Arcas. Lange konnten die Churer wenig mit diesem Platz anfangen, er war zu groß, zu leer, lag nicht im Zentrum, hatte keine Tradition. Da die Verkehrsplaner nun einmal die Fläche zwischen den Häusern von den Autos befreit hatten, begann eine zögerliche Inbesitznahme des Arcas. Markttreiben an Samstagen, im Sommer eine Freilichtbühne, spielende Kinder und kaffeetrinkende Mütter sowie in die Sonne blinzelnde Müßiggänger.

Die Tische vor den Restaurants sind auch heute gut besetzt, ich brauche eine Weile, bis ich den Italiener hinter einer Zeitung entdecke.

»Fame? Haben Sie Hunger? Ich würde Sie gerne einladen.« Er schaut sich die Speisekarte an und bestellt uns Wein und etwas zu essen.

»Salute, zum Wohl. Io sono Marco Morandi.« Er hebt sein Glas.

»Ich bin Claudio Mettler, freut mich. Um was geht es bei dieser Arbeit?«

»Ma no, Signore Mettler, erst das Essen, dann il lavoro.«

Wir schauen auf den Platz hinaus, Kinder spielen am Brunnen, junge Leute mit Schultaschen gehen vorbei, Frauen bummeln schwatzend über das Pflaster.

Es wird aufgetragen, mir wird bewusst, dass ich heute noch nichts Ordentliches im Magen hatte, wir essen, prosten uns zu, unterhalten uns über Hunde, dann über Kunst.

»Kennen Sie Giacometti?«

»Alberto Giacometti? Ich bin sozusagen Experte für Moderne Kunst, ich arbeite hier im Kunsthaus.« Eine meiner Schwächen – und da gibt es laut Mona einige – ist die der Übertreibung. Aber den Bergeller Künstler, der in Paris zu Weltruhm kam, kennt wirklich fast jedes Kind, er ist auf der Hunderternote abgebildet, seine dünnen Skulpturen stehen in vielen bedeutenden Sammlungen und werden bei Auktionen zu Rekordpreisen gehandelt.

»Che fortuna! Was für ein Glück für mich, sehen Sie, ich habe einen Freund, dieser Freund liebt Hunde, und er liebt Giacometti und …« Morandi erstarrt mitten im Satz, springt dann eine Entschuldigung murmelnd auf und hastet hinüber zu einem Japaner, der am Rand des Platzes steht, dem Italiener zuwinkt und Häuser fotografiert.

Gemächlich leere ich meinen Teller und sehe, wie Morandi mit dem Japaner intensiv diskutiert, denn Morandi gestikuliert wild mit den Händen, er zeigt auch immer wieder zu mir herüber. Ein Radfahrer quert den Arcas, er weicht einem hinkenden Rentner aus und verschwindet am unteren Ende des Platzes. Dann schaue ich zwei Kindern zu, die sich am Brunnen nass spritzen, eine Mutter schimpft, und als ich mich wieder umdrehe, sind Morandi und der Japaner verschwunden.

»Kann ich abräumen? Oder kommt der Herr noch?« Die freundliche Bedienung deutet auf Morandis halb vollen Teller, ich schüttle den Kopf, sie stellt die Teller zusammen.

»Darf ich Ihnen noch etwas bringen?«

Wieder schüttle ich den Kopf. Da habe ich mich ganz schön reinlegen lassen. Von wegen Einladung. Nun sitze ich da und muss wohl die ganze Rechnung begleichen, dabei habe ich selbst nur noch knapp neunzig Franken in der Tasche.

Gleich kommt der peinliche Moment, gleich wird man mir mit einem professionellen Lächeln und in Erwartung eines ordentlichen Trinkgeldes die Rechnung präsentieren. Schnell habe ich unsere Ausgaben zusammengerechnet, meine neunzig Franken würden knapp ausreichen, hätte Morandi nur einen billigeren Wein gewählt. Nebst den Schulden hat mir Morandi nichts anderes zurückgelassen außer einer Streichholzschachtel, die ich einstecke.

Die Schatten wandern über die Fassaden, ich trinke langsam den teuren Wein und sehe zu, wie der Platz sich allmählich leert. Aus den Augenwinkeln bemerke ich, wie die Serviertochter rundherum einkassiert.

»Bringen Sie mir bitte einen Espresso und die Rechnung, ich muss noch schnell …«

»Aber …«

Ohne ihre Antwort abzuwarten, gehe ich zum Haus hinüber, die Jacke lasse ich hängen, das macht einen besseren Eindruck, wirkt weniger verdächtig. Ein Zechpreller lässt seine Jacke nicht hängen, er rennt einfach so davon.

Die Klos sind im Untergeschoss, ein mittelalterlich anmutendes Treppenhaus führt mich hinunter in die Tiefen Churs. Dunkle Holztüren, Schieferplatten, moderne Sanitärinstallationen. Die Fenster hier unten sind klein, nur ein enger Lichtschacht führt nach oben. Da komme ich unmöglich raus. Verzweifelt betrete ich eine der Kabinen, reiße so viel Papier wie möglich von der Rolle und mache einen kleinen Haufen am Boden. Dann ziehe ich Morandis Streichholzschachtel aus der Tasche und zünde den Haufen an. Im allgemeinen Durcheinander eines Feuers würde ich verschwinden können.

Draußen geht die Wasserspülung, ein Handy spielt die Elise von Beethoven.

»Ja? … Nein, Mama, nicht jetzt …. Aber Mama, ich bin in einer wichtigen Besprechung! … Sicher, Mama, ich rufe zurück, kein Problem Mama, ich vergesse es nicht.«

Mein Feuer qualmt immer mehr, der Kerl da draußen soll mit seiner Mutter endlich verschwinden, damit ich »Feuer, Feuer!« schreien und abhauen kann. Beißender Rauch breitet sich aus, ich beginne zu husten.

»He, was machst du da drin, bist du verrückt geworden!« Der Mann mit dem Beethoven-Handy hämmert gegen meine Klotüre. »Lebst du noch?«

Ich sehe kaum noch etwas, meine Augen tränen, atmen kann ich auch nicht mehr, so gebe ich auf, entriegle die Türe und beginne, das Feuer auszutreten. Der Mann hilft mir, reißt dann alle Fenster auf, damit der Rauch abziehen kann, bevor die Brandmelder Alarm auslösen. Nach wenigen Minuten ist meine kümmerliche Brandstiftung Geschichte, eine lahme Erinnerung. Ich stehe da und starre verlegen auf meine Schuhe.

»Wolltest du dich mit WC-Papier verbrennen?« Er lacht, während ich mir kaltes Wasser über das Gesicht laufen lasse. »Mettler, Mettler, etwas mehr Stil hätte ich dir schon zugetraut.«

Langsam trockne ich mir das Gesicht ab. Vor mir steht in voller Körperfülle inklusive Lederweste und Dreitagebart … Reto Müller.

»Hör auf zu lachen, Reto, ich stecke in der Klemme, oben wartet das Personal mit einer astronomischen Rechnung auf mich, und ich habe kein Geld.«

»Das ist doch kein Grund, die ganze Churer Altstadt einzuäschern, oder?« Müller zieht eine fette Brieftasche hervor und gibt mir zwei Hunderter. »Reicht das? Oder brauchst du meine Hilfe sonst noch?«

»Vor deiner Wohnung steht meine Reisetasche, wenn es geht, würde ich gerne ein paar Nächte bei dir schlafen.«

»Mettler, du bist doch mein Freund, und du weißt, dass ich dir keinen Wunsch abschlagen kann.« Müller streicht sich über seine eingeölten Haare und prüft nach, ob sein Schwänzchen richtig sitzt.

»Ich weiß nicht, wie ich dir danken soll.« Langsam steigen wir die Treppe hinauf.

»Das, mein Freund, werde ich dir heute Abend genau erklären!« Müller klopft mir auf die Schulter. »Um sieben bei mir in der Wohnung. Pünktlich!«

Drüben am Tisch steht mein kalter Espresso. »Kann ich bitte zahlen?«

»Das wollte ich Ihnen schon vorher sagen«, flötet die Bedienung zuckersüß, »ihre Konsumation wurde bereits beglichen!«

»Und wer, bitte schön, hat bezahlt?«

»Ein Japaner, er hat auf Sie und den anderen Mann gezeigt und gesagt, das gehe alles auf seine Rechnung.«

»Und wo finde ich diesen Wohltäter? Schließlich will man sich doch bedanken.«

»Er hat gesagt, er warte vor der Martinskirche auf Sie!« Die junge Frau zuckt mit den Schultern und beginnt dann, die Tischtücher einzusammeln.

3.

Es ist kühl geworden, die spielenden Kinder und ihre Mütter sind verschwunden, der Platz liegt im Schatten. Ich ziehe meine Jacke an, durchquere den schmalen Durchgang zwischen den Häusern und komme auf den Martinsplatz.

Vor der Martinskirche steht ein Japaner und fotografiert das Portal. Lächelnd dreht er sich zu mir um und schaut mich irgendwie dankbar an, als hätte ich ihm höchstpersönlich dieses schöne Fotosujet hingestellt. Schauen wir mal, was der Mann von mir will. Aus purer Menschlichkeit wird er mir wohl kaum ein Essen spendiert haben.

»Hallo, Mister Mettler, wie geht es?«

»Kennen wir uns?«, knurre ich unfreundlich, denn für heute ist mein Bedarf an neuen Bekannten bereits ausreichend gedeckt.

»Aber sicher, sicher, Mister Mettler, Sie sind ein Freund meines Freundes Marco Morandi. Die Freunde meiner Freunde sind auch meine Freunde!« Dazu lächelt er wieder breit und zeigt mir alle seine Zähne.

»Aha!« Dass Morandi, der mich auf dem Arcas versetzt hat, ohne mir zu sagen, um was es bei diesem Treffen wirklich ging, dass er also mein Freund sein soll, ist mir nun wirklich neu. »Was wollen Sie eigentlich von mir?«

»Sie haben mit Morandi gesprochen, er sagte mir vorhin, dass Sie ein guter Mensch sind!«

»Natürlich bin ich das!«, fahre ich ihn etwas zu grob an. Ein guter Mensch vielleicht, mehr aber auch nicht, denke ich, nicht mal eine ordentliche Zechprellerei bringe ich zustande.

»Da bin ich ja beruhigt!« Wieder lächelt mich der Japaner freundlich an und zeigt auf die Häuser ringsherum. »Ich liebe die Schweiz!«

»Schön«, brumme ich immer noch ziemlich irritiert. Diese asiatische Unergründlichkeit macht mich einfach fertig. »Dann gehe ich jetzt mal.«

Der Japaner hält mich am Arm fest und schaut mir in die Augen, diesmal mit einem ernsten Gesicht. »Und? Machen Sie es?«

»Was fragen Sie mich, fragen Sie Morandi.«

»Er hat gesagt, ich soll Sie fragen!«

Die ganze Geschichte ist mir doch etwas zu kompliziert. Wie war das noch? Morandi sollte mich fragen, ob ich etwas für den Japaner erledige. Oder ist es gerade umgekehrt?

»Und was, bitte schön, soll ich machen?«

»Das mit dem Hund, mit dem Hund von Giacometti, Morandi hat mir gesagt, dass Sie ihn mir besorgen können.«

Ich kapiere überhaupt nichts, aber höflich wie ich bin, nicke ich. »Wie viel ist Ihnen dieses Tier wert?«

»Es gibt 8.000 Franken in bar für Sie. Morandi hat gesagt, dass Sie ein Hundefreund sind.« Er zieht ein paar Hunderter hervor und steckt sie mir in die Tasche. »Spesenentschädigung!« Er grinst, dann gibt er mir noch ein eng beschriebenes Blatt. »Hier haben Sie noch die Liste meiner Hotelunterkünfte in Graubünden. Morandi wird Sie im Auge behalten. Wenn Sie den Hund haben, dann rufen Sie mich an. Auf Wiedersehen, Mister Mettler, enttäuschen Sie mich nicht.«

›Tashi Kubashi‹ steht oben auf der Liste, dazu ein paar Hoteladressen. Ich schaue ihm nach, wie er noch einige Fotos macht, dann einen Laden betritt. Langsam schlendere ich weiter auf den Postplatz zu. Endlich habe ich eigenes Geld in der Tasche, zwar ist es noch nicht richtig verdient, aber immerhin. Und der Japaner Kubashi hat mir noch mehr versprochen. 8.000 Franken sind viel Geld, was der Japaner wirklich dafür will, ist mir aber nicht ganz klar.

Als ich gegen sechs den Postplatz erreiche, sehe ich Marco Morandi in der Storchengasse verschwinden. Zufall? In Chur gibt es keine Zufälle. Die Bündner Kapitale ist eben eine kleine Stadt, wenn man jemanden sucht, wird man ihn früher oder später hier auf dem Postplatz vor dem Restaurant Calanda treffen. Mit Morandi habe ich Glück, den sehe ich, ohne ihn gesucht zu haben, ich hetze hinterher, will ihn fragen, was es mit diesem Hund und dem Japaner auf sich hat.

Morandi scheint es eilig zu haben, er hastet über den Platz vor dem Grauen Haus, dem Sitz der Bündner Regierung, und verschwindet dann um eine Ecke. Als ich dort bin, habe ich ihn verloren. Ich schaue in den Karlihof, einen Innenhof, der in ein Gewirr von Gassen, Höfen und Gärten mündet. Nichts. Nun nehme ich mir als Nächstes die Schaufenster der Geschäfte am Platz vor. Ich will schon aufgeben, da entdecke ich einen Mann in einem dunklen Anzug, der in der Kunsthandlung Giovanelli steht. Das könnte Morandi sein, ich bücke mich, um besser sehen zu können. Und wirklich, Morandi steht im Laden und spricht wild gestikulierend mit jemandem, den ich nicht sehen kann. Vorsichtig schleiche ich um die Ecke, komme zum nächsten Schaufenster und schaue unauffällig hinein. Nun sehe ich den zweiten Mann. Neben Morandi steht zu meinem Erstaunen Fritschi, mein neuer Vorgesetzter aus dem Kunsthaus Chur.

Es ist vielleicht besser, wenn sie mich nicht sehen. Sie sollen nicht denken, dass ich ihnen hinterherspioniere, sonst bin ich morgen bereits wieder arbeitslos. Unauffällig schlendere ich weiter und versuche, mir einen Reim auf dieses Treffen zu machen. Was haben Morandi und Fritschi zusammen zu schaffen? Was Morandi und der Japaner?

Um sieben Uhr steige ich das zweite Mal an diesem Tag die drei Treppen hinauf zur Wohnung von Reto Müller, er macht mir auf, begrüßt mich mit einer herzlichen Umarmung, führt mich in sein Wohnzimmer, schiebt mich in einen Sessel und schenkt mir Wein ein. Wenigstens habe ich einen guten Bekannten hier in Chur, bei dem ich meine Ruhe habe.

Das Wohnzimmer von Müller sieht aus wie eine Mischung aus Büro und Wartezimmer eines Arztes, ein Regal voller Bücher und Ordner, ein Tischchen mit Kunstzeitschriften, ein Sofa, der Sessel, auf dem ich sitze. An der Wand ein Schreibtisch mit PC, Telefon, Drucker.

»Und? Wie war dein Tag?«

Müller zeigt auf einen Aktenberg auf dem Boden neben dem Schreibtisch. »Arbeit, Arbeit und nochmals Arbeit.«

»Darf man fragen, was die Firma ›Müller Enterprises‹ so treibt?«

»Du darfst, mein Freund.« Müller streicht sich geschmeichelt über sein eingeöltes Schwänzchen am Hinterkopf. »Ich kaufe, verkaufe und besorge Dinge für verschiedene Auftraggeber.«

»Zum Beispiel?«

Er schenkt auch sich Wein ein, prostet mir zu. »Dies und das, Claudio, ich will dich nicht mit Details langweilen.«

»Deine Geschichten langweilen mich nie!« Ich hebe mein Glas. »Auf die Engadiner, die in Chur gestrandet sind.«

»Auf die Engadiner, die Chur auf den Kopf stellen!« Er nimmt einen großen Schluck. »Auf unsere Freundschaft, Claudio!«

»Bevor ich es vergesse, Reto, hier sind die zwei Hunderter, die du mir geliehen hast.«

Müller wischt meine Hand weg. »Behalte sie, Claudio, du kannst mir dafür einen kleinen Gefallen tun!«

»Und der wäre?«, frage ich vorsichtig. Ein Gefallen für Reto Müller kann durchaus in einem Desaster enden, das habe ich schon erfahren. Andererseits konnte ich dank Reto auch immer wieder etwas dazuverdienen.

»Nicht jetzt, Claudio! Du bist müde, mein Freund, und ich muss noch weg. Morgen werden wir darüber sprechen.« Reto gibt mir ein Handtuch, er zeigt mir das Bad und die Küche, dann ist er auch schon durch die Tür.

Es hat Brot auf dem Tisch, Käse und ein Stück Wurst im Kühlschrank. Dazu trinke ich eine Kanne Tee. Eine Weile lese ich, dann mache ich es mir mit meiner Tasse auf dem Sofa bequem und schaue mir einen Liebesfilm an, mehrmals schlafe ich ein, daher ist mir am Ende nicht ganz klar, warum der James die Gina nicht haben kann, und warum dieser unsympathische Ron zum Zuge kommt, obwohl er doch etwas mit Maria und Carmen hatte. Oder war es doch anders? Scheinbar habe ich einiges verpasst. Um elf ist Reto zurück, er sieht müde aus, erklärt mir kurz, was er von mir möchte und zieht sich dann in sein Zimmer zurück.

In dieser ersten Nacht auf Müllers Sofa schlafe ich unruhig. Zwei Monate war ich arbeitslos, und nun scheinen sich die Leute um mich zu reißen. Heute habe ich siebenhundert Franken eingenommen, fünfhundert von Kubashi als Vorschuss für die Besorgung eines Hundes und zweihundert von meinem Freund Reto Müller, der von mir informiert werden möchte, falls etwas Außergewöhnliches im Kunsthaus passiert.

Beide versprachen mir weitere Noten, wenn ihre Aufträge zur Zufriedenheit ausgeführt werden. Eventuell ist auch bei Morandi noch etwas zu holen, möglicherweise bin ich also schon bald wieder in St. Moritz.

4.

Müller schläft noch, als ich aufstehe, dusche und mich ausnahmsweise schon morgens rasiere. Im Bahnhofbuffet gönne ich mir einen Kaffee und ein Croissant, höre den Diskussionen der Rangierarbeiter und Taxifahrer zu, warte, bis es Zeit ist. Dann schlendere ich gespannt durch den frischen Morgen die Bahnhofstrasse entlang zum Kunsthaus hinauf. Wie Fritschi mir gestern befohlen hatte, melde ich mich um acht Uhr beim Empfang.

»Warten Sie bitte einen Moment, Herr Mettler, Herr Fritschi ist am Telefon.« Die Dame von gestern, die heute ein lilafarbenes Kleid trägt, lässt mich stehen, so schlendere ich ein wenig durch das Erdgeschoss des Museums, nicht aus Interesse, sondern mehr zum Zeitvertreib. Giovanni Segantini, den Maler des Lichts, kenne ich aus St. Moritz, mit Mona war ich einmal in seinem Museum, doch statt die Bilder zu genießen, hielt sie mir einen professionellen Vortrag über die Eignung von Kunst als Kapitalanlage.

»Was bringen die horrenden Auktionspreise einem Künstler, wenn er schon lange tot ist?«, fragte ich beispielsweise.

»Das ist doch nicht die Frage, Claudio«, sagte sie mit gespielter Empörung. »Die Frage ist, welche Rendite ein Werk dem Investor bringt.«

»Aber die Künstler haben für ihre Kunst gelebt, haben gehungert, wurden krank oder depressiv, sie haben unter mangelnder Aufmerksamkeit gelitten, oft warteten sie umsonst auf ihren Erfolg. Und nun, wo sie tot sind, gelten sie als Wertanlage.«

»Nicht nur, Claudio, reg dich nicht so auf! Das Leben der Maler und Bildhauer ist selbstverständlich auch ein Aspekt bei der Gesamtbewertung eines Werkes. Die Nöte im Leben des Künstlers, Skandale und Liebeleien haben aus heutiger Sicht eine gewisse Wirkung, etwas Pittoreskes und Abenteuerliches zieht immer. Ein abwechslungsreiches Leben kann durchaus den Preis steigern.«

»Findest du das nur pittoresk?« Wir waren im Obergeschoss unter der Kuppel des Museums angekommen. Hier hängt das großartige Triptychon, das Segantini für die Weltausstellung von Paris malte. »Werden, Sein, Vergehen. Da schafft einer solche Bilder, steht mitten im Leben und stirbt mit 41 in einer Berghütte an einer

Bauchfellentzündung. Siehst du dort die Bergspitzen, da ist das Licht noch nicht fertig gemalt.«

»Dem Marktwert des Künstlers hat es jedenfalls nicht geschadet!«, war die schlagfertige Antwort meiner Anlageexpertin.

Da gab es nur eines, schweigen und durch.

Und in der Gegenwart von Mona das Thema Kunst meiden.

Augusto Giacometti und seinen Cousin Giovanni haben wir im Kunstunterricht am Gymnasium durchgenommen, die Bündner Tourismusplakate von Augusto Giacometti, die in ihrer Einfachheit genial sind, durften wir mehrfach und ungelenk kopieren, bis die klaren Aussagen der Plakate verwässert und verwischt waren. Dennoch, Kunst bei Krell war ein Knaller, er zeigte uns seine Betroffenheit angesichts der Werke, er führte uns an die verletzlichen Seiten der Menschen hinter den Bildern und Statuen heran, ohne oberlehrerhafte Arroganz. Auch Amiet und Hodler, die im nächsten Raum herumhängen, sind keine Unbekannten für mich.

Da, auf einmal steht er vor mir! Dieser magere Hund, der durch die Straßen von Paris zu schleichen scheint, auf der Suche nach Nahrung, nach Zuneigung. Mattes Fell, gesenkter Kopf und hängende Ohren, von allen getreten und verlacht. Ich mag die Skulptur von Alberto Giacometti auf Anhieb, vorsichtig streichle ich ihr über den Rücken.

»Ein schönes Stück, finden Sie nicht auch, Mettler?« Fritschi steht plötzlich hinter mir und schenkt mir ein flüchtiges Lächeln. »Aber Sie sind ja zum Rasenmähen hier …«

»Was kostet dieser Hund, ich meine, was ist er wert?« Ich denke an den Japaner und an sein Angebot.

»Den könnten Sie sich nie leisten, Mettler, auch wenn Sie alle Einnahmen Ihres ganzen Lebens zusammenfassen würden.«

Fritschi geht voraus, seine Schritte hallen im leeren Haus, er führt mich durch eine Hintertüre hinaus in den Park, zeigt mir den Schuppen mit den Gartenwerkzeugen und den Rasenmäher.

»Der Rasen muss perfekt geschnitten sein, Mettler, keine abstehenden Halme an den Rändern. Heute Abend wird hier im Park eine Giacometti-Gala stattfinden, wir erwarten die halbe Kunstwelt der Schweiz, ebenso namhafte Politiker sowie die nationale Presse. Da darf nichts schiefgehen, verstehen Sie?«

Ich nicke eifrig. »Was ist meine Aufgabe?«

»Nach dem Rasenmähen können Sie beim Aufbau des Buffets behilflich sein, Sie werden sehen, es gibt genug Arbeit.«

»Wie sieht es längerfristig aus? Können Sie mich hier im Kunsthaus gebrauchen?«

»Das besprechen wir morgen, Mettler. Das hängt von Ihrem Engagement bei unserem Event ab. Beim Empfang heute Abend können Sie mir als Mädchen für alles behilflich sein, klar?«

Die abschätzige Art, wie er Mädchen für alles sagt, passt mir nicht, doch ich sage nichts, ziehe mich um, fülle Benzin in den Tank und beginne ohne Murren den Rasen zu mähen, achte dabei besonders auf Ränder und Kanten. Keiner soll sagen, dass Mettler die Kunst des perfekt geschnittenen Rasens nicht beherrschen würde. Danach reche ich die Wege und klaube Abfall aus den Hecken, die den Park zur Straße hin abschließen.

Später gehe ich den Spezialisten zur Hand, die die

Skulpturen aus dem Museum hinaus in den Park transportieren, helfe den Jungs vom Party-Service beim Aufstellen des Buffets neben dem Eingang. Fritschi ist überall, er organisiert, gibt Anweisungen, macht Verbesserungsvorschläge, zeigt dann den Männern des privaten Sicherheitsdienstes, wo die Skulpturen stehen, wie die Zugänge des Parks überwacht werden sollen.

Gerade als es in der Cafeteria einen kleinen Imbiss für die Mitarbeiter gibt, fährt ein weiterer Lastwagen vor. Fritschi gibt mir mit einem Handzeichen zu verstehen, dass ich beim Abladen helfen soll. So nehme ich die Arbeitshandschuhe und packe mit an, wir tragen die Kisten mit den Kühlschränken durch den Park zum Buffet, die Männer der Transportfirma öffnen Kisten, stellen dann die Prachtstücke auf und stecken die Kabel ein. Da ich nicht mehr gebraucht werde, setze ich mich zu den anderen in die Cafeteria und genieße mein verdientes Sandwich.

»Wie sieht das hier aus?«, fragt Fritschi, als wir wieder draußen sind.

»Was meinen Sie?«, frage ich vorsichtig.

Er zeigt auf die Holzkisten, die hinter dem Buffet aufgereiht sind. »Kann man die nicht wegstellen?«

Der Lastwagen, der gerade wegfahren wollte, wird aufgehalten, missmutig öffnen die Arbeiter die Blache. Zusammen tragen wir die leeren Kisten und eine schwere Box mit einem doppelt gelieferten Kompressor wieder über die Wiese und laden sie auf den Lastwagen, danach werden die Tore verschlossen. Fritschi schaut zufrieden in die Runde. »Gut gemacht, Leute, da hat wirklich alles geklappt!«

Wenn ich ehrlich bin, muss ich zugeben, dass mir dieser erste Arbeitstag im Museum Spaß gemacht hat. Ich bin wirklich ein perfektes Mädchen für alles.

Fritschi hat sich unterdessen umgezogen, trägt nun Anzug und Krawatte. Auch ich habe meine Gartenkleider mit den Jeans und der Lederjacke getauscht. Der Chef reicht mir ein Glas Weißwein. »Gut gemacht, Mettler, ich bin sehr zufrieden mit Ihnen, würden Sie bitte auch weiterhin mithelfen, auf die Ausstellung aufzupassen, währenddem die Gäste eintreffen? Wichtig ist auch der Moment, bei dem ich meine Rede halte, da darf einfach nichts passieren!«

»Was soll schon passieren?« Ich zeige auf die schweren Skulpturen. »Die trägt man nicht so einfach weg.«

»Da haben Sie recht, Mettler.« Er klopft mir auf die Schulter. »Es ist auch eher eine Formalität wegen der Versicherung.« Er lächelt mir aufmunternd zu und geht hinüber zum Buffet.

Um sechs sind die ersten Gäste da.

Fritschi dreht seine Runde, begrüßt Herren im dunklen Anzug, Damen in festlichen Kleidern, weist Medienschaffende auf die Skulpturen hin, die auf dem perfekt geschnittenen Rasen gut zur Geltung kommen. Fotografen machen erste Bilder im milden Abendlicht. Man steht in kleinen Gruppen herum, nippt an den Gläsern, führt angeregte Gespräche, erst über Kunst, dann über die anderen Anwesenden. Society-Talk eben. In einer solchen Gesellschaft fühle ich mich unwohl und fehl am Platz, ich habe das Gefühl, nicht richtig angezogen zu sein, kann auch bei den Gesprächen nicht mithalten, bin nicht bewandert bei den Themen, die hier die Runde machen. Es sind Codes einer Geheimsprache, man will unter sich bleiben.

So halte ich mich im Hintergrund. Gehe an der Hecke entlang, spreche mit den Sicherheitsleuten bei den Eingängen und komme mir dabei ungeheuer wichtig vor. Dann setze ich mich neben Giacomettis Hund auf den Sockel und streichle ihn. Doch anders als am Morgen fühlt sich sein Rücken rau an, er mag diese Leute auch nicht, hat sein Fell aufgerichtet, fast ist sein Knurren zu hören.

»Herr Regierungsrat, Herr Stadtpräsident, Damen und Herren Stadträte. Geschätzte Kunstfreundinnen, geschätzte Kunstfreunde.« Fritschi hebt seine Stimme, das angeregte Gemurmel der Gäste erstirbt. »Wir haben Sie heute ins Kunsthaus Chur eingeladen, um Ihnen eine neue Sicht auf unsere Giacometti-Sammlung zu ermöglichen. Unser Haus ist stolz darauf, dass es gelungen ist, namhafte Werke des von uns allen geschätzten Malers und Bildhauers aus dem Bergell im Kanton zu halten und sie der Öffentlichkeit auch weiterhin zugänglich zu machen. Die Werke wurden davor bewahrt, in Privatsammlungen zu verschwinden. Dies ist nur dank potenter Förderer des Bündner Kulturlebens möglich. Danken möchte ich ganz besonders …«

Während Fritschi eine lange Liste von Firmen und Personen herunterleiert, die sich um die Sammlung verdient gemacht haben, streife ich durch den Park, beobachte die Leute und flüstere dem Hund etwas ins Ohr.

»Den würden Sie wohl am liebsten bei sich zu Hause auf den Balkon stellen!« Eine Dame in einem etwas zu kurz geratenen weinroten Kleid hat sich von der Gesellschaft entfernt und betrachtet die Skulptur. »In Zürich im Kunsthaus steht auch so ein Hund, er ist nicht zu übertreffen in der Wahrhaftigkeit des Ausdrucks.«

»Mir scheint, als ob Giacometti sich so gefühlt hat, als er vom Bergell ins große und fremde Paris kam«, sage ich leise. Da ist die Frau bereits weitergegangen und verwickelt einen Zigarre rauchenden Herrn in ein Gespräch.

Später führt Fritschi seine Gäste durch den Park, langsam wandern die Leute von Skulptur zu Skulptur, Fritschi erklärt, einige Alphatiere geben brav gelernte Statements zum Besten, ernten distinguiertes Kopfnicken oder provozieren angeregte Diskussionen. Ich bleibe im Schatten der Bäume stehen und trete nur heraus, wenn ein Tablett mit Schinkengipfeln oder Brötchen vorbeigetragen wird.

»Giacomettis Hund!« Fritschi macht eine Kunstpause und schaut sich um. »Gibt es ein besseres Stück, um Giacomettis Weltsicht zu zeigen?«

Ich schüttle den Kopf und greife nach einem neuen Weinglas.

»Und wenn Sie den Hund genau betrachten«, fährt Fritschi fort, »dann sehen Sie hier beim Kopf …« Er verstummt, bückt sich, schaut sich den Kopf genauer an, berührt kurz die Ohren, winkt einen Assistenten zu sich, zeigt diesem ein Detail am Rücken, schüttelt dann den Kopf. »Ich verstehe das nicht!«

»Was ist los?«, fragt die Dame im weinroten Abendkleid.

»Diese Skulptur ist eine Fälschung!« Ganz kurz nur ist es totenstill im Park, es ist, als würden sogar die Fahrzeuge auf der Poststrasse kurz still stehen, dann bricht der Tumult los. Es scheint, als müsse jeder jeden über die Ungeheuerlichkeit von Fritschis Aussage informieren.

Fritschi und sein Assistent kommen auf mich zu.

»Kommen Sie bitte mit, Mettler, ich muss mit Ihnen reden.«

»Gerne, wenn Sie meine Meinung zu diesem Vorfall hören wollen«, ich mache eine Handbewegung in die Runde und komme mir dabei sehr wichtig vor, »dann ist die Skulptur nicht hier im Park vertauscht worden, da waren immer Leute anwesend. Es muss heute Morgen passiert sein, als sie noch im Museum stand.«

Fritschi lacht spöttisch. »Hören Sie mit dem Theater auf, Mettler. Und kommen Sie endlich mit, wir wollen wirklich kein Aufsehen erregen!«

»Sie glauben doch nicht etwa, dass ich den Hund …«

Fritschi schaut mich böse an. »Doch, Mettler, genau das glaube ich!«

Einige Fotografen sind auf uns aufmerksam geworden, erste Blitze erhellen den Park. Ich hebe den Arm, um mein Gesicht zu schützen. Die Menge kommt auf uns zu, Fritschi und sein Assistent zerren mich über den Rasen und am Buffet vorbei, wir betreten das Kunsthaus durch den Hintereingang, hasten durch die dunklen Ausstellungsräume. Ich lasse mich ohne Gegenwehr wie ein Verbrecher abführen, glaube erst, dass es ein Spiel ist, das sich sofort aufklären wird, die Verdächtigungen sind so absurd, so abwegig.

»Hier rein, Mettler!« Unsanft schiebt mich Fritschi in sein kleines Büro. »Bevor ich die Polizei rufe, hätte ich noch ein paar Fragen.«

»Die Polizei? Ich habe nichts verbrochen!«

»Und was ist mit der Skulptur von Giacometti? Wo ist sie?«

»Aber ich war es nicht, durchsuchen Sie mich doch, wo soll die Statue denn sein? Hier etwa?« Ich kehre meine Taschen nach außen.

»Glauben Sie denn, dass ich Sie nicht durchschaue?« Fritschi zieht ein Paket Zigaretten hervor und steckt sich eine an. »Sie haben Komplizen gehabt, Mettler, Leute von außen, was weiß ich. Die Polizei wird schon rausfinden, wie Sie es angestellt haben und wo der Hund steckt!«

»Wie kommen Sie gerade auf mich?«

Fritschi lächelt mich kalt an. »Heute Morgen haben Sie sich für die Skulptur interessiert, das ist doch sehr verdächtig. Da stand das Original noch in der Sammlung. Ich war selber dabei, als der Hund am späten Nachmittag in den Park transportiert wurde, auch da handelte es sich um das Original. Danach waren Sie als Einziger die ganze Zeit über im Park und in der Nähe der Skulptur.«

»Das kann nicht sein!«, flüstere ich. »Es muss eine andere Erklärung geben.«

»Das erzählen Sie am besten den Polizeibeamten!« Fritschi steht auf.

»Soll ich anrufen, Chef?« Fritschis Assistent geht zum Telefon hinüber und hebt ab.

»Das mache ich gleich selber, Herr Keller, aber vom Empfang aus. Das geht den da nichts an.« Und er zeigt mit seiner Zigarette auf mich. »Und Sie, Mettler, können sich in der Zwischenzeit überlegen, was für eine Geschichte Sie der Polizei auftischen wollen. Kommen Sie, Keller!«

Fritschi drückt seine Zigarette aus und verlässt mit Keller das Büro. Draußen wird der Schlüssel zweimal im Schloss umgedreht.

5.

In meinem Kopf macht sich Panik breit, ich kann kaum noch atmen. Wer wird einem arbeitslosen Lebenskünstler glauben? Wenn es stimmt, dass ich der Einzige bin, der mit dem Hund alleine war, dann habe ich nichts zu lachen. Ich sehe mich bereits in einer engen Zelle hocken, dann wieder im Verhörzimmer, von Lampen geblendet und mit der immer gleichen Frage gequält: »Wo ist Giacomettis Hund?«

Irgendwann würde ich durchdrehen, ich sehe mich schon hechelnd und bellend um den Kommissar herumwedeln und an der Zellenwand mein Bein heben. Mona kommt mir in den Sinn. Was würde sie glauben, wenn man ihr erzählt, dass ihr Claudio ein Kunstdieb ist. Ich muss es Mona selbst erklären, muss sie von meiner Unschuld überzeugen.

Ich schaue mich in Fritschis Büro um, es muss doch einen Ausweg geben! Die Türe ist verschlossen, draußen im Museum sind Fritschi und Keller. Gleich werden die beiden zurückkommen. Hinter dem eindrücklichen Schreibtisch hat es hoch oben ein Fenster. Es lässt sich leicht öffnen, schnell besteige ich den Bürostuhl, sitze auch schon auf dem Sims und springe hinunter in den Park. Der Rasen ist weich, meine Landung und das anschließende Abrollen ideal. Drüben beim Buffet stehen die Gäste des Giacometti-Events und diskutieren aufgebracht, vielleicht aber auch genüsslich lüstern über den dreisten Raub, schließlich ist man nicht jeden Tag bei einer solchen Sensation dabei.

»Da, er haut ab, haltet ihn!«, kreischt eine hysterische Damenstimme.

»Wer?«

»Wo?«

»Der Mann dort drüben, er hat den Giacometti vertauscht.«

Ein paar dynamische Herren laufen auf mich zu. Schon bin ich um die Hausecke herum, renne ein unbeteiligtes Liebespaar über den Haufen, schlage einer Dame mit Nerz das Cocktailglas aus der Hand, krieche durch die Hecke und laufe weiter durch den Park des Verwaltungsgebäudes der Rhätischen Bahn. Oben beim Postplatz höre ich die Sirenen der nahenden Polizeifahrzeuge. Schnell überquere ich die Bahnhofstrasse und tauche in die enge Gasse beim Café Merz. Meine Verfolger sind zurückgeblieben.

Langsam finde ich meinen Rhythmus, ich laufe, ohne meine Kräfte zu vergeuden. Meine Schritte hallen viel zu laut durch die Nacht. Doch niemand dreht sich nach mir um. Wenn Fahrzeuge auftauchen, verkrieche ich mich in dunkle Hauseingänge.

Endlich habe ich Retos Haus erreicht, klingel und warte. Im Schritttempo fährt ein Streifenwagen die Straße hinunter. Gleich sind sie da, gleich werden sie mich sehen.

»Wer da?«, höre ich Müllers Stimme aus dem Lautsprecher.

»Ich bin es, Claudio, mach auf, schnell, sonst …«

Der Streifenwagen rollt heran, da ertönt ein Summen, die Tür gibt nach und lässt sich öffnen, schnell schlüpfe ich in den dunklen Flur und lehne mich schwer atmend an die Wand. Der Polizeiwagen fährt vorbei. Langsam entfernt sich das Motorengeräusch.

Keuchend hetze ich im Dunkeln die Treppe hinauf. Müller erwartet mich oben an der Wohnungstür.

»Na, wie war dein erster Arbeitstag im Museum?«

Ich lösche das Licht im Raum und ziehe die Vorhänge zu, unten auf der Straße rauscht ein weiterer Streifenwagen vorbei, als er nicht mehr zu sehen ist, atme ich hörbar auf.

»Meinen die dich?« Müller steht neben mir und schaut dem Wagen nach.

Froh, einen Zuhörer zu haben, erzähle ich Reto, wie Morandi und der Japaner mir Geld für den Hund von Giacometti geboten haben, wie ich meinen ersten Tag im Museum verbrachte und wie schließlich die Hundestatue von Giacometti mit einer Fälschung vertauscht wurde.

»Und nun sucht die Polizei nach Claudio Mettler, dem großen Kunstdieb?«

»Ich finde das nicht wirklich witzig, Reto!«

»Das war kein Witz, das war eine Feststellung, eine Analyse der Situation sozusagen.«

»Reto, du nervst! Die Polizei ist hinter mir her, das Ganze ist ein einziger Albtraum, und nun vertrödelst du Zeit mit schrägen Sprüchen!« Am liebsten würde ich meine Sachen zusammenpacken und verschwinden. Doch wohin?

»Beruhige dich, Claudio, du bist mein Freund, das weißt du. Und ich lasse meine Freunde niemals hängen!« Reto Müller setzt Teewasser auf.

»Was soll ich jetzt tun?«

»Erst gibt es einen Melissentee. Der beruhigt!«

Die nächste Viertelstunde verbringe ich auf Müllers Toilette, die ganze Aufregung war zu viel für mein vegetatives Nervensystem, Krämpfe schütteln mich, ich verbrauche wohl eine halbe Rolle Klopapier. Endlich habe ich die Situation wieder unter Kontrolle, Reto schenkt mir ein, gibt einen Löffel Honig in die Tasse. Er selbst genehmigt sich ein Glas Kirsch.

»So, nüchtern betrachtet hast du lausige Karten, Claudio. Du warst am Tatort, du hast dich dem Zugriff der Sicherheitskräfte durch deine Flucht entzogen und damit alle Aufmerksamkeit auf deine Person gelenkt. Das war nicht sehr klug!«

»Vielleicht hast du recht, Reto, doch was hättest du an meiner Stelle getan?«

»Ich hätte sicher nicht so einen lausigen Job angenommen!«

»Und du wärst mit deinem Bauch nicht aus dem Fenster gekommen!«, gebe ich wütend zurück.

Irgendwie wird es dann doch noch ein gemütlicher Abend, wenn man gewisse Umstände außer Acht lässt. Reto erzählt, wie er Carla, die Tochter von Rechtsanwalt Fasciati, kennengelernt hatte und in eine Dreiecksbeziehung mit ihr und ihrer Mutter Dora geraten war. Ich habe die Geschichte schon etliche Male gehört, kenne alle Wendungen und die diversen Variationen des Stoffes, doch für heute Abend ist es genau die richtige Unterhaltung.

Schließlich gähnt Reto. »Ich muss mich hinlegen, gute Nacht!«

»Was machen wir morgen?«

»Darüber muss ich schlafen, Claudio. Morgen sehen wir weiter, du kannst dich auf mich verlassen.«

Müller richtet mir die Couch her und verschwindet dann in seinem Schlafzimmer. Unruhig wälze ich mich hin und her, bald ist das Laken nassgeschwitzt, zwischendurch stehe ich auf, trinke in der Küche Wasser und schaue auf die dunkle Straße hinunter. Kurz nur finde ich Schlaf, immer wieder schrecke ich auf, höre Polizeisirenen oder das Kläffen von Hunden, dann wieder erscheinen vor meinem inneren Auge Polizeigrenadiere mit Maschinenpistolen, die auf mich zielen.

Schweißgebadet und gerädert stehe ich um sechs Uhr auf. Mein Körper fühlt sich an, als hätte ich eine Woche unter einer Brücke geschlafen. Genauso rieche ich auch. So nehme ich eine kalte Dusche und ziehe mir saubere Kleider an.

Konzentriert bereite ich eine Kanne Tee zu, lasse die Blätter genau drei Minuten und zwanzig Sekunden ziehen, finde eine passende Tasse und den Honig in Retos Küche. Langsam trinke ich ein paar Tassen am Fenster. Es ist ruhig draußen, keine verdächtigen Personen, die, den Hut tief ins Gesicht gezogen und die Hände in den Taschen eines zerknitterten Trenchcoats vergraben, in Hauseingängen oder an Laternen lehnen, keine übernächtigten Beamten, die in parkierten Fahrzeugen rauchend die Zeit totschlagen. Kurz: Im Moment werde ich da unten nicht erwartet. Doch das kann sich jederzeit ändern.

»Ich habe es mir überlegt!« Müller erscheint in einem seidenen Morgenmantel mit chinesischen Schriftzeichen auf der Brust, seine Haare sind schon frisch eingeölt und das kleine Schwänzchen sitzt perfekt an seinem Hinterkopf. »Du musst weg hier und zwar möglichst schnell!«

»Warum? Hier sucht mich doch niemand!«

»Glaub mir, die Stadt ist gefährlich für dich. Vielleicht hat uns gestern jemand zusammen gesehen, vielleicht wurdest du beobachtet, wie du das Haus betreten hast, dann kann ich nichts mehr für dich tun!« Müller zeichnet mit seinen Fingern imaginäre Gitterstäbe in die Luft.

»Aber ich bin unschuldig!«, rufe ich viel zu laut.

»Das sagen alle!«, gibt er zurück, lächelt dann verlegen. »Das habe ich aus dem Fernsehen, entschuldige.«

»Ich muss meine Unschuld beweisen!«

»Pssst! Nur nicht nervös werden, Claudio. Was wir brauchen ist Zeit. Wenn du ein paar Tage aus dem Blickfeld verschwunden bist, wird die Polizei auch andere Spuren verfolgen.« Müller stellt die Kaffeemaschine an. »Und wenn die wahren Schuldigen erst einmal gefasst sind, dann tauchst du wieder auf und bist rehabilitiert, verstehst du?«

6.

Um halb neun bin ich auf der Straße. Meine Reisetasche liegt bei Reto im Keller unter alten Kartoffelsäcken versteckt. Über der Schulter trage ich einen leichten Rucksack mit dem Nötigsten, in meiner Tasche steckt der Schlüssel für ein Maiensäss bei Bergün. Reto hat mir eine große Sonnenbrille und eine gelbe Mütze gegeben, die mich unkenntlich machen sollen, nun sehe ich aus wie der Depp vom Land, der zum ersten Mal in der Stadt ist. Jederzeit fluchtbereit bewege ich mich zwischen den Passanten in Richtung Bahnhof.

Plötzlich sehe ich ihn: Kubashi. Der Japaner, der mir Giacomettis Hund abkaufen wollte. Mit einem eleganten Rollkoffer ist auch er in Richtung Bahnhof unterwegs.

Sicher will er heute weiterreisen, irgendwo in meiner Jacke steckt noch sein Reiseprogramm mit den verschiedenen Aufenthaltsorten. Er ist es, der mich reingelegt hat, wegen diesem Japaner ist mir die Polizei auf den Fersen. Das denke ich jedenfalls im ersten Moment, wütend wie ein Stier, der den Torero vor den Hörnern hat. Dann, nach einigen beruhigenden Atemzügen, komme ich zum Schluss, dass Kubashi mit meiner jetzigen Situation eher am Rande zu tun hat. Ich bin schließlich nicht auf sein Angebot eingegangen und habe die Skulptur für läppische 8.000 Franken geklaut. Es kann aber durchaus sein, dass Kubashi sein verrücktes Angebot auch anderen Leuten gegenüber geäußert hat, dass da möglicherweise weitaus höhere Summen im Spiel sind. Morandi kommt mir in den Sinn. Sagte er nicht, dass er einen Hundefreund sucht?

So widerstehe ich meinem ersten Reflex, Kubashi anzufallen und auf offener Straße zu verprügeln. Das würde mich nur noch weiter in eine Einbahnstraße voller Minen und Fallen führen, an deren Ende mich ein Richter und die kantonale Strafanstalt in Realta erwarten würde.

Ist es wirklich das Beste, mich einfach nur zu verstecken? Oder sollte ich nicht selbst herauszufinden versuchen, wer den Hund geklaut hat? Kubashi wird mich zu den wahren Tätern führen, davon bin ich überzeugt. Statt also brav hinunter zum Bahnhof zu gehen, wie mir Reto aufgetragen hat, biege ich in eine Seitenstraße ein und folge dem Japaner durch den Hintereingang ins Warenhaus Manor. Dies ist eine reichlich verwegene Aktion, denn das Gebäude liegt gleich gegenüber dem Kunsthaus am oberen Ende der Bahnhofstrasse. Andererseits wird man mich hier kaum vermuten. Die Polizei wird annehmen, dass ich mit der Skulptur bereits gestern Abend das Weite gesucht habe.

Zufrieden mit meiner neuen aktiven Rolle als verdeckter Fahnder fahre ich hinter Kubashi die Rolltreppe hinauf, er steuert die Sportabteilung an, ich folge ihm und verstecke mich hinter einem Ständer mit Trainingsanzügen. Der Japaner schaut sich um, dann begutachtet er sorgfältig einen Micro-Scooter, einer dieser Mini-Tretroller, mit dem Verrückte neuerdings die Fußgängerzonen und die Bahnhofsunterführungen unsicher machen.

»Hallo, Mister Kubashi«, zische ich, »ich muss mit Ihnen reden.«

Er stellt das Gefährt auf den Boden, steigt auf und rollt zu mir herüber.

»Mister Mettler! Schön Sie hier zu sehen!«

»Nicht so laut«, ich halte meinen Finger vor die Lippen und ziehe ihn in mein Versteck.

»Kennen Sie sich aus mit diesen Scootern? Sind Sie schon damit gefahren? Ist der hier gut für einen Erwachsenen?«

»Was wollen Sie damit?«

»Ich habe gehört, dass Ihre Straßen nicht so stark befahren sind wie bei uns in Japan.«

»Das kann schon sein, mit einem solchen Ding würde ich trotzdem vorsichtig sein.«

»Ich würde gerne mal einen Pass hinunterfahren, das muss herrlich sein!« Wieder dieses unergründliche Lächeln.

Die Situation ist völlig irrational. Da stehen wir zwei erwachsenen Personen versteckt hinter Trainingsanzügen und Jogginghosen. Ich ein polizeilich gesuchter Dieb, er Drahtzieher in einem raffinierten Kunstraub, und was tun wir beide? Wir unterhalten uns über die Qualitäten eines besseren Kinderspielzeugs.

»Was ist mit dem Hund?«, frage ich ziemlich unfreundlich.

»Der Hund?« Seine Augen beginnen zu leuchten.

»Ja, der Hund von Giacometti, ich stecke bis über die Ohren im Schlamassel deswegen!«

Er packt meinen Arm. »Das tut mir leid, Mister Mettler. Aber mein Angebot gilt immer noch. 8.000 auf die Hand, wenn Sie mir den Hund bringen!« Er lächelt mich freundlich an.

Am liebsten hätte ich Kubashi eine runtergehauen, um zu sehen, was dann von seinem Lächeln noch übrig bleibt, doch da werde ich unsanft an beiden Armen gepackt und von zwei kräftigen Verkäufern hinter den Sportkleidern hervorgezerrt.

Sie lassen mich los und grinsen verlegen. »Sind Sie der Neue? Sprechen Sie Deutsch? German?«

Unsicher zucke ich mit den Schultern. Was wollen die von mir?

»Gute Verkleidung!« Sie deuten auf meine Mütze und die Brille. »But we know you, wir haben Sie erkannt, cool, nicht wahr?«

Ich finde es gar nicht cool, trotzdem ziehe ich die Mütze und die Brille aus.

»Come on, dort, please, wollen Sie etwas trinken, Coke?« Sie schieben mich durch die Sportabteilung auf eine Gruppe Jugendlicher zu.

»Gryzko, Gryzko, Gryzko!« Von allen Seiten wird mir auf die Schultern geklopft. »Du musst Tore schießen, verstehst du?«

»Viele Tore für Chur!«

»Dann werden wir endlich wieder aufsteigen!«

Und wieder dieses Gryzko-Gejohle.

Höflich nicke ich, ›High five‹ hier, ein Schulterklopfen dort. Die Verkäufer schieben mich zu einem Tisch, belegt mit Fanartikeln und Postern. Dann werden mir Shirts und Schals und Mützen und Poster des EHC Chur hingeschoben, die ich bereitwillig mit irgendwelchen Kritzeln signiere, die sowohl Gryzko wie auch Mettler heißen könnten. Dazu murmle ich etwas Unverständliches, das wie Russisch klingt. Oder Englisch. Wer weiß schon, woher dieser Gryzko stammt! In den letzten Wochen des süßen Nichtstuns in Monas Wohnung blätterte ich stundenlang in der Zeitung, auch der Sportteil kam dabei nicht zu kurz. Von diesem Iwan Gryzko, der Chur eine neue Perspektive geben soll, hatte ich zwar gelesen, das Meiste aber auch schnell wieder vergessen.

Graubünden ist Eishockeyland. Fußballer kommen hier kaum zur Geltung. Auch als Nicht-Sportler kann man sich dem kaum entziehen. Die Gespräche drehen sich oft um die kleine, schwarze Scheibe, ob man will oder nicht. In der Blütezeit des Sports in den späten 70er-Jahren waren neben Davos auch Arosa und der EHC Chur in der höchsten Liga der Schweiz vertreten. Drei von zehn Teams stammten aus der gleichen Region, das konnte finanziell nicht gut gehen, dafür lagen die drei Orte zu nah beieinander.

Davos hat es geschafft, sich als Traditionsclub zu modernisieren, seine Finanzen den neuen Anforderungen des modernen Leistungssports anzupassen, seither pilgern an jedem Spieltag Tausende Fans aus dem Flachland hinauf in den Alpenkurort, um Spiele zu sehen, die es auch in Bern, Zürich oder Lausanne zu sehen gäbe, allerdings nicht in dieser Atmosphäre. Davos war und ist Magie, der Rekordmeister brachte mit dem traditionsreichen Spengler-Cup, dem bekanntesten Clubturnier, Spitzenspieler aus Nordamerika, Tschechien, Russland, Deutschland und aus Nordeuropa über die Silvestertage in den Nobelkurort und schaffte so die Voraussetzung für den HC-Davos-Kult und für ein stets volles Stadion.

Arosa dagegen ist nach dem freiwilligen Abstieg aus finanziellen Gründen von der obersten Liga ins Bodenlose gefallen und erholt sich nach bitteren Jahren im Provinzhockey erst allmählich wieder, zaghaft werden neue Ziele formuliert, die an der guten alten Zeit anknüpfen sollen. Die Hauptstädter aus Chur unternehmen immer mal einen neuen Anlauf, um endlich wieder eine wichtige Rolle, wenn nicht in der obersten, so doch wenigstens in der zweitobersten Liga zu spielen. Doch Misswirtschaft, Skandale und fehlgeleitete Investitionen haben die ehrgeizigen Pläne des Clubs allzu oft allzu arg zerzaust. Hoffnungsträger entpuppen sich als Hochstapler, vermeintliche Stars aus dem Ausland konnten nach der Verpflichtung kaum Akzente setzen, die neuen Präsidenten mit den großen Geldbeuteln zogen sich schneller zurück, als sie gekommen waren. Doch jede Saison hoffen die Churer von Neuem auf ihr ganz persönliches Eishockeywunder.

Dass ich, Claudio Mettler alias Iwan Gryzko, daran teilhaben kann, macht mich trotz meiner zeitlebens schwachen Leistungen auf Schlittschuhen schon ein wenig stolz. So unterschreibe ich alles, bis mir die Finger schmerzen. Als ich einmal kurz aufschaue, sehe ich, wie Keller, der übereifrige Assistent von Fritschi, mit einem EHC-Chur-Shirt durch die Sportabteilung schlendert. Wir sahen uns gestern Abend im Kunsthaus zwar nur kurz, doch ich hinterließ sicher einen bleibenden Eindruck bei ihm. Schnell ducke ich mich hinter einem Plakat voller Eishockeyspieler.

»Für meinen Vater!«, sagt ein Dreikäsehoch neben mir, und ich schreibe: ›Nasdrowie Breschnev Gorbatschow Lenin Wodka Gryzko‹.

»Vielen Dank, Gryzko!«, flötet der Kleine ehrfürchtig und nimmt das Plakat entgegen.

Dann wird ein Shirt vor mir auf den Tisch gelegt. »Für Jonathan!«

Mit zitternden Fingern beginne ich zu schreiben.

»Haben wir uns nicht schon mal gesehen?« Keller geht auf die Knie.

»Kennen? No!«, flüstere ich mit rauer Stimme.

»Das ist nicht Iwan Gryzko!« Keller reißt mir das Shirt aus der Hand. »Dieser Mann ist Mettler, ein Dieb, ein Fälscher, er hat gestern Abend im Kunstmuseum eine Skulptur gestohlen!«

Bevor jemand reagieren kann, kippe ich den Tisch mit den Fanartikeln in Kellers Richtung, schalte zwei Verkäufer mit Bodychecks aus, höre noch den Jungen mit dem Plakat »Mann, der ist gut, noch besser als Gryzko!« rufen und renne los, hinter mir ein Riesengeschrei, vor mir an der Kasse Kubashi, der eben seinen Micro-Scooter bezahlt.

»Den nehme ich als Vorschuss mit, mein Freund!« Und schon flitze ich mit dem kleinen Tretroller um die Ecke und rase auf die Rolltreppe zu. Eine Mutter springt mit ihren Kindern zur Seite, eine ältere Dame nimmt ihr Hündchen auf den Arm, ein Rentner leert seine Einkaufstasche aus, irgendwie schaffe ich es die Treppe hinunter, kippe ein Gestell mit Kosmetika um, springe wieder auf meine Maschine, nehme die Kurve und bin endlich draußen vor dem Warenhaus.

Gegenüber vor dem Kunsthaus stehen zwei Polizisten, auch auf der Bahnhofstrasse sehe ich Uniformierte, der Weg hinunter zum Schnellzug ist versperrt. So hetze ich zum Postplatz, folge der Hauptstraße, überquere die Straße und die Schienen der Arosabahn, die hier wie eine Tram durch die Stadt holpert, dann nehme ich die Brücke über die Plessur. Hinter mir hupen etliche Autos, Reifen quietschen, doch das kümmert mich nicht.

Beim alten Zollhaus endlich die Abzweigung, die zur Lenzerheide hinaufführt. Es gibt keinen schnelleren Weg aus der Stadt hinaus.

7.

Einen Moment bleibe ich stehen, atme tief durch und schaue zurück. Niemand ist mir gefolgt. Es hätte mich auch erstaunt, der kleine Micro-Scooter läuft wirklich wie ein geölter Blitz. Kubashi hat eine gute Wahl getroffen.

»Hey, willst du mitfahren, oder hast du vor, hier noch lange herumzuhängen?« Die Tür eines knallgelben Mini Coopers öffnet sich, ich lasse mich auf den Ledersitz hinunterfallen, die Fahrerin drückt aufs Gas, und der Wagen schießt die steile Rampe hinauf. »Geht doch besser als mit dem Tretroller, oder?«

»Normalerweise bin ich nicht mit dem Scooter unterwegs!« Ich komme mir lächerlich vor mit dem silbernen Spielzeug zwischen meinen Beinen.

Wir lassen die Stadt hinter uns, gewinnen schnell an Höhe. Die Landschaft rauscht vorbei, Bäume, steile Wiesen, immer wieder tauchen gefährlich nahe die Stützmauern vor meinem Fenster auf.

»Wegen mir brauchst du nicht so zu rasen, ich habe es nicht besonders eilig!«

»Ach ja?« Ein spöttisches Lachen, ein Blick in den Rückspiegel. »Das hat vorhin aber anders ausgesehen!«

»Wie meinst du das?«

»Na ja, ich bin die Engadinerstrasse hinaufgefahren, als du vor mir durchgeflitzt bist. Ein Kind, das sich so auf der Straße verhält, würde man zur Nacherziehung eine Woche lang in den Verkehrsgarten schicken.«

»Ach das«, ich reibe mir die Nase, »das ist eine lange Geschichte.«

Die Fahrerin schaut kurz zu mir hinüber. »Ich liebe lange Geschichten, am Abend vor dem Kaminfeuer könnte ich stundenlang zuhören, wenn jemand etwas Spannendes erzählt.«

Ich klammere mich am Türgriff fest, als die Fahrerin mit quietschenden Reifen eine Kurve schneidet. Im Moment würde ich auch lieber vor einem Kaminfeuer sitzen.

»Angst?« Sie lacht spöttisch. »Vor wem hast du mehr Angst, vor mir oder vor denen da hinten?« Sie zeigt mit dem Daumen über die Schulter und beschleunigt erneut.

Ich drehe den Kopf, schaue zurück. Hinter uns fährt ein dunkelblauer BMW mit getönten Scheiben und Zürcher Kennzeichen.

»Was ist mit diesem Wagen?«, frage ich unsicher.

»Der folgt uns, seit wir Chur verlassen haben. Und ich habe nichts mit denen zu tun, das kannst du mir glauben.«

Ein BMW aus Zürich? Sind das Freunde von Kubashi? Das ergibt irgendwie keinen Sinn. Der Japaner tat vorhin im Warenhaus so, als hätte er den Hund noch nicht bekommen, als glaubte er immer noch, dass ich ihm das Tier besorgen könnte. Angenommen, die anderen Diebe in seinem Auftrag hätten den Hund gestohlen, wäre es dann nicht das Natürlichste, dass sie ihren Boss über den gelungenen Coup informieren würden?

Wenn also Kubashis Leute den Hund nicht haben, wer hat ihn dann? Gibt es neben der Polizei noch andere Leute, die glauben, dass ich den Hund gestohlen habe? Sind diese Leute nun hinter mir her? Eine weitere Frage quält mich: Was werden diese Gangster tun, wenn sie mich erwischen? Oder fährt hinter uns ein ziviles Polizeifahrzeug? Wahrscheinlich ist es nur eine Frage der Zeit, bis wir angehalten werden und ich entweder mit Handschellen oder zehn gebrochenen Fingern weggebracht werde.

Das sind nun wirklich äußerst unangenehme Aussichten.

Ein Plakat am Straßenrand, das einen bärtigen Mann zeigt, weist darauf hin, dass hier ein Olympiasieger wohnt, der nun ein Sportgeschäft betreibt.

»Heini Hemmi, Sapporo 1972, Gold im Riesenslalom«, erklärt meine Begleiterin ungefragt.

Beklommen schweige ich und starre aus dem Fenster.

Diverse Fleischtrocknereien mit großen Parkplätzen laden zum Kauf der hiesigen Spezialitäten ein. In den kleinen Dörfern halten wir uns anständig und folgsam an die Höchstgeschwindigkeit, außerorts dagegen wird gerast. Nervös schaue ich in den Rückspiegel, der dunkle BMW ist immer noch da, obwohl die Frau neben mir noch einen Zacken zulegt.

Wer ist die Frau? Verstohlen schaue ich zu ihr hinüber, sie ist wohl etwas über 25, ziemlich sportlich, nicht ganz billig gekleidet, ich sehe das mit einem Blick, Mona ist eine gute Lehrmeisterin. Der Schmuck weist auf einen guten Geschmack hin. Vorhin beim Zurückschauen habe ich eine ziemlich teure Markenhandtasche auf dem Rücksitz gesehen. Ihr Parfum ist auch nicht ohne. Was will die Frau von mir? Ist es ein Zufall, dass sie mich mitgenommen hat? Nur weil ich auf der Flucht mit meinem Micro-Scooter ihren Weg gekreuzt habe? Oder einfach die Laune einer reichen, gelangweilten Frau?

Die Möglichkeit, dass die Frau mich gezielt mitgenommen hat, wage ich wegen der Konsequenzen nicht zu denken.

Auch in Valbella bleibt der dunkle Wagen wie ein Schatten hinter uns.

»Die sind ganz schön hartnäckig.« Sie lacht, schaltet und schiebt sich eine blonde Strähne aus dem Gesicht. »Darf man fragen, was du denen getan hast?«

»Darf man fragen, warum du mich mitgenommen hast?«, spiele ich den Ball zurück.

»Erst bist du an der Reihe, wenn mir deine Antwort einleuchtet, bekommst du eine Antwort von mir. Einverstanden?«

»Einverstanden!« Rechts der Heidsee, doch das Wasser ist wohl noch zu kühl, um darin zu baden.

»Was wollen die da hinten von dir?«

»Nichts, ich weiß nicht, wer das sein könnte.«

»Dann sehe ich eigentlich kein Problem.« Sie bremst am Dorfende ab, betätigt den Blinker und biegt auf einen Parkplatz ein.

»Was machst du da? Bist du verrückt?«

»Wieso?« Sie schaut mich unschuldig an. »Wenn du nicht weißt, wer in diesem Wagen sitzt, dann ist es doch das Beste, wenn wir versuchen, es herauszufinden, oder nicht?«

Der Schweiß schießt mir aus allen Poren. Gestern noch war ich ein unbescholtener Bürger, der mit niemandem Probleme hatte, außer vielleicht mit Mona. Doch seit dem Vorfall im Museum muss ich befürchten, jederzeit von der Polizei verhaftet zu werden und im Gefängnis zu landen. Oder von irgendwelchen Gangstern zusammengeschlagen zu werden, weil sie glauben, dass ich den Hund habe. Mein Magen krampft sich zusammen, als der Mini Cooper zum Stehen kommt und sie den Motor abstellt.

Unser Schatten hält einige Schritte hinter uns. Wir warten. Nichts geschieht, die Türen des BMW bleiben zu. Verschwommen sehe ich die Umrisse zweier Männer auf den Vordersitzen.

»Die sind nicht sehr kontaktfreudig, findest du nicht auch?« Noch bevor ich die Frau neben mir aufhalten kann, steigt sie aus, geht um den Wagen herum und öffnet meine Tür.

»Komm schon, wir wollen diesen Herrschaften einmal guten Tag sagen!«

Eine Falle. Ich hätte es wissen müssen. Die Frau ist von der Polizei, die Insassen des BMW wohl ebenfalls. Oder es sind Freunde von Kubashi oder sonst irgendwelche Kriminelle.

»Komm endlich, wird's bald?« Ihre Stimme, die vorhin so fröhlich klang, tönt nun hart und energisch, so, als sei sie es nicht gewohnt, dass man ihr widerspricht.

Ergeben steige ich aus und gehe hinüber zum anderen Wagen. Als meine Begleiterin ans Seitenfenster des Beifahrers klopft, öffnen sich beide Türen des BMW gleichzeitig, doch anstatt zwei Polizisten steigen Fritschi und sein Assistent Keller aus.

Erschrocken weiche ich einige Schritte zurück.

»Wohin denn so eilig, Mettler?« Keller kommt langsam auf mich zu, während Fritschi bei der Beifahrertür stehen bleibt und eine Zigarettenpackung aus seiner Tasche zieht.

»Ich dachte, du kennst die Leute nicht!« Meine Begleiterin geht um den BMW herum und beobachtet die Szene amüsiert.

»Der Herr Mettler kennt uns gut«, Fritschi zündet sich die Zigarette an, »doch möglicherweise möchte er sich nicht an uns erinnern.«

»Auch nicht an einen bestimmten Abend, an dem ein Hund verloren gegangen ist!«, zischt Keller wütend. »Aber vielleicht sind Sie ja gar nicht Mettler, vielleicht sind Sie der berühmte Eishockeyspieler Iwan Gryzko?«

»Ich wollte ... eigentlich habe ich nur ... das heißt ...«

Keller packt mich an den Schultern und schüttelt mich. »Hören Sie auf mit dem Theater. Wo ist der Hund?«

Fritschi raucht schweigend und schaut mich böse an.

Meine Begleiterin kommt zu uns hinüber. »Ein Hund? Sie suchen einen Hund? Wieso sagen Sie das nicht gleich. Wir haben keinen Hund bei uns, wollen Sie in meinem Wagen nachschauen?«

Wir gehen voraus, Keller folgt uns zum Wagen.

»Übrigens, gehört dieser Schlüssel Ihnen?« Sie hält Keller einen Wagenschlüssel vor die Nase, zieht ihn weg, bevor dieser zupacken kann, und wirft ihn ins Gebüsch am Parkplatzrand. Und während Keller fluchend hinterherrennt, springen wir in den Mini Cooper und brausen auf die Straße hinaus.

»Hast du sein Gesicht gesehen?« Sie prustet los und steckt mich mit ihrem Lachen an. »Dieser Trick funktioniert immer! Ein angeborener Reflex, es ist wie bei den Hunden, man muss nur ein Stöcklein werfen, schon laufen sie los und apportieren es!«

Vor uns taucht die Abzweigung nach Brienz auf. Meine Begleiterin bremst und hält am Straßenrand.

»Aussteigen, Mettler! Von hier aus musst du sehen, wie du alleine weiterkommst.«

»Wie stellst du dir das vor? Die sind hinter mir her, wenn du mich jetzt rausschmeißt, dann …«

»Meinst du, ich will mit dir erwischt werden?« Sie nimmt eine Zeitung unter ihrem Sitz hervor. Mein Bild ist groß auf der Titelseite. ›Kunsträuber auf der Flucht‹ steht in fetten Lettern darunter. »Los jetzt, deine Bekannten werden bald hier sein. Und vergiss das Spielzeug nicht.« Sie zeigt lachend auf meinen Micro-Scooter.

»Danke für alles!« Ich nehme den Scooter und hetze einen Hang neben der Straße hinauf. Hinter einer Bodenwelle lege ich mich flach hin und schaue auf die Straße hinunter.

Der knallgelbe Mini nimmt die Abzweigung und tuckert im Schritttempo die Straße entlang. Weiter oben heult ein Motor auf, und der BMW von Fritschi und Keller schießt in mein Blickfeld. Nun beschleunigt der

Mini, hintereinander jagen die beiden Wagen auf die Ortschaft Brienz am linken Talrand zu.

Schnell laufe ich mit meinem kleinen Scooter auf die Straße zurück, ziehe den Lenker auf die volle Länge aus, damit ich einen besseren Stand habe, und mache mich auf den Weg nach Tiefencastel. Gemütlich fahre ich durch die Frühlingslandschaft. Gras, blühende Blumen, Wald und darüber Berge, ideal für einen Maler, der das Großartige sucht. Ich stelle mir vor, wie Segantini mit einer riesigen Leinwand auf einer solchen Wiese stand, dann mit kleinen Pinselstrichen dieses Zusammenspiel von Licht und Natur auftrug. Im Innern die Gewissheit, dass dieses Spektakel nur so eingefangen werden kann, dennoch auch erfüllt von Zweifeln angesichts der Größe der Aufgabe und der Kleinheit seines Pinselstrichs.

Franz Gertsch, Maler aus Burgdorf im Kanton Bern, wagt sich in der heutigen Zeit ebenfalls an die übergroßen Formate, Leinwände mit mehr als zehn Quadratmetern sind bei ihm die Regel. Auch er arbeitet wie Segantini mit dem ganz kleinen Pinsel, lässt sich Zeit für seine Arbeit, sitzt manchmal ein halbes Jahr und länger an einem Bild. Doch statt draußen in der Natur zu arbeiten, holt er die Landschaft mit Lichtbildern in sein Atelier, projiziert das Dia auf seine Arbeitsfläche und kann so an der Wärme arbeiten. Mich fasziniert bei Künstlern wie Segantini oder Gertsch immer wieder, dass sie sich ganz auf etwas einlassen können, lange und intensiv auf eine einzige Aufgabe fokussieren und nicht das Gefühl haben, angesichts dieser einen großen Leinwand vor sich, angesichts dieses speziellen Ausschnitts aus der Wirklichkeit das pralle Leben irgendwo außerhalb ihres Ateliers zu verpassen. Ich dagegen kann mich nicht festlegen, warte lieber auf Weißnichwas, bevor ich mich irgendwo so richtig reinknie.

Früher einmal wollte auch ich Künstler werden, hatte viel gezeichnet, gemalt, stand am Abend stundenlang in einem Zimmer, das ich ›Atelier‹ nannte, träumte von einem Leben in den Cafés von Paris, von Diskussionen mit Künstlerfreunden, von Vernissagen und schillernden Festen. Ich sah mich wie Alberto Giacometti in einem zerknitterten Mantel durch den Regen gehen, eine Zigarette im Mundwinkel, den Kopf stolz erhoben. Da, so stellte ich mir vor, begegnete dem Künstler dieser erbärmliche, nasse Hund.

Was ich bei meinen Kunstfantasien vergaß: Dass man sich ganz und gar auf etwas einlassen muss, ohne zu zögern und mit aller Kraft, auch mit dem Risiko, dabei seine seelische und körperliche Gesundheit aufs Spiel zu setzen.

Schon nach kurzer Zeit merke ich, dass mein neues Fahrzeug nicht wirklich für die alpine Landschaft geeignet ist, vor allem nicht für Steigungen. Auch ist es nicht ganz einfach, das Ding vor den Kurven zu bremsen und zu stabilisieren.

Irgendwie erreiche ich Tiefencastel. Ich habe das Gefühl, dass mein rechtes Bein durch das ewige Abstoßen länger geworden ist als das linke, jedenfalls fühle ich mich ganz schief. Vor dem Dorfladen halte ich an, nehme mir einen Korb und streife die Regale entlang.

Ich probiere eine Sonnenbrille, nehme eine dunkle Schirmmütze aus dem Regal, dazu kommt eine Flasche Wasser, zwei Brötchen, eine Packung Trockenfleisch und Schokolade.

Während die Verkäuferin tippt, drehe ich möglichst unauffällig die Zeitung mit meinem Bild auf der Frontseite um, bezahle mit einem von Kubashis Hundertern und setze Mütze und Sonnenbrille gleich auf.

8.

Wenig später besteige ich oben beim Bahnhof einen mit Japanern vollbesetzten roten Panoramawagen des Schnellzugs in Richtung Engadin. Von diesen Touristen aus Fernost werde ich wohl kaum enttarnt, die lesen in den Ferien keine Zeitung, und hätten sie eine, würden sie wohl kaum verstehen, was unter meinem Bild steht. Außerdem können die Japaner uns hellhäutige Europäer wohl ebenso schlecht unterscheiden wie wir sie. Dieser Wagen der Rhätischen Bahn ist für einen gesuchten Verbrecher so gesehen einer der sichersten Orte im ganzen Kanton Graubünden.

Ich setze mich in ein gemütliches Abteil zu drei Japanern, packe Brötchen und das Fleisch aus und beginne mein verspätetes Mittagessen. Die Japaner sagen etwas und lächeln mir zu, man könnte sich glatt an diese freundlichen Leute gewöhnen. Dann breitet sich Unruhe aus, Fotoapparate werden gezückt, wild schnattern alle durcheinander, ein neues, lohnendes Objekt ist vor ihren Linsen aufgetaucht. Interessiert beobachte ich das sich mehrmals wiederholende Schauspiel.

Plötzlich klopft mir jemand auf die Schultern. Kauend schaue ich auf.

»Hallo, Mister Mettler, schön Sie zu sehen.« Tashi Kubashi ist von seinem Platz aufgestanden und deutet eine Verbeugung an. »Ich habe Sie heute in der Zeitung gesehen, ein schönes Bild!«

Ich setze mich zu ihm und überreiche ihm den Micro-Scooter. »Danke, dass ich ihn benutzen durfte.«

»Wie hat er funktioniert?«

»Wunderbar, ich bin von da oben heruntergefahren.« Ich zeige auf einen Hang zu unserer Linken. »Allerdings ist es ziemlich anstrengend, mit diesem Ding eine Steigung zu bewältigen.«

»Gut.« Kubashi nimmt den Scooter zufrieden entgegen. »Es war mir eine Freude, Ihnen das Gefährt zu überlassen, jetzt weiß ich, dass es geeignet ist.« Der Japaner schweigt einen Moment, lächelt freundlich, schaut mich dann ernst an und flüstert: »Haben Sie den Hund von Giacometti schon gefunden? Es stand etwas darüber in der Zeitung. Gleich bei Ihrem Bild. Mein Angebot gilt noch. 8.000 Franken für den Hund, ich halte mein Wort.«

Am liebsten hätte ich Kubashi samt seinem Scooter an einer besonders fotogenen Stelle zum Fenster hinausgeworfen. Stattdessen lächle ich unverbindlich und kaue schweigend mein Brötchen. Nach Filisur kommt der Kondukteur vorbei.

»Alle Fahrkarten ab Tiefencastel!«

»Hier.«

Der Kondukteur schaut mich streng an. »Diese Fahrkarte ist im Panoramawagen nicht gültig.«

Gerade will ich irgendeine Geschichte erzählen, das mischt sich Kubashi ein.

»Es ist meine Schuld, ich habe diesen netten Herrn hier aufgefordert, sich zu uns zu setzen und uns die Berge zu erklären. Wissen Sie, die Ansagen aus den Lautsprechern sind für uns nicht gut verständlich. Nicht wahr, Freunde?«

Er erklärt seinen Mitreisenden das Problem auf Japanisch, diese sagen etwas und schauen den Beamten bittend an.

»Ich verstehe kein Wort!«

»Sie bitten darum, dass unser Freund hier weiter die Strecke erklären kann. Da haben Sie sicher nichts dagegen?«

Auch das noch. Erst Kunstdieb, nun Reiseleiter für Japaner.

Brummend geht der Kondukteur weiter.

»Gute Geschichte, oder nicht?«

Kauend nicke ich.

»Was denken Sie von uns Japanern?«

Eigentlich habe ich mir noch nie große Gedanken über dieses reisefreudige Volk von Fotografen und Filmern gemacht, das wie ein Insektenschwarm die eindrücklichsten Orte unseres Landes abgrast, und dies in möglichst kurzer Zeit. Luzern, St. Moritz, Zermatt mit dem Matterhorn, dann weiter nach Rom oder Paris.

»Sie machen gute Autos, gute Geräte«, sage ich unverbindlich.

»Und Ihr Schweizer macht gute Uhren, gute Schokolade.« Kubashi grinst. »Arbeiten Sie in einer Schokoladen- oder Uhrenfabrik, Mister Mettler?«

Ich schüttle den Kopf.

»Sehen Sie, genauso ist es bei uns. Wir arbeiten auch nicht alle bei Toyota oder Sony.«

Der Zug hält in Bergün. Ich stehe auf, nehme meinen Rucksack, steige aus. Kubashi steht an der Tür und lächelt.

»Mister Mettler! Ich erwarte Sie dann morgen in St. Moritz. Mit dem Hund.«

Der Mann hat vielleicht Nerven! »Haben Sie sonst jemanden gebeten, Ihnen den Hund zu besorgen?«

Der Zug setzt sich in Bewegung, Kubashi und die anderen Japaner stehen an den Panoramafenstern und winken mir freundlich zu. Eine Antwort erhalte ich nicht.

Bahnhof Bergün, es ist kalt, hier oben kann der Frühling sich noch nicht so richtig durchsetzen. Die wenigen Reisenden, die mit mir den Zug verlassen haben, sind in Richtung Dorf verschwunden. Was nun?

Meine Verfolger Keller und Fritschi aus dem Museum habe ich vorläufig abgehängt, der Zug mit Tashi Kubashi quert weiter oben den Hang und nähert sich den ersten Kehrtunnels in Richtung Engadin. Wieso bin ich eigentlich nicht sitzen geblieben? Ist das Maiensäss von Reto Müller wirklich eine gute Lösung? Wenn ich den nächsten Zug nehme, kann ich schon heute Abend bei Mona sein!

Ach Mona!

Weiter drüben steht eine Telefonkabine. Mit zitternden Fingern schiebe ich Münzen in den Schlitz, dann wähle ich die Nummer.

»Hallo!«

Die Wärme ihrer Stimme durchflutet mich.

»Hallo, ist da jemand?«

»Ich bin's, Mona, ich stecke ganz schön in der Klemme, hast du die Zeitung heute schon gesehen?«

»Aber sicher, Claudio. Sag mal, spinnst du eigentlich?« Die Temperatur von Monas Stimme ist mindestens um 20 Grad gefallen.

»Aber ich war's nicht, das musst du mir glauben.«

»Das glaube ich dir gern, Claudio, dazu bist du doch nicht fähig. Aber dass du am ersten Tag an deinem neuen Arbeitsplatz in so einen Schlamassel gerätst, ist irgendwie typisch.« Sie lacht bitter. »Dabei hat Müller gesagt, im Kunstmuseum gäbe es den idealen Job für dich, da könntest du nichts falsch machen!«

»Was hat Müller damit zu tun?« Nun wird mir wirklich kalt.

»Müller hat mich vorgestern angerufen und gesagt, in der Zeitung sei dieses Stelleninserat, für diesen Job solltest du dich bewerben. Da habe ich sofort in Chur angerufen.« Mona macht eine Pause. »Ist was, Claudio?«

»Nein, nichts, ich habe mir nur gerade etwas überlegt.«

»Claudio, melde dich bald wieder!«

Ihre plötzliche Fürsorglichkeit freut mich. »Weißt du was, Mona? Ich steige in den nächsten Zug und komme zu dir.«

Stille, ein Seufzen. »Das ist wohl nicht die beste Idee! Schau zuerst, dass du eine Probleme lösen kannst. Dann sehen wir weiter!«

»Wenn du meinst!«, gebe ich ungehalten zurück.

»Bald ist alles wieder in Ordnung, du wirst sehen! Pass auf dich auf, Claudio. Ciao!«

Ich warte, bis sie weg ist, dann hänge ich auf.

Nichts ist in Ordnung! Ein leichter Schwindel hat mich erfasst. Trotz der Abendkühle fließt mir der Schweiß aus allen Poren. Benommen lehne ich mich an das kühle Glas der Kabine. Was hat Reto Müller mit der Sache zu tun? Wieso ruft er Mona an, damit sie mich nach Chur ins Kunsthaus zur Arbeit schickt? Warum hat er mich nicht selbst auf den Job aufmerksam gemacht? Wusste er, dass Mona darauf erpicht war, mich endlich an einem seriösen Arbeitsplatz unterzubringen?

Wenn ich Müller das nächste Mal sehe, wird er mir einige unangenehme Fragen beantworten müssen.

Im Moment habe ich zwei Möglichkeiten. Ich kann den nächsten Zug ins Engadin nehmen, allerdings bin ich bei Mona nicht willkommen. Dann ist da noch das Maiensäss, zu dem mir Reto Müller heute Morgen den Schlüssel zugesteckt hat. Und dann gibt es diesen dritten Weg. Mich der Polizei stellen, dem ganzen Theater ein Ende setzen.

Unfähig eine Entscheidung zu fällen stehe ich da und starre auf die Papierfetzen auf dem Boden.

Jemand klopft draußen an die Telefonzelle. Erschrocken zucke ich zusammen, klaube dann die nicht vertelefonierten Münzen aus dem Apparat, nehme meinen Rucksack und öffne die Tür der Kabine. Die Scheibe spiegelt, ich sehe nur die Umrisse eines Mannes mit Hut und Mantel.

»Guten Abend«, murmle ich und halte ihm die Tür der Kabine auf.

»Das hat ganz schön lange gedauert, Mettler, ich muss mit Ihnen reden!«

Hat der andere gerade meinen Namen gesagt? Für einen Bruchteil einer Sekunde bin ich wie erstarrt, dann regt sich mein Fluchtinstinkt und ich versuche, mich am Mann vorbeizudrängeln. Ein harter Schlag trifft mich an der Wange, einen Moment lang gerate ich aus dem Gleichgewicht, ein gezielter Fußtritt erwischt mich in der Kniekehle, der Boden rast meinem Kopf entgegen und wir knallen zusammen. Irgendwo tut sich ein tiefes, schwarzes Loch auf.

Wie lange ich weggetreten war, weiß ich nicht. Erinnerungsfetzen tauchen auf, die Telefonkabine, das Gespräch mit Mona. Dann der Fremde, der mich erkannt und niedergeschlagen hat. Langsam fährt meine Zunge über die aufgesprungene Unterlippe, schmeckt Erde, schmeckt Blut. Tief durchatmen, befehle ich mir, keine Panik, die Augen vorerst geschlossen lassen, spüren, wo der Schmerz sitzt.

Rechtes Bein, Knie hinten, Fußtritt, erträglich.

Rechte Hüfte, außen, Aufschlag, erträglich.

Linke Wange, Kiefer, Lippen, Faustschlag, dumpfes Gefühl. Zähne übrigens vollständig anwesend, so hart kann der Schlag nicht gewesen sein.

Nach dieser Bestandsaufnahme öffne ich langsam die Augen. Es ist dunkel geworden, Bergspitzen kratzen an einen Himmel aus dunkelblauem Glas.

»Sie haben es nicht anders gewollt, Mettler!« Vorsichtig drehe ich den Kopf, sehe zwei elegante Schuhe, meine Augen folgen den Hosen, ein dunkler Mantel, ein Kopf mit Hut, das Gesicht liegt im Schatten.

»Darf ich Ihnen eine Geschichte erzählen, mein Freund?« Diese Stimme kommt mir bekannt vor.

Langsam setze ich mich auf. »Geht man so mit einem Freund um?«

Er steckt sich eine Zigarette in den Mund. Ein Streichholz flammt auf und beleuchtet sein Gesicht.

»Herr Morandi? Mit Ihnen habe ich wirklich nicht gerechnet. Das war ein ordentlicher Schlag!« Ich reibe mir über die Wange.

Morandi kichert. »Ich kann auch fester, Mettler, wenn es ein muss, das können Sie mir glauben, ich wollte nur, dass Sie nicht abhauen, verstehen Sie?«

Ich verstehe rein gar nichts, diese Rechtfertigung von Gewalt scheint mir äußerst gewagt, jedenfalls stelle ich mir Freundschaftsbeweise anders vor. Um ihn nicht zu provozieren, nicke ich folgsam.

»Kommen Sie, ich lade Sie zum Essen ein.« Morandi streckt mir die Hand entgegen und hilft mir beim Aufstehen. Er klopft mir freundlich den Staub von der Jacke, dann nimmt er mir den Rucksack ab, als Pfand sozusagen, damit ich mitkomme. Neben dem Bahnhofsgebäude steht ein klappriger Volvo. »Steigen Sie ein, Mettler.«

»Wohin fahren wir?«

»Nicht weit, ich kenne ein gutes Restaurant hier im Ort.«

»Wie kommen Sie hierher? Wie haben Sie mich gefunden?«

Er macht die Geste des Telefonierens. »Ein gemeinsamer Bekannter hat mich angerufen!«

Ein gemeinsamer Bekannter?«

Morandi grinst. »Kubashi!«

»Dieser Verräter.«

»Ach was, er wollte bloß sicher gehen, dass wir beide unseren Auftrag im Auge behalten!«

»Und Sie haben sicher schon die Polizei angerufen, oder?«

Morandi macht ein unschuldiges Gesicht. »La polizia? Ma no, Mettler! Was hätte ich davon?«

Da hat er auch wieder recht. Denn ich könnte der Polizei erzählen, dass sich Morandi ebenfalls stark für Hunde interessiert. Irgendwie bin ich nun doch erleichtert, nur

Kubashi und Morandi kennen meinen Aufenthaltsort. Fritschi, Keller und die Bündner Kantonspolizisten hingegen wissen nicht, dass ich in Bergün bin.

Wenig später sitzen wir in der gemütlichen Arvenstube des Hotels Rätia, vor uns je ein dampfender Teller mit einem ordentlichen Pfeffersteak, Spätzli und Rotkraut. Zwischen uns eine gute Flasche Veltliner.

Morandi hebt das Glas. »Viva, io sono Marco!«

»Ich bin Claudio. Viva Marco!« Verrückt, eben noch hat er mich niedergeschlagen, nun prosten wir uns freundschaftlich zu.

»Senti, Claudio, du bist in einer ganz dummen Lage!« Er nimmt ein Stück Fleisch in den Mund und kaut ausführlich. Schweigend warte ich. »Sieh mal, la polizia und die Leute vom Museo sind der Ansicht, dass du am Abend der Ausstellung den Hund von Giacometti mit der Fälschung vertauscht hast.« Er nimmt einen Schluck und lächelt freundlich. »Wenn die polizia nun erfährt, dass Kubashi dir 8.000 Franchi Svizzeri für den Hund von Giacometti geboten hat, dann glaube ich kaum, dass du dich retten kannst.«

Mir bleibt ein Bissen im Hals stecken, ich huste, spüle dann mit dem Veltliner nach. »Von wem soll die Polizei das erfahren?«

»Vielleicht verfolgt ein Commissario auch andere Spuren. Nehmen wir an, ich werde interrogato, verhört, vielleicht erwischt la polizia auch Kubashi. Irgendwie hat sich sein Angebot sicher schon herumgesprochen. Niemand weiß genau, wie solche Verhöre ablaufen, es kann durchaus passieren, dass man etwas sagt, senza volere, chi sa? Man will es nicht, trotzdem kommt etwas ans Tageslicht.«

»Vielleicht läuft die Sache auch umgekehrt ab. Sie fragen mich, und ich liefere Kubashi und dich ans Messer!« Mir ist heiß geworden, hastig trinke ich einen Schluck Wasser.

»Ma no, Mettler. Ich bin ein seriöser Geschäftsmann und du bist auf der Flucht. Das ist schon ein Unterschied, oder?«

»Du willst mich verraten?«

Er lächelt entschuldigend. »Wer spricht denn hier von Verrat? Ich spreche von den schlimmstmöglichen Verwicklungen, per fatti vedere la tua situazione, um dir deine Situation klar vor Augen zu führen.«

Laut klirrend fällt mir das Besteck aus den Händen. »Aber ich war es nicht, ich hatte gar nicht die Möglichkeit zu diesem Betrug. Glaubst du etwa, dass ich diese Skulptur weggeschafft habe?«

»Calmati, ganz ruhig, Claudio, was ich glaube, spielt keine Rolle. Es kommt darauf an, wie die Geschichte für Außenstehende aussieht.«

Da hat Morandi recht. Meine Lage ist kritisch, viele Indizien sprechen gegen mich. »Und? Was soll ich deiner Ansicht nach tun?«

Morandi zuckt mit den Schultern. »Va a cercarlo, suche den Hund, finde die Schuldigen!«

Schweigend kauen wir. »Welche Rolle spielst du eigentlich, Marco?«

»Io?« Morandi legt sein Besteck weg und schaut mich unschuldig an. »Ich bin nur am Rande beteiligt, zufälligerweise habe ich dich in Chur gesehen, du warst mir sympathisch.«

Langsam esse ich weiter. Auf dieses Kompliment werde ich gar nicht erst eingehen, es sind nach meinem Geschmack zu viele angebliche Zufälle im Spiel.

»Es hat mir gefallen, wie du vorgestern beim Bahnhof mit dem Hund gesprochen hast.«

Vorgestern? Mir kommt es vor, als sei das schon viel länger her. Vorgestern war ich ein naiver Stellensuchender, heute bin ich ein gesuchter Verbrecher.

»Bietest du allen Leuten, die mit einem Hund sprechen, Arbeit an?«, frage ich.

Marco lässt sich nicht aus der Ruhe bringen. »Ma no, nicht jedem. Aber du warst speciale. Da habe ich mir gesagt, das ist ein bravo ragazzo, ein guter Junge, mit dem musst du etwas essen gehen.«

»Du bist doch an allem schuld, oder? Du hast mich in Chur mit Kubashi zusammengebracht, du hast mich gefragt, ob ich Hunde liebe!«

Dass ich ihn außerdem zusammen mit Direktor Fritschi vom Kunsthaus in der Kunsthandlung Giovanelli gesehen habe, erwähne ich nicht, dieses höchst verdächtige Treffen behalte ich als möglichen Trumpf für mich.

»Ma certo, ich habe Kubashi nur erzählt, dass du Hunde liebst, angesprochen hat er dich ja dann selber, oder?«

Morandi widmet sich dem kümmerlichen Rest seines Pfeffersteaks. Ich schiebe mir eine letzte Gabel Rotkraut in den Mund und lege das Besteck weg.

»Sind das alles nicht etwas viele Zufälle, Marco?«

»Ma che cosa pensi di me, Claudio? Was denkst du über mich?«

»Was ich über dich denken soll, weiß ich nicht so genau. Vor allem frage ich mich, warum du heute Abend in Bergün auftauchst, mich niederschlägst, mich dann zum Essen einlädst, nur um mir zu erzählen, dass ich in der Tinte sitze.«

»Ma Claudio!« Morandi schaut mich kopfschüttelnd an, geht dann hinüber zur Theke und schnappt sich das Telefon.

»Natürlich bin ich auch äußerst gespannt darauf, welche guten Ratschläge du mir jetzt erteilen willst.«

»Aspetta, Geduld, ich möchte dir jemanden vorstellen!« Morandi wählt eine Nummer.

»Was machst du da?«

»Pronto? … Si, qui è Marco …. Ja, Mettler ist hier bei mir in Bergün … Perfetto! Bis später.«

Bevor Morandi den Hörer auflegen kann, packe ich den Tisch, schiebe ihn mit aller Kraft nach vorn und klemme meinen italienischen Freund so bei der Theke ein, dass er sich nicht bewegen kann. Die Weinflasche ist umgestürzt, fluchend stellt sie Morandi auf, nimmt dann die Serviette und tupft auf seinen besudelten Hosen herum.

Da habe ich bereits meine Jacke und den Rucksack gepackt und haste nach draußen. Ich bin schon über den halben Platz, als Morandi vor das Gasthaus Rätia tritt.

»Mettler, aspetta, wir müssen …«

Nein, Marco Morandi, auf dich warte ich nicht! Es gibt auch nichts, was ich mit dir müsste!

Froh, nochmals entkommen zu sein, haste ich zwischen den Häusern hindurch die Dorfstraße hinauf.

Als ich auf der Pflästerung einen Wagen herankommen höre, biege ich in eine enge Gasse ein, die zum Fluss führt, durchquere zwei Gärten, überspringe eine kleine Mauer und habe endlich das freie Feld vor mir. Die Dunkelheit umhüllt mich wie ein schützender Mantel, und ich falle in einen leichten Trab.

9.

Müller hat mir genau erklärt, wie ich das Maiensäss finden kann. In einem großen Kreis habe ich das Dorf umrundet. Bei der Talstation des Sessellifts komme ich auf die Straße, die hinauf zum Albulapass und hinüber ins Engadin führt. Bald biegt rechts eine weitere Straße ab. Campingplatz steht auf einer großen Hinweistafel. Nach fünfzig Metern durch die Dunkelheit finde ich einen kaum sichtbaren Trampelpfad, der sich steil den Berg hinaufwindet. Ich keuche, langsam wird mir warm. Nach zehn Minuten Aufstieg erreiche ich einen Waldweg, der den Berghang quert. Lange stehe ich da und lausche. Ab und zu ein Rascheln in den Büschen, dann und wann knackt ein Ästchen im Unterholz. Das Rotwild ist unterwegs hinunter ins Tal, um auf den Wiesen beim Dorf zu äsen, hier oben im Wald hat es noch nicht genügend Futter.

Sonst bleibt es ruhig, keine Taschenlampen, die irgendwo aufblitzen, keine Motoren, die die Stille durchbrechen. Unbemerkt bin ich hier hinaufgekommen.

Die Nacht ist sternenklar. Unten im Tal die beleuchteten Fenster von Bergün, weiter oben die Lichterketten der letzten Schnellzüge, die sich das Tal hinaufschrauben oder durch die Kehren hinuntergleiten.

Nach einer weiteren Viertelstunde Marsch habe ich es geschafft. Das Maiensäss von Reto Müller liegt auf einer kleinen Lichtung am Ende des Waldweges, es besteht aus einer teilweise gemauerten Hütte, dahinter angebaut ist ein Stall. Der obere Teil der Gebäude ist ganz aus Holz, von der Witterung geschwärzte Balken tragen das aus schweren Steinplatten bestehende Dach. Vor der Hütte steht ein kleiner Brunnen, Wasser plätschert aus einer Röhre in einen hölzernen Trog. Vorsichtig umrunde ich die Lichtung, gehe dicht am Waldrand entlang, bleibe immer wieder im Schatten der Bäume stehen, horche nach allen Seiten. Dann schnuppere ich misstrauisch, doch ich rieche weder Abgase noch Rauch. Absolut nichts. Gespannt überquere ich die freie Fläche vor der Hütte, tauche die Hände ins dunkle Wasser des Troges, trinke an der Röhre. Die Läden sind geschlossen, nichts deutet darauf hin, dass in den letzten Tagen jemand hier war.

Der Schlüssel, den Reto mir gegeben hat, passt. Die Tür knarrt. Ein dunkler Gang, langsam trete ich in die feuchte Kühle. Meine Hände folgen der groben Mauer, ertasten den Scheitstock, die darin steckende Axt. Als meine Finger auf Stoff treffen, schrecke ich zurück, ist da jemand? Doch da hängt bloß ein langer Mantel an der Wand. Nach einer Ewigkeit erreiche ich endlich die Türe, die wohl zum Wohnraum führt.

Ein leises Geräusch lässt mich zusammenfahren. Da stehen, in die Dunkelheit horchen, alle Sinne angespannt, den Atem angehalten, für kurze Zeit erstarrt. Wieder ein Geräusch, das nicht hierher gehört.

Vorsichtig ziehe ich die Axt aus dem Holz und warte. Lange passiert nichts. Dann dieses leise Scharren. Entschlossen zähle ich bis drei und fasse den Axtgriff fester. Dann reiße ich die Tür auf und springe zur Seite.

Etwas Kleines, Piepsendes huscht an mir vorbei. Ich lasse die Axt sinken und atme erleichtert aus. Nach einigem Herumtasten finde ich eine Kerze und Streichhölzer. Mit diesem Licht erkunde ich die Hütte. Der Wohnraum misst vielleicht zwölf Quadratmeter, er hat zwei kleine, vergitterte Fenster, bei denen die Laden geschlossen sind. Bei den Fenstern steht ein Tisch, an der Wand hat es eine einfach gezimmerte Bank. An der Rückseite des Raumes ist ein Holzherd eingemauert, in einem kleinen Buffet finde ich Geschirr, eine Packung Teigwaren, Reis, Gewürze und andere Nahrungsmittel.

Draußen im Vorraum ist trockenes Holz aufgeschichtet. Da brauch ich mich nur zu bedienen. Über eine Leiter steige ich hinauf in das obere Stockwerk, hier liegen einige einfache Matratzen, die allerdings ziemlich feucht zu sein scheinen. So beschließe ich, unten in der Stube zu schlafen; sobald der Herd eingefeuert ist, wird es hier drin angenehm warm. Bevor ich es mir im Haus gemütlich mache, trete ich nochmals hinaus in die Nacht, schaue und höre mich um, ein langer Blick hinauf zu den Sternen, dann fülle ich zwei Töpfe mit Wasser.

Mit der Axt verarbeite ich ein Holzscheit zu Spänen. Der Zug am Kamin klemmt erst, gibt dann aber nach, etwas Ruß rieselt auf mich hinunter. Nun öffne ich die Klappe und lege die Holzspäne und einige Tannäste in den Ofen und zünde sie an. Erst raucht es aus allen möglichen Ritzen, dann beginnt der Kamin zu ziehen, ein leichtes Summen ertönt, nun lege ich dickere Scheite nach. Oben entferne ich die runden Metallplatten, die Flammen züngeln hoch. Schnell stelle ich einen der geschwärzten Töpfe aufs Feuer und lege den Deckel darauf. Nun muss noch die Stube gelüftet werden, dann steht einem gemütlichen Hüttenabend nichts mehr im Weg.

Wenig später verbreitet mein Feuer wohlige Wärme, die Petroleumlampe an der Decke taucht den Raum in mildes Licht. Es dauert eine Weile, bis das Wasser auf dem Herd kocht. Erst bereite ich Tee in einer Thermoskanne zu, dann gebe ich Salz und die Teigwaren in einen Topf. Bevor die Nudeln al dente sind, gieße ich sie vor der Hütte in ein Sieb, gebe eine Büchse Tomaten in den Topf und koche die Soße mit den Gewürzen, die ich gefunden habe, dann gebe ich die Teigwaren dazu und warte einige Minuten, bis sie den richtigen Biss haben.

Obwohl ich heute Abend schon einmal mit Morandi gegessen habe, lange ich mit großem Appetit zu. Die Anspannung der letzten Tage macht wirklich hungrig. In der Abgeschiedenheit der Hütte kann ich endlich loslassen, fühle mich ganz in Sicherheit. Hier im Wald findet mich niemand, hier kann mir wohl kaum etwas passieren. Gibt es etwas Besseres, als eine über dem offenen Feuer zubereitete Mahlzeit?

Den Abwasch erledige ich draußen am Brunnen, dann wasche ich mein Gesicht, räume alles zusammen und verriegle die Haustüre. Schnell trockne ich ab und versorge das Geschirr und die Gewürze. Reto Müller soll nicht denken, dass ich seine Gastfreundschaft nicht zu schätzen weiß und in seiner Hütte ein großes Durcheinander anrichte.

Mit einer Kanne Tee setze ich mich an den Tisch. Bis jetzt war ich mit meinem kleinen Haushalt beschäftigt, doch nun, da ich einfach so dasitze, beginnen meine Gedanken erneut zu kreisen, ich bin wieder der Gejagte, der zu Unrecht Verdächtigte. Aus dem Buffet nehme ich ein Blatt Papier und einen Bleistift. In der Mitte zeichne ich einen Hund. Mein Gekritzel soll die verschwundene Plastik von Giacometti darstellen.

Dann schreibe ich die Namen von allen Beteiligten daneben. Zuoberst bin ich, Claudio Mettler, der Hauptverdächtige. Um mich gruppiere ich Fritschi, Keller,

Kubashi, Morandi und Müller. Einen Moment überlege ich, ob die junge Frau mit dem Mini auch dazu gehört, lasse sie dann aber außen vor. Nun verbinde ich die Leute, die etwas miteinander zu tun haben, mit Pfeilen, so führt ein Pfeil von Reto Müller zu mir, versehen mit einem großen Fragezeichen. Warum hat Reto Müller Mona angerufen und ihr gesagt, ich solle mich für die Stelle im Kunsthaus melden? Warum wollte er von mir über besondere Vorfälle im Museum informiert werden?

Fritschi und Keller sind mit zwei Pfeilen miteinander verbunden, sie arbeiten beide im Kunsthaus, in dem der Hund gestohlen wurde. Warum verfolgten sie mich heute Morgen, machten sie vielleicht selbst einen Fehler bei den Sicherheitsvorkehrungen für die Ausstellung, den sie nun ausbügeln müssen? Ebenfalls mit zwei gegenseitigen Pfeilen verbinde ich Morandi und Kubashi. Kubashi machte dieses merkwürdige Angebot, er brachte den Ball ins Rollen. Morandi sprach mich in Chur an, er ließ mich auf den Arcas kommen, kurz darauf traf ich auch den Japaner, der glaubt, dass ich ihm den Hund besorgen könne.

Nun verbinde ich alle Namen mit meinem. Fritschi und Keller wollen den Hund zurück, möglicherweise läuft etwas mit der Versicherung schief und sie riskieren, ihre Jobs zu verlieren. Kubashi will den Hund kaufen, Morandi soll ihm dabei helfen. Die ganze Sache wirkt reichlich kompliziert, von der Skulptur fehlt – soweit ich weiß – jede Spur, der oder die Täter sind unauffindbar. Es gibt nur Verdachtsmomente, und die sprechen leider gegen mich.

Nachdem ich alle möglichen Pfeile gezeichnet habe, falte ich den Zettel zusammen und stecke ihn in meine Hosentasche.

Wenig später liege ich auf der Bank, eingewickelt in alte Militärwolldecken. Die Lampe ist gelöscht, im Ofen knacken die letzten Scheite. Morgen will ich entscheiden, was weiter zu tun ist. Im Moment weiß ich nicht, ob ich mich auf die Suche nach dem Hund machen soll oder ob ich mich lieber hier verstecken will, bis er vielleicht von allein wieder auftaucht.

Mein Schlaf ist unruhig. Immer wieder schrecke ich aus wirren Träumen hoch. Mal fahre ich mit einem Micro-Scooter ohne Bremse einen steilen Pass hinunter, dann erscheint mir Kubashis lächelndes Gesicht. »8.000 Franken für den Hund von Giacometti!«, flüstert er mir immer wieder zu und wedelt mir mit den Geldscheinen vor der Nase herum.

Als ich aufwache, ist es kalt in der Hütte, so hole ich im Vorraum Holz und mache ein Feuer im Ofen, es ist noch etwas Wasser da, ich stelle die Pfanne auf die Herdplatte. Eigentlich müsste ich mal raus, doch die Eingangstüre klemmt, so verschiebe ich das auf später und wickle mich wieder in die Wolldecken ein.

Ich muss wohl wieder eingeschlafen sein, lautes Klopfen an der Tür weckt mich auf. »Schnell, Mettler, aufstehen!«

Mühsam schäle ich mich aus der Wolldecke, ich fühle mich ganz steif von der Nacht auf der harten Bank. Das Wasser auf dem Herd kocht. Tee zubereiten, befehle ich mir, ein heißer Tee tut immer gut!

Wieder dieses Klopfen. »Mettler, geht es dir gut? Was ist los da drin?«

Plötzlich bin ich hellwach. Sie haben mich gefunden! Das Versteck war nicht sicher genug. Einen Moment lang bleibe ich unschlüssig sitzen.

Etwas Hartes knallt gegen die Eingangstüre. »Mettler, komm raus, die Hütte kann jeden Moment abbrennen oder in die Luft fliegen.«

Schnell sammle ich meine Kleider zusammen, nehme die Schuhe und den Rucksack, bin an der Eingangstüre. Sie klemmt immer noch.

»Ich bringe die Türe nicht auf!«

»Hast du Werkzeug?«, ruft eine Frauenstimme vor der Hütte.

Schnell hole ich die Axt und reiche sie durch das schmale Fensterchen neben der Tür nach draußen. Daraufhin knallen Schläge gegen die Tür, Holz splittert.

»Raus jetzt, Mettler!«

Die Türe ist aufgesprungen, am Boden liegen zwei Bretter, daneben die Axt aus der Hütte. Ich hebe sie auf, trete in den kalten Morgen hinaus.

Barfuß stehe ich vor der Alphütte und schaue mich um.

»Komm endlich, Mettler, mach schon!« Rechts läuft eine blonde Frau auf den Rand der Lichtung zu, verwirrt folge ich ihr durch das feuchte Gras, es ist die Frau, die mich gestern auf meiner Flucht mit ihrem Mini Cooper mitgenommen hat.

Wütend starre ich sie an. »Was soll das? Bist du verrückt geworden? Was fällt dir ein, mich so zu erschrecken?«

»Zieh dich an, wir müssen gleich weg!«

»Wir müssen gar nichts, ich will zuerst einen Tee bei mir in der Hütte trinken. Das Wasser hat bereits gekocht!«

»Sieh mal, jetzt geht es los!« Sie zeigt hinüber zur Hütte. Aus dem Kamin kommt ein Funkenregen. War ich das? Habe ich vielleicht etwas zu viel Holz in den

Ofen geschoben? Da! Plötzlich fängt das Dach Feuer, die Flammen laufen über den First, dann die Mauern hinunter, hinter der Hütte beim Stall gibt es eine kleine Explosion, in kurzer Zeit steht das ganze Maiensäss in Vollbrand.

»Gehen wir? Oder willst du warten, bis die Feuerwehr hier ist?«

Mit offenem Mund starre ich auf die Hütte, in der ich eben noch gelegen habe.

»Was war das?«

Sie zieht eine Kamera aus der Handtasche und macht einige Aufnahmen. Dann schiebt sie sich eine blonde Strähne aus dem Gesicht. »Benzin. Die ganze Hütte war damit übergossen. Eine gezielte Brandstiftung. Außerdem hat jemand die Türe von außen zugenagelt. Ich glaube, es ist besser, wenn du dich jetzt anziehst!«

Schnell schlüpfe ich in die Kleider. Ein Blick zurück, dann haste ich hinter ihr den Hang hinunter. Der knallgelbe Mini Cooper steht hinter einer Holzbeige am Rand des Sträßchens, dass zum Campingplatz führt.

Zitternd lasse ich mich auf den Beifahrersitz fallen. »Danke, das war knapp.«

Sie startet den Motor, fährt aus dem Wald heraus und biegt dann auf die Kantonsstraße in Richtung Preda ein. Unten in Bergün heult eine Sirene auf.

»Wer bist du? Du hast dich bisher noch gar nicht vorgestellt!« Ich schaue sie fragend an.

»Ich bin Lena, Lena Kauer.«

»Dass ich Claudio Mettler heiße, weißt du sicher schon.«

Sie nickt und schaltet in einen höheren Gang.

»Warum tust du das, Lena?«

»Warum tue ich was?« Vor uns taucht ein Viadukt auf, das das ganze Tal überspannt, ein Pfeiler markiert den Straßenrand.

»Diese Rettungsaktion eben. Warum bist du zur Hütte gekommen?«

»Persönliches Interesse.«

Ich will weitere Fragen stellen, doch ein gewagtes Bremsmanöver lässt mich verstummen.

»Wer wusste, dass du hier bist, Claudio?«

»Reto Müller. Er ist ein Freund von mir. Müller hat mir den Schlüssel für die Hütte gegeben. Aber Müller würde niemals so etwas tun!«

Preda. Lena hält beim Bahnhof. Weiter vorne sehe ich den Albulatunnel, hier verschwinden die Züge im Berg, um nach gut zehn Minuten Fahrt in einem Seitental des Engadins wieder herauszukommen. Lena zeigt auf die Telefonkabine neben dem Bahnhofsgebäude. »Ruf diesen Müller an, Mettler!«

Mit zitternden Fingern wähle ich. Lena steht neben mir.

»Müller!« Seine Stimme tönt verschlafen.

Erleichtert atme ich auf. »Hier ist Claudio. Bist du zu Hause, Reto?«

»Wo soll ich sonst sein?«, knurrt er wütend.

»Wer wusste noch, dass ich in deiner Alphütte bin? Mit wem hast du darüber gesprochen?« Müller schweigt. »Bitte, Reto, es ist wichtig. Die Alphütte ist abgebrannt. Mit Benzin überschüttet. Kannst du mir folgen?«

»Damit habe ich nichts zu tun, Claudio! Ehrlich. Es ist eine etwas komplizierte Geschichte, ich habe Spielschulden, irgendwie musste ich doch …« Müllers Stimme zittert, dann reißt er sich zusammen. »Wo bist du jetzt?«

»Ich bin in …«

Lena drückt die Gabel hinunter. »Das reicht. Mehr braucht er nicht zu wissen. Müller wird sich seine Gedanken machen. Wenn er dich mit der Hütte reingelegt hat, weiß er, dass du überlebt hast, wenn er dich verraten hat, weiß er, dass seine Auftraggeber etwas härter sind, als er es sich vorgestellt hat.«

»Was passiert jetzt?«

»Wichtig ist, dass das Wild aufgescheucht ist. Komm, fahren wir.«

Die wenigen Häuser von Preda liegen schnell hinter uns. Lena jagt den Mini die Straße zum Albulapass hinauf.

»Was hast du mit der Sache zu tun, Lena?«

Sie schaltet und beschleunigt in einer Geraden, um gleich darauf vor einer Kurve hart abzubremsen.

»Ich bin Journalistin, Mettler. Im Moment schreibe ich für ein Magazin eine Serie über Kunstdiebstahl. Der Diebstahl des Giacometti-Hundes von Chur interessiert mich besonders. Hier handelt es sich um einen seltenen und erstaunlichen Fall.«

»Wie meinst du das?«

»Es gibt zwei Arten von Kunstdiebstählen. Einerseits gibt es organisierte Banden, die gezielt und raffiniert Sammlungen und Museen heimsuchen oder archäologische Grabungsstätten plündern. Bei einem Diebstahl werden möglichst viele Werke und Gegenstände abtransportiert, schließlich soll sich der Raubzug und das eingegangene Risiko lohnen. Die so erbeuteten Kunstwerke wechseln den Kontinent, sie landen irgendwann auf dem Schwarzmarkt oder können von den Versicherungen zurückgekauft werden. Hier geht es aber um etwas anderes.«

»Nämlich?« Lenas Mini schaukelt über eine Bodenwelle, meine Finger krampfen sich um den Türgriff.

»Ein einzelnes Kunstwerk verschwindet auf spektakuläre Weise. Es scheint, als ob nur dieses eine Werk zählen würde und wichtig sei. In den letzten Jahren konnte man mehrmals von solchen spektakulären Diebstählen aus Museen lesen. Das Problem ist, dass die Auftraggeber der Diebe nicht an einem Gewinn interessiert sind, sie wollen die Werke verschwinden lassen, benötigen sie sozusagen für den Eigengebrauch.«

»Das verstehe ich nicht ganz. Es muss doch hier auch um beträchtliche Summen gehen, oder?«

»Bei solchen Einbrüchen oder Überfällen sind die Diebe meistens Amateure, die nur gerade in diesem Einzelfall aktiv sind, weil die Gelegenheit gerade günstig ist. Vielleicht stecken sie finanziell in der Klemme und brauchen dringend eine größere Summe, sind erpressbar oder einfach habgierig. Wer weiß das schon.«

»Das heißt, ich komme auch als Täter infrage!«

»Du?« Lena lacht. »So ungeschickt wie du dich angestellt hast?«

»Es hätte ja sein können«, gebe ich beleidigt zurück. »Schließlich hatte ich die Gelegenheit, den Hund zu klauen!«

»Und wie bitteschön hast du die Skulptur weggeschafft? Ohne Komplizen?«

»Na ja«, gebe ich zu, »das Wie ist wirklich der Knackpunkt.«

»Die Ermittler sind bei Amateurtätern besonders gefordert«, erklärt Lena. »Da es sich oft um einen einmaligen Fall handelt, gibt es keine Vorstrafen, die auf einen bestimmten Täter hindeuten.«

Links liegt der Palpuognasee, ein dunkler Spiegel im Lärchenwald, einige Wagen stehen hier am Straßenrand, Angler, die schon früh aufgestanden sind. Es hat wenig Verkehr auf der Straße. Das beruhigt mich, dann die Passstraße über den Albula ist nicht überall gut ausgebaut, an einigen Stellen auch sehr schmal, außerdem reiht sich Baustelle an Baustelle, denn der Winterfrost setzt dem Belag ziemlich zu.

An Wochenenden, wenn neben dem normalen Verkehr noch Motorräder über den Pass donnern und dazwischen etliche Fahrradfahrer einen sportlichen Kick suchen, ist die Fahrt ziemlich mühsam.

»Übrigens sah ich gestern Abend den Wagen von zwei alten Bekannten in Bergün, rate mal …«

Mir müssen die Augen zugefallen sein, denn ich höre nicht mehr, was Lena zu mir sagt. Erst oben auf der Passhöhe schrecke ich auf. Der Parkplatz neben dem Gasthaus ist leer. Rechts im Schatten einige größere Schneefelder, in den Senken neben der Straße etliche Tümpel. Die Wiesen sind hier oben braun und struppig, es dauert, bis der Bergfrühling auf dem Pass Einzug hält. Sicher lenkt Lena ihren Mini Cooper gegen La Punt hinunter.

»Warum bist du zur Hütte gekommen, Lena?«

»Nachdem ich dich gestern auf der Lenzerheide rausgeschmissen hatte, bin ich auf einer Seitenstraße davongefahren, das hast du ja noch gesehen. Deine Freunde vom Museum haben mich verfolgt, kurz vor Surava konnten sie überholen, haben mir den Weg abgeschnitten und mich angehalten, die waren ziemlich wütend.«

Lena bremst. Vor uns fährt ein Kleinlaster mit der Aufschrift PPS die steile Passstraße hinunter. PPS? Dieses Logo habe ich schon irgendwo gesehen, weiß aber nicht mehr, wofür die drei Buchstaben stehen. Gute Werbung – das weiß ich von meinem Freund Reto Müller, der vor allem Werbung in eigener Sache macht – sollte sofort zum Produkt führen, nicht zu einem Rätsel.

»Natürlich warst du nicht mehr in meinem Wagen«, erzählt Lena weiter, »so ließen sie mich nach einigen Beschimpfungen fahren. In Filisur tätigte ich dann einige Anrufe und holte Informationen ein. Freunde auf der Redaktion halfen mir weiter, so fand ich zum Beispiel heraus, dass Müller in Bergün eine Alphütte besitzt. Aber am Abend war es so dunkel, dass ich den richtigen Weg nicht mehr fand, so schlief ich im Wagen und war erst am frühen Morgen bei dir.«

Lena gibt Gas und überholt den Lastwagen. Am Steuer sitzt ein bärtiger Mann. PPS? Ich komme einfach nicht darauf.

»Weißt du, was ich gestern Abend in Bergün sah?«

Ich schüttle den Kopf.

»Den Wagen der Museumsfritzen, den dunkelblauen BMW!«

»Das ist doch nicht möglich!«

»Er stand vor dem Hotel Rätia.«

Im Hotel Rätia war ich mit Morandi zum Abendessen, dann telefonierte Marco mit irgendjemandem, machte ihn auf mich aufmerksam. Das ist eindeutig kein Zufall!

»Fritschi und Keller! Aber was haben die mit Müller zu tun?«

»In diesem Fall hat wohl jeder mit jedem zu tun!« Lena schüttelt ihre blonde Mähne. »Wenn du die Täter dazu bringst, Fehler zu machen, dann werden irgendwann die Verbindungen zwischen den einzelnen Ecken des Spinnennetzes sichtbar.«

»Und wo siehst du mich?«, frage ich neugierig.

»Du, Mettler stehst in der Mitte des Netzes, genau dort, wo alle Fäden zusammenlaufen!«

La Punt. Lena biegt nach rechts ab. Schweigend fahren wir das Engadin hinauf bis nach St. Moritz. Lena stellt den Wagen im Parkhaus ab.

»Hör mal, Mettler, ich habe noch zu tun, ich brauche weitere Informationen. Am besten ist es, wenn wir uns in zwei Stunden wieder hier beim Wagen treffen. In Ordnung?«

»Gut, dann werde ich jetzt mal einen Tee trinken.«

»Lass dich nicht erwischen, mein Freund!«

10.

Ich gehe über den Schulhausplatz und bummle durch die Fußgängerzone. Wieder trage ich die Mütze und die Sonnenbrille, schließlich war mein Bild in allen Zeitungen. Außerdem wohne ich nicht sehr weit von hier, was ich am wenigsten brauchen kann, ist eine neugierige Nachbarin, ein ehemaliger Arbeitskollege oder Mona. Ich habe beschlossen, die Sache zu Ende zu bringen, ich will und muss diesen Hund finden. Seit ich eine Verbündete habe, geht es mir sehr viel besser, die Unterstützung von Lena tut mir gut.

»Mister Mettler, hallo mein Freund, ich wusste, dass ich Sie wieder treffen werde.« Mit ausgestreckten Armen kommt Tashi Kubashi auf mich zu, irgendetwas stimmt wohl nicht mit meiner Tarnung.

»Mister Kubashi? Was machen Sie hier?«, frage ich völlig überrumpelt.

»Ich war einkaufen.« Er zeigt auf seine Plastiktasche.

»Ich meine, was machen Sie hier in St. Moritz?«

»Schon vergessen? Ich reise durch Graubünden. Sie haben doch die Liste der Orte, die ich besuchen will, oder?« Er lächelt freundlich.

»Sicher, ich hätte nur nicht gedacht, dass Sie so früh schon auf sind.«

»Ach wissen Sie, ich mache jeden Morgen einen Spaziergang. Auch wenn ich keinen Hund habe!« Kubashi zwinkert mir zu.

»Vielleicht haben Sie bald einen«, sage ich möglichst beiläufig.

Kubashi nickt. »Kommen Sie, Mettler, gehen wir frühstücken.« Er zerrt mich zum Restaurant Hauser am Sonnenplatz. »Hier gibt es gute Croissants.«

Wir setzen uns ans Fenster, Kubashi bestellt Frühstück für uns beide.

»Sie sehen nicht gut aus, Mister Mettler!« Er schaut mich betrübt an.

»Entschuldigen Sie mich einen Moment.« Ich stehe auf.

»Nehmen Sie das mit!« Kubashi streckt mir seine Tasche entgegen.

Verwirrt nehme ich sie, gehe hinunter zu den Toiletten, vorbei am großen Wandgemälde von Hans Ulrich Indermaur, der seine schrägen Figuren auf der Rückwand des Restaurants tanzen lässt. Als ich in den Spiegel schaue, erschrecke ich, ein Gesicht mit Rußspuren starrt mich an. Die Kleider meines Gegenübers sind fleckig und unordentlich. Ich wasche mich so gut es geht mit Seife, kämme meine Haare mit den Fingern. In der Plastiktasche finde ich ein neues T-Shirt und Shorts. Schnell entferne ich die Preisschilder, ziehe ich mich um und gehe wieder hinauf.

»So gefallen Sie mir schon viel besser.«

»Es war eine lange Nacht«, gebe ich zurück und grinse.

Ein Kellner stellt Kaffee, Brötchen, Marmelade und frische Croissants auf den Tisch.

»Wie lange sind Sie eigentlich in der Schweiz?«

»Zehn Tage.« Er streicht Butter auf ein Brötchen. »Immer in Graubünden.«

»Sie fahren nicht nach Zermatt? Nicht nach Luzern oder Lugano?«

Er beißt ab, kaut seinen Bissen dann langsam und schüttelt entschieden den Kopf.

»Das verstehe ich nicht ganz. Ihre Landsleute erledigen in zwei Wochen den ganzen Kontinent, und Sie reisen nur gerade in Graubünden herum. Da haben Sie ja kaum Fotos zum Vorzeigen!«

»Ich arbeite für eine große Firma in Tokyo, ich bin für die Weiterbildung unserer Mitarbeiterinnen und Mitarbeiter zuständig. Wir machen sehr viele verschiedene Kurse, auch über Kunst. Da bin ich auf Giacometti gestoßen. Ein wunderbarer Maler und Bildhauer.«

Er zieht aus seiner Tasche einen Bildband hervor, die Bilder und Skulpturen sind eindeutig von Giacometti, die Schriftzeichen darunter sind japanisch. Er blättert vor und zurück, schließlich zeigt er mir ein Bild des Hundes, der vor zwei Tagen in Chur gestohlen wurde.

»Als ich diesen Hund sah, wusste ich, dass ich einen Hund von Giacometti haben muss, verstehen Sie das, Mister Mettler?«

Auch ich mochte die Skulptur von Anfang an. Allerdings stiegen nicht gleich kriminelle Energien in mir hoch, eher fühlte ich Mitleid mit der geschundenen Kreatur.

»Wissen Sie schon etwas über Giacomettis Hund?«

Was hat Lena heute Morgen gesagt? Man müsse das Wild aufscheuchen? Müller haben wir bereits erschreckt, nun ist Kubashi an der Reihe. Ganz ruhig hebe ich die Kaffeetasse und fixiere mein Gegenüber.

»Ich kann Ihnen den Hund bringen, Mister Kubashi, schon bald.«

Der Japaner lächelt zufrieden. »Ich habe gewusst, Mister Mettler, dass Sie mir den richtigen Hund bringen werden.«

»Was heißt das?« Der Japaner irritiert mich immer wieder von Neuem. »Welches ist der richtige Hund?«

»Heute Morgen hat mich ein Mann angerufen und gesagt, er werde mir den Hund zeigen. Heute Abend schon. In Soglio. Natürlich werde ich hinfahren. Aber ich glaube immer noch, dass Sie den Original-Hund beschaffen können, Mister Mettler.«

Draußen fährt der Kleinlaster mit der Aufschrift PPS vorbei.

»Entschuldigen Sie mich, Mister Kubashi, wir sehen uns heute Abend in Soglio!« Hastig stecke ich noch zwei Brötchen als Notvorrat in die Taschen meiner neuen Shorts, springe auf und laufe hinaus. Warum ist mir das nicht früher eingefallen? PPS! Das heißt doch ›Perfect Party Service‹. Die Leute von PPS hatten das Buffet bei der Vernissage im Kunsthaus aufgebaut, und zwar an dem Abend, als der Hund von Giacometti verschwand.

Der Kleinlaster ist bereits beim Kreisel angelangt und biegt nun gegen Maloja ein, ich blicke mich um auf der

Suche nach einer Mitfahrgelegenheit. Am Straßenrand parkt ein weißer Audi mit Stuttgarter Kennzeichen. Ein Mann steigt aus und geht zum Kiosk hinüber. Schnell öffne ich die Beifahrertüre und setze mich hinein.

»Was haben Sie hier zu suchen, junger Mann?« Die ältere Dame schaut mich entgeistert an. »Steigen Sie sofort aus! Mein Mann ist gleich zurück!«

»Willkommen bei der ›Crime Show‹ auf RTL, ich bin Fred Lohmann.« Ich setze mein schmierigstes Lächeln auf, vielleicht akzeptiert sie mich so als Fernsehmitarbeiter. »Die ›Crime Show‹ ist eine neue ›Reality-Soap‹, bei der rasche Auffassungsgabe gefragt ist. Sind Sie dabei?«

Die Dame nickt eifrig.

»Ihr Name?«

»Gudrun Schmitt!«

»Wir bei der ›Crime Show‹ duzen uns, ist das in Ordnung?«

Sie lächelt geschmeichelt. »Aber sicher, Fred!«

»Dann fahr mal los, Gudrun!«

Gudrun startet den Motor. »Wohin soll ich fahren?«

»Bieg hier nach rechts ab.« Wie eifrig und folgsam die Leute doch sind, wenn es ums Fernsehen geht.

»RTL hast du gesagt, wann kommt das im Fernsehen?«

»Wir sind live auf Sendung!«

»Echt?« Die Dame gibt Gas. »Was soll ich tun?«

Im Rückspiegel sehe ich, wie ihr Mann winkend hinter uns herläuft. »Mach dir keine Sorgen um deinen Mann, mein Mitarbeiter wird sich um ihn kümmern. Wir haben eine knifflige Aufgabe zu lösen, liebe Gudrun!« Ich deute zum Himmel, wo eben ein roter Rettungshelikopter der Rega seine Kreise zieht. »Da oben ist unser Kamerateam!«

Gudrun Schmitt aus Stuttgart nickt zufrieden und steuert den Audi nach meinen Anordnungen aus St. Moritz heraus. Die Verfolgungsjagd mit mir ist ganz nach ihrem Geschmack, auf einen weiteren, langweiligen Engadiner Ferientag mit ihrem Gatten kann sie gut verzichten.

»Was suchen wir?«

»Wir verfolgen einen Kleinlaster mit der Aufschrift PPS. Im Wagen ist eine wertvolle Skulptur versteckt, unsere Aufgabe ist es, sie zurückzuholen.«

Gudrun nickt begeistert. Das Jagdfieber hat sie gepackt. »Das finde ich noch besser als ›Big Brother‹!« Sie kichert. »Da, schau mal, da vorne ist der Laster.«

»Bleib dicht dran, meine Liebe!«

»Eigentlich schade!«, murmelt Gudrun.

»Was meinst du?«

»Na, dass die Kunst geladen haben. Ich fände es spannender, wenn es was wirklich Wertvolles wäre, eine Ladung Taschen von Louis Vuitton, Designerklamotten oder so!«

»Dann ist Kunst nicht gerade dein Ding, Gudrun«, stelle ich fest.

»Na ja, nicht wirklich.« Sie schaut mich mit gespielter Traurigkeit an. »Spielt das eine Rolle?«

»Für unser Spiel nicht, im Leben schon!«

Gudrun schaut verwirrt zu mir hinüber. »Das verstehe ich jetzt nicht ganz, Fred.«

»Macht nichts«, gebe ich zurück. »Jetzt wollen wir mal schauen, was sich bei den Leuten von PPS tut!«

Doch viel tut sich im Moment nicht. Der Kleinlaster tuckert mit gleichbleibender Geschwindigkeit an Silvaplana und Sils vorbei, wir sehen unzählige Windsurfer auf dem Silvaplaner- und dem Silsersee. Aber etwas wirklich

Spannendes, das nach Frau Schmitts Geschmack wäre, passiert bis Maloja nicht.

»Warum machen die nichts? Das gibt doch eine total langweilige Sendung.« Nervös trommeln Gudruns Nägel auf dem Steuerrad herum. »Da müsste man vielleicht mal etwas nachhelfen!«

»Was machst du da?« Meine Finger umklammern den Haltegriff der Tür, meine Füße stemmen sich gegen das Bodenblech, als Gudrun kurz nach dem Ortsschild unerwartet beschleunigt, den weißen Audi am PPS-Laster vorbeijagt, dann voll auf die Bremse tritt und gleichzeitig auch noch die Handbremse zieht. Das muss sie in einem Schnee-Fahrkurs im Schwarzwald gelernt haben, auf Eis kann so ein Manöver auch gelingen, nicht aber auf der trockenen Straße. Unser Audi stellt sich quer, der Laster knallt gegen den vorderen Kotflügel und wir werden auf die Gegenfahrbahn geschoben, wo unser Wagen rauchend zum Stehen kommt.

»Bist du noch zu retten? Willst du uns beide umbringen?« Ich würge an meinem Türgriff herum, doch die Tür scheint total eingeklemmt zu sein.

»Wieso denn?« Gudrun zeigt nach oben, wo der rote Heli wieder auftaucht. »Da ist doch unser Kamerateam. Die haben das sicher gefilmt. Das war wie im Krimi.«

Als ich mühsam zum Fenster rausklettere, setzt sich der Kleinlaster wieder in Bewegung und verschwindet zwischen den Häusern von Maloja. Gudrun versucht vergeblich, ihren Audi zu starten.

»Wir sitzen fest, Fred, was machen wir nun?«

»Ich muss weiter, liebe Gudrun, herzlichen Dank für deinen Einsatz, melde dich beim RTL-Büro in St. Moritz, da wird dir der Wagen ersetzt!«

Auf einer Wiese beim See setzt der Helikopter zur Landung an, Gudrun zieht ihre Lippen nach, kontrolliert ihr Aussehen mit einem kurzen Blick in den Rückspiegel und wartet auf das vermeintliche Kamerateam von RTL.

»Das war mein bester Ferientag hier«, ruft sie mir noch hinterher, als ich loslaufe.

Maloja ist ein ziemlich lang gezogenes Dorf, es reicht vom Ufer des Silsersees bis zum abrupten Ende des Engadins, das hier steil ins Bergell abbricht. Die Straße führt vorbei am pompösen Maloja Palace, einem Traum von Luxus und Vergänglichkeit, Weitsicht und Größenwahn, gebaut von einem Grafen, der sich ganz vorne am Abgrund einen Turm gebaut hatte, in dem er sich nach dem totalen Niedergang seines Maloja-Palace-Hotels aufhängte. Mit den Weltkriegen und der Weltwirtschaftskrise hatte um 1900 wirklich niemand gerechnet, nun bevölkern statt adeliger Herrschaften belgische Kinder, die von der staatlichen Krankenkasse hergeschickt werden, den einstmals so luxuriösen Kasten. Im Zentrum von Maloja die Post, dahinter das Atelier von Segantini, ein Laden, einige Restaurants und eine Garage. Doch der Kleinlaster von PPS ist nirgends zu sehen.

Keuchend jogge ich weiter. Schließlich erreiche ich den großen Parkplatz am Abbruch zum Bergell. Ein steifer Wind steigt aus dem Tal unter mir herauf, mich fröstelt es. Am Zaun drüben stehen Reisende, schießen Fotos. Rechts oben der markante Turm, erbaut von diesem Grafen. Links von uns führt die Passstraße in großen Kehren steil ins Bergell hinunter. Und zwischen den Wagen der Touristen finde ich ihn. Verlassen und verbeult steht der Kleinlaster der Firma PPS da.

»Mettler, Sie hier? Was für eine Überraschung, ich habe Sie schon überall gesucht!«

Keuchend drehe ich mich um. Da steht Fritschi, der Direktor des Kunstmuseums in Chur.

»Was machen Sie denn hier?«, frage ich und schaue mich nach Fritschis Wachhund Keller um.

»Na, Mettler, immer noch auf der Flucht?«

»Ich bin nicht auf der Flucht, ich versuche, die Skulptur wiederzubeschaffen.«

»Nette Ausrede!« Fritschi lächelt kalt. »Für einen Dieb, meine ich!«

»Hören Sie, es war alles ganz anders. In diesem Lastwagen hier ist die Skulptur. Nur die Leute vom Partyservice hatten die Transportkapazität für eine schwere Skulptur. Da, sehen Sie selbst.« Stolz ziehe ich das Verdeck zur Seite, doch außer ein paar Decken liegt absolut nichts auf der Ladefläche. Enttäuscht lasse ich die Plane los.

»Wissen Sie was, Mettler? Es ist wohl das Beste, wenn ich die Polizei rufe. Der können Sie Ihre Märchen erzählen.« Fritschi zückt das Handy.

»Warten Sie einen Moment, ich kann Ihnen alles erklären. Die Geschichte ist etwas kompliziert.« Ich ziehe das Blatt mit den Pfeilen aus meiner Hosentasche. »Ich habe einen Freund, er ist Geschäftsmann.«

»Geschäftsmann?« Der Spott in seiner Stimme ist nicht zu überhören.

»Dieser Reto Müller hat meine Freundin angerufen, ich soll mich bei Ihnen für die Stelle im Museum bewerben. Am Abend meines ersten Arbeitstages wird die Skulptur durch eine Fälschung ersetzt. Der Verdacht fällt auf mich!«

»Weil Sie es waren!«, fällt mir Fritschi ins Wort.

»Nein!«, setze ich mich zur Wehr. »Ich war verdächtig, weil ich neu war und mich niemand kannte, verstehen Sie?«

Fritschi nickt. »Weiter, Mettler.«

»Während ich gejagt werde, verhandeln die Diebe mit dem japanischen Kunstsammler Tashi Kubashi, der mehrfach vor Zeugen erklärt haben soll, er wolle den Hund von Giacometti. Ich habe in Erfahrung gebracht, dass die Skulptur heute Abend in Soglio übergeben werden soll. Doch man jagt nicht die wahren Diebe, man jagt mich, den Sündenbock!«

Fritschi kratzt sich am Hinterkopf. »Da könnten Sie recht haben, Mettler. Es ist wohl besser, wir lassen die Polizei aus dem Spiel! Kommen Sie, wir müssen unbedingt nach Soglio und diese Übergabe vereiteln!«

11.

Drüben beim Kiosk stehen zwei Mountain-Bikes, ein rotes und ein gelbes.

»Eigentlich habe ich die für Keller und mich gemietet, wir haben uns vorgenommen, zusammen zum Cavloccia-See hinaufzufahren. Da soll Segantini auch gemalt haben. Mein Assistent wird wohl bald zurückkommen, er ist vorhin mit meinem BMW weggefahren, um die Gletschermühlen zu fotografieren.«

»Wie gut kennen Sie Keller?«

»Wie meinen Sie das, Mettler?«

»Es könnte doch sein, wenn ich es nicht war, dass ein Mitarbeiter aus dem Museum etwas mit der Sache zu tun hat, oder?«

»Keller? Niemals, das glaube ich nicht.« Fritschi schaut nachdenklich ins Bergell hinunter. »Auf der anderen Seite könnten Sie natürlich recht haben, Mettler.«

»Erinnern Sie sich an den Abend, als ich erwischt wurde? Da konnte es der übereifrige Keller kaum erwarten, die Polizei zu rufen!«

»Stimmt! Und am nächsten Tag, als er Sie im Warenhaus Manor sah, rief er mich sofort an, um die Verfolgung aufzunehmen. Auf der Lenzerheide, nach diesem ärgerlichen Zwischenfall mit der jungen Frau, gab ich ihm die Anweisung, die Polizei zu benachrichtigen. Doch wir haben nie einen Polizeiwagen gesehen!«

»Er hat also nur so getan, als ob er anrufen würde«, gebe ich zu bedenken. »Was haben Sie eigentlich in Bergün gemacht?«

»Keller meinte, Sie würden die Skulptur sicher ins Engadin bringen wollen, denn da habe es potente Geldgeber, außerdem könne man den Hund gefahrlos über den Regionalflughafen von Samedan ins Ausland transportieren. Er glaubte, dass wir eine gute Chance hätten, Sie zu erwischen. Unterwegs schlug er mir vor, in Bergün in diesem Hotel Rätia zu übernachten. Als ich erwachte, war Keller nicht da, er kam erst später ziemlich verschwitzt von seinem Morgenspaziergang zurück«, erzählt Fritschi.

»Haben Sie einen Benzinkanister im Auto?«, frage ich aufgeregt.

»Aber sicher.« Fritschi kratzt sich am Hinterkopf.

»Merkwürdig ist, dass er heute Morgen nicht mehr im Kofferraum lag. Er muss gestohlen worden sein.«

Fieberhaft setze ich das Puzzle in meinem Kopf neu zusammen. Möglicherweise bin ich nahe an einer Lösung, es fehlen mir nur noch wenige Teile. Das Motiv ist mir nicht ganz klar.

»Könnte Keller Geldsorgen haben?«, will ich wissen.

»Er hat letztes Jahr ein Haus gekauft, eine große Investition mit seinem Lohn.« Fritschi schaut auf die Uhr. »Er wird wohl bald von seiner Besichtigungstour zurück sein, dann können Sie ihn selber danach fragen.«

»Ich glaube nicht, dass Keller hierher zurückkommt.« Ich deute auf den Lieferwagen.

»Sie meinen wirklich, dass er etwas mit diesem Transport zu tun hat?« Fritschi schaut in die Ferne, er scheint konzentriert nachzudenken. »Keller hatte mit irgendjemandem telefoniert. Danach war er sehr aufgeregt und machte den Vorschlag von der Bike-Tour. Ich sollte die Fahrräder besorgen. Als ich die Bikes holen ging, stand der BMW genau hier.« Er deutet auf eine Stelle in der Nähe. »Als ich zurückkam, parkte der Lieferwagen hier gleich daneben, Keller war mittlerweile mit dem BMW weggefahren, ich dachte wirklich, er wolle wie abgesprochen die Gletschermühlen fotografieren.«

»Keller und der Fahrer haben den Hund in der Zwischenzeit umgeladen«, helfe ich ihm auf die Sprünge, »sicher sind sie mit der Skulptur auf dem Weg ins Bergell.«

»Warum bin ich nicht selber darauf gekommen? Keller hat mich reingelegt!« Fritschi schüttelt den Kopf. »Kommen Sie, Mettler, wir haben keine Zeit zu verlieren.« Er geht hinüber zu den beiden Mountainbikes.

»Warten Sie!« Ich fasse Fritschi am Ärmel seiner Jacke. »Wäre es nicht besser, ein Taxi zu rufen, oder den Bus zu nehmen?«

»Bis ein Taxi aus St. Moritz kommt, dauert es zu lange. Außerdem ist mein Spesenkonto fast ausgeschöpft. Und der Bus hält an jeder Ecke, bis der nur losfährt, sind wir längstens in Soglio. Schließlich geht es ab jetzt nur noch abwärts!«

»Na gut, wenn Sie meinen!« Gegen eine rasante Abfahrt habe ich nichts einzuwenden. Außerdem haben wir Zeit, die Übergabe findet erst am Abend statt.

»Los geht's!« Fritschi steigt auf das gelbe Bike und tritt kräftig in die Pedale.

Ich schwinge mich auf das rote Bike und folge ihm über den Parkplatz, gleich dahinter beginnt die Passstraße. Bald hole ich ihn ein.

»Wer mir noch fehlt, ist der große Unbekannte!«, rufe ich, um den Fahrtwind zu übertönen. »Ich weiß nicht, ob Keller das Format für eine solche Aktion hat, möglicherweise gibt es Hintermänner, was denken Sie?«

»Das sehen wir in Soglio.« Fritschi kneift ein Auge zu. »Wie weit kommen Sie, ohne zu bremsen, Mettler?«

»Weit!«, gebe ich lachend zurück. Mein Ehrgeiz ist geweckt.

Fritschi bückt sich tief über den Lenker, ich mache es ihm nach. Der Fahrtwind zerrt an meinen Haaren, mir wird erst jetzt bewusst, dass ich keinen Helm trage. Die erste Kurve schaffe ich knapp. Ich behalte die Nerven, meine Hände widerstehen der Versuchung und lassen die Bremshebel in Ruhe. Fritschi bleibt etwas zurück, sicher hat er gemogelt. Nun wird die Fahrt immer schneller, ich schätze, dass ich schon mit über fünfzig Stundenkilometern unterwegs bin.

Vorne kommt die zweite Kurve in Sicht, es ist eine Haarnadelkurve, mir wird klar, dass es hier nicht ohne Bremsen geht, dennoch werde ich sicher lange vor Fritschi unten in Casaccia sein, denn dieses Weichei von einem Kunsthausdirektor hat nicht die Nerven für eine solche Abfahrt, der bremst einfach viel zu früh.

Sachte tippe ich die Hinterbremse an. Keine Reaktion. Ein kurzer Blick an meiner Hüfte vorbei genügt mir, um zu sehen, dass das Bremskabel ausgehängt ist. Das Bike wird schneller. Zwei Kehren weiter unten höre ich das Horn des Postbusses. Rechts von mir erheben sich fast senkrecht die Stützmauern aus grob behauenem Granit, links die Leitplanke mit dem Abgrund dahinter, vor mir die Kurve.

Vorsichtig nehme ich meinen rechten Fuß von der Pedale und drücke ihn seitlich gegen den vorderen Reifen. Das Rad eiert, das Bike beginnt gefährlich zu schlingern, doch irgendwie kann ich die Geschwindigkeit so weit drosseln, dass es mir knapp gelingt, mich durch die nächste Kurve zu schummeln. Glücklicherweise kommt mir gerade jetzt kein Wagen entgegen, denn bei meinem Manöver hat es mich weit auf die Gegenfahrbahn hinausgetragen.

Erleichtert atme ich auf, doch die Freude ist nur kurz, nun fällt die Straße noch steiler ab, und das Bremsen mit dem Schuh gelingt mir nicht mehr. Vor mir liegt die nächste Kurve, unter mir sehe ich den Postbus herankommen, mit dem ich in wenigen Sekunden in der Kehre zusammentreffen werde.

Ungebremst rase ich auf die Kurve zu, schrill die Hupe des Postbusses, der sich gelb und schwer von unten in die Kurve schiebt. Seitlich sehe ich zwischen Leitplanke und

Stützmauer einen Durchgang, der Bus kommt heran, droht mich zu zerquetschen, Reifen quietschen, todesmutig halte ich auf die Lücke zu, brause zwischen Bus und Stützmauer hindurch, rechts rast die Mauer vorbei, links nährt sich das gelbe Blech des Busses, hinter der Lücke taucht ein viel zu schmaler Wanderweg auf, das Bike hebt am Straßenrand kurz ab, dann Schlaglöcher, links ein Baum, ein tief hängender Ast, ich ducke mich, dann rast ein Gebüsch auf mich zu, und schon sehe ich nichts mehr.

Erst fühlt sich alles ganz leicht an, schwebe ich bereits aufwärts? Hört man schon helle Harfenklänge? Dann der Schmerz in meiner Brust, das Ringen nach Atem, das in ein unkoordiniertes Keuchen übergeht. Irgendwo rauscht der Verkehr, ein sehr irdisches Geräusch, ich bin also noch nicht tot, dieses Gewirr von Ästen und Ästchen hat mir wohl das Leben gerettet. Langsam krieche ich rückwärts, lasse mich dann neben dem Bike auf den Weg fallen, versuche, regelmäßig zu atmen.

»Tutto a posto, Mettler, alles in Ordnung?«

Was heißt hier in Ordnung? Den Mund habe ich voller Blätter, die Arme sind zerkratzt, mein Kopf brummt und meine Rippen brennen. Fast wäre ich in den Postbus geknallt. Nichts ist in Ordnung! Vorsichtig stehe ich auf, die Bergeller Berge drehen sich um mich herum, von links schiebt sich ein bekanntes Gesicht ins Bild: Marco Morandi.

»Ah, caro Mettler, immer Draufgänger, immer Abenteurer! Ma questo qui, das hier ist wirklich fahrlässig!« Morandi beugt sich kopfschüttelnd über das Bike. »Passfahren ohne Bremsen ist doch sehr gefährlich, o no?«

Ich schaue mir die Bremsen genauer an. Die beiden Kabel sind ausgehängt, und bei den Bremsklötzen fehlen Schrauben. Das ist kein technisches Versagen, das ist knallharte Sabotage.

»Wer hat dir diese Bicicletta gegeben?«

»Fritschi. Wo ist er überhaupt? Er fuhr doch hinter mir her, hoffentlich ist ihm nicht das Gleiche passiert. Weißt du, Keller, der Assistent von Fritschi, hat die ganze Geschichte inszeniert, er hat sicher auch die Bikes präpariert.«

Morandi zerrt mich zur Straße. »Dai, wenn das so ist, müssen wir Fritschi suchen! Subito!«

Auf der Straße steht Morandis Wagen, ein roter Alfa. Langsam fahren wir durch die Kehren den Pass hinunter. Doch von Fritschi gibt es keine Spur. Ist er durchgekommen? Oder irgendwo abgestürzt? Liegt er mit zerschmetterten Knochen unterhalb einer dieser Felswände, die das Bergell hier abschließen? Konnte er die Fahrt noch abbremsen, möglicherweise wurde er auch verletzt zum nächsten Arzt gefahren.

Oder ist vielleicht alles ganz anders? Warum ist Morandi eigentlich gerade jetzt am Malojapass aufgetaucht?

Unten am Pass in Casaccia fragt Morandi lauernd: »Du kennst doch Linda Kauer, oder?«

»Ja.«

»Hat diese Donna dir auch erzählt, dass sie Journalistin ist?«

Ich nicke. Linda. Hätte sie mich heute Morgen nicht aus der Alphütte geholt, kurz bevor sie in Flammen aufging, dann … »Was ist mit ihr?«

Morandi steckt sich eine Zigarette an. »Heute Morgen habe ich mit der Signora Linda in St. Moritz gesprochen, sie glaubt nicht, dass du, ihr Amico Mettler, den Giacometti gestohlen hat.« Er kurbelt das Fenster hinunter. »Ich mache mir aber schon gewisse Gedanken.«

»Was geht dich das eigentlich an?«, frage ich wütend. Wieso denken alle, dass ich etwas mit dem Kunstraub zu tun habe, nur weil ich zufälligerweise an dem Abend im Museum war? Fritschi glaubte es, Kubashi glaubt es immer noch und Morandi ist unschlüssig. Nur Keller glaubt an meine Unschuld, weil er den Giacometti selbst hat.

Es irritiert mich auch, dass Linda mit Morandi Kontakt hat, dass sie beide über mich sprechen.

Vielleicht war es ein Fehler, Linda nicht auf die Liste der Beteiligten zu nehmen. Ihre Behauptung, sie hätte selbst herausgefunden, dass ich in der Alphütte von Reto Müller war, kann ebenso gut gelogen sein. Vielleicht hat es ihr Reto auch erzählt. Langsam traue ich niemandem mehr. Auch die vielen Zufälle, die sich um mich herum abspielen, verunsichern mich immer mehr.

Nach der Ebene von Casaccia kommt eine weitere Talstufe. In großen Kehren führt die Straße durch einen lichten Wald mit vielen Hütten, links an einer Kurve eine Seilbahnstation. Seilstränge verlieren sich zwischen den Felswänden. Weit oben drohend die Albigna-Staumauer, elektrischer Strom für Zürich.

»Diese Seilbahnstation ist auch ein Giacometti«, erklärt Morandi, »Bruno, der jüngste Bruder von Alberto, ist Architekt. Er hat hier unten im Tal viel gebaut.«

»Lebt er noch?«, frage ich.

»Bruno lebt in Zürich, er ist in der Architektur-Szene immer noch sehr präsent, er muss inzwischen gegen 90 Jahre alt sein.«

»Ein letzter Überlebender?«

»Genau, die anderen sind alle tot.«

In Borgonovo verlässt Morandi die Talstraße und fährt durch das enge Dorf. Große, stattliche Häuser säumen die Dorfstraße. Doch niemand ist zu sehen, das Dorf ist wie ausgestorben, keine Kinder spielen bei den Häusern. Erst auf dem Platz sehen wir einige alte Leute, die uns neugierig nachschauen. Hinter dem Dorf biegen wir nach links ab und halten beim Friedhof.

»Was willst du hier?«

»Komm, Mettler, ich möchte Dir etwas zeigen.« Morandi führt mich durch das Tor, langsam schreiten wir die Grabreihen ab.

»Hier müssen einmal viele Menschen gelebt haben.«

»Nicht alle haben hier gewohnt.« Morandi zeigt auf ein reich geschmücktes Familiengrab. »Diese Leute hier sind weggegangen, haben ihr Glück in der Fremde gefunden, sie waren Zuckerbäcker in Spanien, in England, in Russland. Als es ans Sterben ging, haben sie sich an ihre Heimat erinnert.«

Auf der rechten Seite des Friedhofs liegen eng beieinander die Giacomettis, Vater Giovanni, Mutter Annetta, Alberto und seine Geschwister Ottilia und Diego. Auf den Grabstein von Alberto haben Leute Steine gelegt, auch Morandi bückt sich, hebt einen Kiesel auf und legt ihn auf den Stein aus grauem Bergeller Granit.

»Geboren wurden sie alle hier in diesem abgelegenen Alpental, sie lebten hier, aber auch in Zürich und in Paris, sie hatten Kontakt zur internationalen Kunstwelt, zu Museumsdirektoren und Galeristen aus allen Kontinenten. Sie holten die Welt in dieses Tal!«

Morandi bleibt stehen, senkt einen Moment den Blick. Ich schaue hinauf zu den schroffen Bergflanken, die das Tal mit Steinschlag und Lawinen bedrohen, sehe die steilen Wiesen, die kaum zu bewirtschaften sind, denke an die stattlichen Häuser aus einer Zeit, in der der Passverkehr ein lukratives Geschäft war, an die wenigen alten Leute auf dem Platz.

»Gehen wir!«

Schweigend verlassen wir die letzte Ruhestätte der Giacomettis, Morandi schließt den Alfa auf, fädelt schwungvoll in die Talstraße ein.

»Warum hast du mir diesen Friedhof gezeigt?«, frage ich, als wir wieder unterwegs sind.

»Ich wollte, dass du etwas begreifst. Die Giacomettis gehören hierher ins Bergell, ihre Kunst ist in dieser Gegend entstanden, schau dir nur diese Linien an.« Er zeigt auf die schroffen und steilen Bergflanken. »Wenn du ein Portrait von Alberto siehst, erscheint darin diese zerklüfteten Felswände. Auch die Werke, die in Paris entstanden sind, erinnern irgendwie ans Bergell.«

»Der Hund auch?«

»Diese magere Kreatur passt doch genau in diese oft lebensfeindliche Landschaft.«

Worauf will Morandi hinaus? Auf eine Lektion in Kunstgeschichte kann ich gut verzichten. »Leider gibt es immer wieder Leute, die alles daran setzten, um gewisse Kunstwerke ganz für sich zu behalten. Und weil sie reichlich dafür bezahlen, gibt es auch immer wieder Individuen, die ihnen Kunstwerke besorgen, sei es auf legalem oder illegalem Weg.«

»Was hat das mit mir zu tun?«

»Das große Verbrechen ist nicht der Diebstahl an und für sich«, fährt Morandi ungerührt fort. »Das größte Verbrechen ist es, wenn der Allgemeinheit wichtige Kulturgüter entzogen und vorenthalten werden. Es ist, als wenn man einem Volk die Geschichte stehlen würde. Ich möchte, dass du das begreifst, Mettler.«

Wir durchqueren das Dorf Stampa, Morandi zeigt mir das Haus, in dem die Giacomettis lebten, zeigt mir auch das Atelier. »Hier im Talmuseum konnte mit viel Aufwand ein ganz besonderer Ausstellungsraum gebaut werden. Unterirdisch, klimatisiert, spezielles Licht. Und darin sind einige wenige Werke der Giacomettis untergebracht, dazu ein großes Ölbild von Varlin, der ebenfalls hier gelebt hat. Es ist eine eindrückliche, kleine Sammlung, entstanden aus dem Willen der Bevölkerung, hier erschaffene Werke im Tal zu behalten und öffentlich zu präsentieren.«

Schweigend nicke ich. Morandi hat recht. Wer sich bereichern will, soll Geld oder Schmuck klauen, Schecks fälschen, irgendwas. Meinetwegen als Falschspieler die Leute betrügen. Doch Kunstgegenstände gehören nicht in Privatsammlungen oder in Tresore, sie müssen der Öffentlichkeit zugänglich gemacht werden. Was bringt es einem Kunstfreund, wenn er den Hund ganz für sich alleine hat? In einer Illustrierten habe ich einmal eine Reportage über einen Sammler gelesen, der sich einige sehr wichtige Bilder der klassischen Moderne ersteigert hat, um sie im Feierabend ganz für sich zu genießen. Er prahlte nicht mit der Sammlung, brauchte sie ganz einfach als Ausgleich. Andere Leute, gab er zu bedenken, würden sich teure Sportwagen leisten, eine Villa auf einer Insel, würden ihr Geld im Casino verspielen, er würde lieber bei Auktionen mitsteigern. Schließlich könne er es sich leisten.

Irgendetwas bewegt sich weit hinten in meinem Hirn. Zwei Zahnräder, die bisher nicht nebeneinander lagen, greifen nun plötzlich ineinander. Da habe ich doch gerade etwas gedacht, das mit etwas anderem kombiniert werden muss! Eben fahren wir unter dem ewigen Kuss hindurch, einer von der Natur erschaffenen Skulptur. Zwei riesige Felsblöcke, die sich auf einer kleinen Fläche berühren, als würden sie sich küssen, halten sich gegenseitig im Gleichgewicht, durch den so entstandenen Durchgang rauscht der gesamte Transitverkehr vom Engadin nach Italien. Und angesichts dieses Kusses werde ich elektrifiziert, kann den Zusammenhang aber nicht fassen.

Promontogno. Eine enge Straße, dann links davon ein großer Platz. Schattige Platanen und einige Sitzbänke sind um ein Wasserbecken arrangiert, eine vage Erinnerung an einen Park. Morandi stellt seinen Alfa neben der Straße ab. Wir überqueren den Platz, dahinter thront das Hotel Bregaglia, ein alter Kasten mit viel Charme. Ein findiger Geschäftsmann hatte es vor über einhundert Jahren gebaut, damit sich die italienischen Feriengäste auf halbem Weg ins Engadin ausruhen und akklimatisieren konnten. Die goldenen Tage des Hotels gingen mit dem Ersten Weltkrieg abrupt zu Ende. Wie viele andere Tourismusobjekte im Kanton Graubünden erlebte das Bregaglia den Absturz ins Bodenlose. Gute Zeiten gab es kaum noch, man wurstelte sich eben durch, immer wieder drohte der Konkurs. So fehlte glücklicherweise das Geld, um das Hotel mit teuren Renovierungen zu verschandeln und die alte Substanz zu zerstören. Einer alten Tante gleich, die trotz der Jahre, die sie auf dem Buckel hat, Haltung bewahrt, trotzt das Bregaglia der Zeit.

Wir steigen aus, setzen uns in die Bar, bestellen Kaffee. Ich durchquere die Eingangshalle und verziehe mich aufs Klo. Zum zweiten Mal an diesem Tag starre ich in ein mitgenommenes, schmutziges Gesicht. So gut es geht, mache ich mich frisch. Dann versuche ich, die weiteren Schritte zu planen.

Als ich zu unserem Tisch zurückkehre, steht Morandi an der Theke und telefoniert. Schnell beendet er das Gespräch mit einigen nichtssagenden Floskeln.

Bedächtig rühre ich in meiner Tasse. »Hör mal, Marco, du willst doch auch nicht, dass der Hund ins Ausland verkauft wird, oder?«

Marco schüttelt den Kopf. »Das wäre das Schlimmste, was uns passieren könnte. Wenn so ein Werk erst einmal eine Grenze überschritten hat, wird es schwieriger, es zu verfolgen. Natürlich gibt es eine Zusammenarbeit zwischen den verschiedenen Polizeikräften …« Er zuckt mit den Schultern, rührt in seinem Kaffee.

»Vielleicht kann ich dir da einen Tipp geben«, sage ich möglichst gelassen. »Damit kann auch mir geholfen werden, du müsstest mir einfach einen Gefallen tun.«

Morandi schaut mich aus dunklen Augen an. »Che cosa? Was willst du von mir?«

»Es geht – wie gesagt – um den Hund, ich möchte, dass du mir hilfst, meine Unschuld zu beweisen.«

»Difficile, Mettler, das ist schwierig! Wie stellst du dir das vor?«

»Ich habe starke Kopfschmerzen von meinem Unfall, Marco. Mir wird immer wieder schwindlig, es ist wohl das Beste, wenn ich zum Arzt gehe, damit er mich untersuchen kann.«

Er nickt verständnisvoll. »Gute Idee!«

»Aber so kann ich nicht verhindern, dass der Hund von Giacometti heute Abend einem Sammler übergeben wird.«

Den Satz habe ich ziemlich beiläufig fallen gelassen, Morandi zuckt zusammen, als hätte man ihn ans Stromnetz angeschlossen.

»Wie hast du das erfahren?«

»Kubashi hat es mir erzählt. Der Dieb hat ihn kontaktiert.«

»Erzähl schon, Claudio, racconta!«

Erst mache ich eine Pause, um dem Folgenden noch etwas mehr Gewicht zu geben. Mal schauen, wie meine Geschichte wirkt! »Kubashi sagte, dass der Giacometti heute Abend in Promontogno bei dieser Tankstelle vor der Grenze dem Meistbietenden übergeben wird, und da habe ich gedacht, dass du für mich hinfahren könntest.«

Morandi ist aufgesprungen. »Warum hast du das nicht gleich gesagt?« Er blickt auf die Uhr und legt dann Geld auf den Tisch. »Senti, wenn du zur Behandlung willst, dann nimm hier draußen den Bus, der nach Soglio hinauffährt, er hält beim Ospedale Flin, da findest du den Dottore des Tales.«

»Mach ich!«

Morandi hastet zum Ausgang. »Ciao e grazie per tutto, vielen Dank für alles!«

»Ciao Marco. Amüsier dich gut!«

Manchmal frage ich mich schon, warum kluge Leute immer wieder auf die dümmsten Geschichten hereinfallen.

12.

Vor dem Hotel Bregaglia befindet sich die Haltestelle für die Postbusse. Der Bus, der nach Soglio hinauffährt, steht bereit. Der Fahrer erklärt, dass er noch auf den Anschluss aus St. Moritz warte. Er werde in fünf Minuten fahren. Auch gut, ich setze mich ans Wasserbecken, schaue den Enten zu, die sich hier eingerichtet haben. Mit dem Bus werde ich schnell in Soglio oben sein, dann kann ich mich in Ruhe umschauen. Das Ospedale Flin kann gut auf mich warten. Zwischen den Häusern erscheint der Bus aus St. Moritz, schnell drehe ich mich weg, denn neben dem Fahrer sitzt ein alter Bekannter, mein japanischer Freund! Soll ich zu ihm gehen? Dann ist der Überraschungseffekt weg. Kubashi soll glauben, dass er alleine nach Soglio hinauffährt.

Der Bus hält, einige Leute steigen aus, dann fährt er weiter in Richtung Schweizer Grenze, in Richtung Chiavenna in Italien. Aus meinem Versteck beobachte ich, wie die Fahrgäste den Bus nach Soglio besteigen. Neben einigen Einheimischen mit vollen Einkaufstaschen und drei Wanderern mit schweren Schuhen und großen Rucksäcken steigt Tashi Kubashi in den kleinen Bus, der Japaner trägt eine Reisetasche, aus der der Micro-Scooter herausragt. Der Busfahrer steigt aus, er ruft etwas zu mir hinüber, ich winke entschuldigend und warte, bis der Bus abgefahren ist, bis das Motorengeräusch sich entfernt hat.

Unschlüssig stehe ich auf, schaue mich um. Bei der Haltestelle des Postbusses hängt eine Wanderkarte. Daneben der Wegweiser, der auf die verschiedenen

Wanderwege hinweist. Nach kurzem Überlegen gehe ich über die alte Bogenbrücke und verlasse rechts die Straße. Am Waldrand beginnt der steile Aufstieg nach Soglio. In einer Stunde müsste es zu schaffen sein. Große Stufen aus Granitplatten führen durch einen dichten Kastanienwald den steilen Hang hinauf, zwischen dem Laub vom letzten Jahr macht sich zaghaft neues Grün bemerkbar. Schon bald keuche ich, der Schweiß rinnt mir den Rücken hinunter, es pocht in meinen Schläfen. Dann quert der Weg Geröllhalden, führt auf einem schmalen Band durch eine Felswand, unter mir prasseln kleine Steinchen ins Leere, doch für Schwindel und Angst bleibt mir keine Zeit.

Es dämmert bereits. Weit oberhalb auf der anderen Talseite ragen die Türme der Scioragruppe und der Pizzo Badile mit seiner abweisenden Nordwand in den Abendhimmel. Darunter versinkt der mächtige Bondogletscher langsam in der Dunkelheit. Das Paradies für Kletterer war auch für viele Maler und Schriftsteller, die Soglio im letzten und vorletzten Jahrhundert besuchten, eine immer neue Inspirationsquelle. Der abrupte Wechsel von Licht und Schatten, das Spiel der Farben in den steilen Wänden war ein Schauspiel, an dem sie sich nicht sattsehen konnten. Für die einheimische Bevölkerung aber bedeuten die steilen Wände lange Wintermonate ohne Sonne im Talgrund, nur Soglio bekommt dank seiner Höhenlage regelmäßig ein paar wärmende Strahlen ab.

Nach einer guten Stunde lasse ich den Wald hinter mir, das Gelände wird offener. Bald werde ich im Dorf sein. Was dann? Wen werde ich in Soglio treffen?

Etwa meinen Freund Reto Müller, der mich ins Museum gelockt hat, der mir sein wunderbares Maiensäss in Bergün besorgte, in dem ich fast verbrannt wäre? Werde ich sehen, wie Keller den Hund an einen ausländischen Sammler verhökert, nur damit er die Hypothek seines neuen Hauses bezahlen kann? Oder geht die Skulptur doch an Kubashi, der sicher bereits in Soglio angekommen ist? Bietet er Keller mehr als mir? Was ist mit Morandi, was mit Fritschi? Wo ist Lena Kauer geblieben?

Endlich tauchen in der Dämmerung die Lichter von Soglio auf. Den Weg durch die Wiesen kann ich nur noch erahnen. Vor mir die dunklen Umrisse eines Stalles.

Plötzlich ist sie da, die Angst. Sie packt mich mit kalter Faust am Genick, jede Spur von Hoffnung, von Zuversicht zerrinnt. Bisher ist zwar alles gut gegangen. Doch das war Zufall. Und Glück. Ebenso gut kann heute Abend etwas schiefgehen, dann bekommt Mona einen Anruf, ein Beamter teilt ihr mit belegter Stimme mit, dass ich nicht mehr zurückkehren werde. Eine riesige Welle voller Selbstmitleid droht mich mitzureißen und unter sich zu begraben. Am liebsten würde ich umkehren.

Irgendwo ein Rascheln in der Dunkelheit. Lauschend bleibe ich stehen. Nichts. Schlagartig sind die negativen Empfindungen weg, die kann ich mir jetzt wirklich nicht leisten. Vorsichtig gehe ich weiter, bis ich an einer Mauer stehe, die Sinne sind bis zum Zerreißen gespannt. Da ist es wieder. Etwas kommt um den Stall herum. Vorsichtig nehme ich einen scharfkantigen Stein vom Boden auf und lehne mich an die kalte Wand. Nur nicht die Nerven verlieren, Mettler. Weglaufen wäre nun das Dümmste! Warten, nicht voreilig reagieren. Den Atem kontrollieren, die Hand mit dem Stein hebt sich. Da hinten ist es, da, hinter der Ecke, hinter der brockligen Mauer, gleich wird es hier sein!

Ein Hauch von einer Kreatur erscheint in meinem Blickfeld. Ich hole mit dem Stein in der Hand aus, zu spät, denke ich und schlage ins Leere, zu langsam, Mettler, viel zu langsam! Etwas springt gegen meine Brust, ich rudere mit den Armen, verliere den Stein, verliere das Gleichgewicht, will mein Gesicht schützen, doch es ist zu spät. Das dunkle Etwas ist über mir, weiße, spitze Zähne blinken in der Dunkelheit, eine Ewigkeit verstreicht, heißer Atem streift meine Wange, dann leckt eine raue Zunge über mein Gesicht.

Erst weiß ich nicht, wie mir geschieht, dann lache ich erleichtert. »Na, willst du mich fressen?«

Der Hund winselt freudig und schleckt weiter. Ich kraule ihm den Hals und streichle sein Zottelfell. Mit Hunden hatte ich nie Probleme. Seit meiner Kindheit hatten wir Hunde, gut, manchmal wurde ich schon wütend, vor allem, als eines meiner Meerschweinchen gefressen wurde. Sonst aber war ich viel mit den treuen Vierbeinern unterwegs, es gibt nichts Schöneres, als mit einem Hund durch die Berge zu streifen.

Das Tier ist mager, kein Gramm Fett an den Rippen, das Fell ist verfilzt, kein Halsband, keine Hundemarke. In meiner Hosentasche befinden sich noch immer die zwei zerdrückten Brötchen, die ich bei meinem späten Frühstück mit Kubashi eingesteckt und die in der Zwischenzeit ziemlich flachgepresst wurden.

»Verdirb dir nur nicht den Magen, das ist Weißbrot«, warne ich den Hund, der mit Heißhunger die Brötchen verschlingt.

Als ich aufstehe und weitergehe, folgt mir mein neuer Freund auf dem Fuße.

Nach dem Stall wieder offenes Wiesland, dann Gärten, Mauern. Endlich bin ich in Soglio angekommen. Die Gassen sind menschenleer. Vereinzelte Lampen erhellen die verwitterten Steinmauern, die Holzbalken der Ställe und Scheunen stehen schwarz in der Nacht. Dazwischen die Palazzi, die Paläste der von Planta und von Salis, die in fremden Kriegsdiensten zu Macht und Ansehen gekommen waren. Am Dorfrand Bürgerhäuser von Auswanderern, die ihr Glück als Zuckerbäcker gefunden hatten. Blinde Fenster voller Spinnweben, Steintreppen, die ins Leere führen. Verwinkelte Häuserzeilen verbergen mehr als sie preisgeben. Ich halte mich im Schatten, immer bereit, wegzulaufen. Mein Vorteil ist, dass niemand damit rechnet, mich hier anzutreffen.

Vor mir hallende Schritte auf dem Kopfsteinpflaster, der Hund neben mir knurrt leise. Beruhigend lege ich ihm die Hand auf den Kopf, wir ziehen uns hinter einen Mauervorsprung zurück.

Eine massige Gestalt erscheint am Ende der Gasse. Wir ducken uns in den Schatten. Die Schritte kommen näher, ein schweißnasses Gesicht taucht im fahlen Licht auf, es ist Reto Müller. In seiner unverwechselbaren Art, alles in Besitz nehmen zu wollen, stolziert er vorbei, ohne uns zu bemerken.

Mit zwei Schritten bin ich hinter ihm. Meine Linke packt das kleine Schwänzchen an seinem Hinterkopf, die rechte hält ihm den Mund zu, schnell zerre ich ihn durch einen Durchgang in einen Garten hinein.

»Mit mir hast du nicht gerechnet, Reto!«, zische ich ihm ins Ohr.

Mit weit aufgerissenen Augen starrt er mich an, ich lasse los.

»Wenn es nach dir gehen würde, wäre ich auch schon verbrannt, oder?«

»Das stimmt doch nicht, Claudio! Es war doch alles ganz anders, ich kann das erklären.«

»Keine Ausreden, Reto! Diesmal nicht.« Ich hebe die Faust, er sieht mir meine Wut an, verstummt.

»Wie war das mit dem Maiensäss?«

»Ich wollte wirklich, dass du an einem sicheren Ort bist, Claudio. Abgemacht war etwas anderes.«

»So? Und wie war das mit dem Feuer?«

»Das war doch er!«

»Von wem sprichst du, Reto?«

»Er wollte wissen, wo du dich versteckt hältst, ich wollte es erst nicht sagen, da hat er mir gedroht, verstehst du?«

»Wie soll ich verstehen, dass du einen Freund ans Messer lieferst?«

»Bitte, Claudio! Ich habe Spielschulden bei ihm.«

»Wie heißt er, Reto? Ich brauche seinen Namen!«

»Ich kenne nur seinen Vornamen, er nennt sich Max, wir trafen uns ab und an zu einer gemütlichen Pokerrunde, einmal trank ich etwas zu viel, da muss ich es wohl übertrieben haben.«

Spielschulden, genau. Das war es. Daran hatte ich immer herumgerätselt. Reto Müller war erpressbar. Hatte nicht Lena gesagt, dass bei Kunstdiebstählen oft auch Amateure am Werk seien, die aus einer Notsituation heraus reagieren würden?

»Spielschulden? Hast du darum die Skulptur gestohlen? Wie ging das? Ich habe dich nicht gesehen im Museum.«

»Ich stehle doch nicht!« Müller reibt sich empört übers Kinn. »Damit habe ich nichts zu tun!«

»Dann bist du absolut unschuldig?«, frage ich spöttisch.

»Schuld ist ein böses und hässliches Wort, Mettler, ein Wort für Heilige! Doch wer, frage ich dich, ist in der heutigen Welt noch unschuldig? Ich habe doch nur versprochen, dass ich ihm einen Deppen fürs Museum liefere, einen, der sich gut als Sündenbock eignet, ich konnte doch nicht wissen, was er vorhat, ich wollte doch nicht, dass …«

»… ich verfolgt und verhaftet werde? Sicher, das finde ich äußerst zuvorkommend von dir. Und darum hast du mir auch das Maiensäss besorgt.«

»Aber ich wollte doch, dass du von der Bildfläche verschwindest, dass die Fahnder dich nicht erwischen. Nach einiger Zeit hättest du wieder auftauchen können, es wäre dir sicher nichts passiert!«

»Weißt du, was passiert ist? Mein Bild erschien vorne auf der Titelseite der Zeitungen. Mein Ruf, falls ich einen hatte, ist nachhaltig ruiniert. Und dann sagst du: nichts passiert?«

»Reg dich nicht auf, Mettler!« Reto hebt beschwichtigend die Hände in die Höhe.

»Kann es sein, dass du gar nicht daran interessiert warst, dass ich meine Unschuld beweisen kann?«

Müller zuckt mit den Schultern.

»Ein toller Plan, Reto, das muss ich schon sagen. Leider hatten deine Freunde etwas anderes mit mir vor.«

»Wie gesagt, Claudio, es tut mir leid!« Müller streckt mir die Hand entgegen.

Seine halbherzige Entschuldigung lasse ich mal so stehen und schlage ein. Doch die Geschichte mit dem Deppen fürs Museum wird noch ein Nachspiel für ihn haben.

»Was machst du hier in Soglio?«

»Max wollte mir meinen Schuldschein zurückgeben, wenn der Hundedeal abgewickelt ist. Es geht um über zehntausend Franken, ich bin sonst ruiniert! Claudio, besorg mir den Schuldschein, wir sind doch Freunde, oder etwa nicht?«

Der Hund knurrt und Müller verstummt ängstlich.

»Wenn du mir bei meinem Vorhaben nicht in die Quere kommst, dann schaue ich, was ich für dich tun kann. Sonst wirst du meinen Hund näher kennenlernen.«

»Ich will nur den Schuldschein, sonst nichts!«

»Und wo soll ich den holen, Reto?«

»Max will mich vor dem Palazzo Salis treffen.« Reto schaut auf die Uhr. »In etwa zehn Minuten.«

Ich lasse Reto im Garten zurück und gehe vorsichtig weiter. Einen Deppen hat er gebraucht und ist dabei auf mich gestoßen. Ich kann es nicht fassen!

Wieder bewegen wir uns lautlos durch dieses Wechselspiel von Licht und Schatten auf den Treffpunkt zu. Gespannt gehen wir durch das stille Dorf. Das Wasser der Brunnen ist zu hören, weit unten im Tal ein Motorrad, das Rauschen des Windes in den Bäumen. Sonst hat sich eine unheimliche Stille über die Gassen gelegt. Rauch von Kaminfeuern liegt in der Luft, ein feuchter Geruch nach Eiche und Kastanie. Der Hund folgt mir auf dem Fuß, sogar eine Katze, die vor uns davonläuft, würdigt er mit keinem Blick.

»Komm, mein Guter, es ist Zeit!« Kurz kraule ich seinen Kopf, dann biegen wir um die Ecke.

Kubashi steht vor dem Hotel Palazzo Salis. Als er uns kommen sieht, winkt er mir freudig zu.

»Mettler, schön dass Sie da sind!« Er schenkt mir sein

bestes Lächeln. »Wo waren Sie die ganze Zeit über? Ich habe Sie unten in Promontogno im Park gesehen.«

»Sie … haben mich gesehen?«

»Aber natürlich!« Wieder lächelt er unschuldig. »Da habe ich mich gefragt, ob der Herr Mettler nicht mitfahren will, gerade auch, weil der Fahrer des Busses Sie doch gerufen hat. Doch dann habe ich gedacht, dass der Herr Mettler sicher noch etwas erledigen muss.«

Seine naive Offenheit nervt mich, noch mehr ärgert mich, dass mein anstrengender Fußweg wirklich nicht nötig gewesen wäre.

»Und ich hatte natürlich recht, Sie mussten etwas erledigen, und nun sind Sie wirklich mit diesem zotteligen Hund angekommen!« Er bückt sich, um meinen Begleiter zu streicheln. »Ein schönes Tier, wo haben Sie den gefunden?«

»Er ist mir zugelaufen.«

»Heißt das, er gehört niemandem?«

»Das heißt, dass der Hund im Moment mir gehört.« Langsam nervt er mit seiner Detailversessenheit, mit seiner ewigen Fragerei. Doch Kubashi scheint nicht zu merken, wie sehr er mir mit seinem Getue auf den Geist geht.

»Wunderbar, Herr Mettler, ich sehe, wir können ins Geschäft kommen.«

Die Geschäfte zwischen mir und Herrn Kubashi interessieren mich im Moment allerdings nicht. Denn ich habe ihm nichts anzubieten. Wichtig sind die anderen Akteure. Wer wird den Hund von Giacometti herbringen und verkaufen? Ist diese Person wirklich so skrupellos, dass sie mich in einer Hütte verbrennen wollte, dass sie den Tod von Fritschi und mir bei der rasanten Passfahrt in Kauf nahm?

»Herr Kubashi, wir haben nicht viel Zeit. Wo und wann bitteschön soll die Übergabe stattfinden?«

Der Japaner schaut auf die Uhr. »Genau jetzt. Genau hier!«

13.

Erst ist nur dumpfes Motorengrollen zu vernehmen, dann das Geräusch von Reifen, die über die unebene Pflasterung der Gassen rollen. Gleich wird der große Unbekannte bei uns sein, ich schaue mich nach einem Versteck um, doch hier gibt es keine Gärten, keine Stalltüren, keine schmalen Gässchen, die in der Dunkelheit verschwinden. Vor uns die breite Fassade des Palazzo Salis, hinter uns eine Reihe Bürger- und Bauernhäuser, die aneinander gebaut sind.

Auf einmal habe ich es nicht mehr so eilig, meine Unschuld zu beweisen. So packe ich den Japaner am Jackenärmel und versuche, ihn von hier wegzubringen.

»Herr Kubashi, wir müssen sofort verschwinden, diese Leute sind gefährlich!«

»Es sind Hundefreunde«, gibt er lakonisch zur Antwort, »Hundefreunde sind gute Menschen!«

»Diese Leute haben versucht, mich zu töten!«

»Sie regen sich zu sehr auf, Herr Mettler!« Er schaut mich bedauernd an. »Wenn Sie wollen, können Sie sich verstecken, ich bleibe hier und werde mir den Hund anschauen!«

Ein dunkler Wagen mit verspiegelten Scheiben rollt um die Ecke. Die Lichter sind ausgeschaltet, die Insassen sind nicht erkennbar. Als das Fahrzeug näherkommt, sehe ich, dass es ein dunkler BMW ist. Das muss der Wagen sein, mit dem Keller den Parkplatz oben auf dem Malojapass verließ, nachdem er den Hund umgeladen hatte. Aus dem gleichen Wagen ist letzte Nacht ein Kanister verschwunden. Mit dem Inhalt aus diesem Kanister wurde heute am frühen Morgen das Maiensäss von Reto Müller übergossen.

Der Wagen hält neben uns. Der Hund an meiner Seite knurrt leise, ich lege ihm die Hand auf den Kopf, um das Tier zu beruhigen. Der Motor des BMW verstummt. Im Inneren ist erst nur die Beleuchtung der Armaturen sichtbar, dann glaube ich, die Umrisse eines Mannes zu sehen. Der große Unbekannte. Max, bei dem Müller Spielschulden hat. Keller, der das Maiensäss angezündet hat, der die Bikes präparierte. Das Böse in einer Person.

Erst passiert gar nichts, dann dreht sich der Mann am Steuer um, er scheint uns einen Moment anzustarren. Kubashi hebt die Hand zu einem Gruß. Der Fahrer hebt ebenfalls kurz die Hand, legt sie dann auf den Türgriff. Doch er steigt nicht aus.

Stattdessen senkt sich mit einem leisen Summen die hintere Scheibe, langsam wird die lederne Rückbank sichtbar, eine farbige Wolldecke liegt über einem unförmigen Ding.

Eigentlich weiß ich, was jetzt passieren wird. Oder was passieren könnte. Dennoch krampft sich eine große Faust um meine Innereien, sucht sich ein einzelnes Organ, eine Darmschlaufe heraus, drückt seine spitzen Nägel hinein, bis mir übel wird. Gleichzeitig jagt mir ein Schauer über den Rücken, während ich heiße Ohren bekomme.

Eine Hand mit Lederhandschuh greift an die Decke des Wagens, die Innenbeleuchtung geht an, nun fassen die Finger nach der Wolldecke und ziehen sie langsam zur Seite. Der Kopf, der Rücken, das zottelige Fell mit dem metallenen Glanz, auf der Rückbank des Wagens steht … der Hund von Alberto Giacometti.

Die ganze Erbärmlichkeit der geschundenen Kreatur kommt zum Vorschein, dennoch strahlt die Skulptur Größe, Erhabenheit und Stolz des Einsamen aus. Gerade frage ich mich, wie ein Künstler so etwas Echtes erschaffen kann, da geht die Innenbeleuchtung wieder aus, dafür summt die vordere Fensterscheibe hinunter.

Der Fahrer wendet sich uns zu, er ist nicht zu erkennen, sein Gesicht liegt im Schatten. »Sind Sie mit der Lieferung zufrieden, Mister Kubashi?«

»Mit welcher Lieferung?«, fragt der Japaner höflich.

Der Fahrer deutet mit dem Daumen nach hinten zum Hund.

Kubashi bricht in ein schallendes Lachen aus. »Ein guter Scherz, ein wirklich guter Scherz!«

»Ich pflege nicht zu scherzen«, zischt der Fremde.

»Aber Sie haben Talent!«, Kubashi hat zu meiner Überraschung total die Fassung verloren, dabei war er doch immer so kontrolliert. »Der Hund von Giacometti, das ist ein sehr guter Scherz!«

»Was wollen Sie damit sagen?« Der Fahrer öffnet die Wagentür.

»Habe ich nicht gesagt, dass ich den Hund von Giacometti suche?«

Der Fremde setzt einen Fuß nach dem anderen aufs Pflaster. »Genau. Und der ist hier. Alberto Giacometti. Le chien. Das ist der Echte!«

»Was ist schon echt?«, erwidert Kubashi.

»Diese Skulptur stammt aus dem Kunstmuseum in Chur, mein Herr. Echter geht es nicht!«

Kubashi wird ernst. »Mein Freund Mettler hat bereits geliefert, ich brauche Ihren Hund nicht.«

Der Fahrer ist ausgestiegen und starrt Kubashi fassungslos an. Der unbekannte Max ist nicht Keller, sondern … Fritschi!

»Guten Abend, Herr Mettler, nett, Sie zu sehen. Scheinbar haben Sie unsere Radtour überlebt, auch gut. Vielleicht nützen Sie mir hier ja noch!«

»Dann haben Sie …?« Weiter komme ich nicht, ich schäme mich für meine Dummheit. Fritschi hat den Hund entwendet und dann die Polizei auf mich gehetzt. Und ich habe die ganze Zeit brav mitgespielt. Bravo Mettler! Was sagte Reto vorhin? Sein Geschäftspartner wollte einen Deppen fürs Museum? Da hatten sie den Richtigen gefunden.

»Wo ist das Geld, Kubashi, wo sind die ausgemachten 800.000?«

»800.000?« Wieder lacht der Japaner. »800.000 Franken? Wofür?«

Fritschi deutet auf die Plastik von Giacometti. »Wenn Sie nicht zahlen, ist der Hund weg.«

Verwirrt reibt sich Kubashi den Nacken. Was soll das, warum greift er nicht zu? Endlich hat er den gesuchten Hund in Griffweite, er braucht ihn nur zu nehmen, der Transport nach Japan sollte für einen Mann seines Formates kein Problem sein. Doch statt sich zu freuen, steht Kubashi da, als hätte man ihm eine Pizza belegt mit Seife angeboten.

»Was ist mit Ihnen? Ich will jetzt sofort 800.000 auf die Hand. Es gibt noch andere Interessenten.«

»Das muss ein Missverständnis sein, mein Herr.« Kubashi bückt sich und krault meinen Findelhund hinter den Ohren. »Ich habe immer nur von 8.000 Franken gesprochen.«

»Hören Sie auf mit den Scherzen«, knurrt Fritschi ärgerlich. »Sie haben mich über Morandi wissen lassen, dass Sie den Hund von Giacometti wollen, er hat mir den Betrag genannt, hier ist die Skulptur.«

Morandi gehört also auch zu den Kunstdieben. Darum das Treffen mit Fritschi in der Kunsthandlung Giovanelli in Chur. Fast hätte ich Marco seine Scheinheiligkeit abgenommen und ihm alles gesagt, was ich erfahren hatte. Seine Sprüche über die Kunstwerke, die nicht verschwinden dürfen! Fast wäre ich darauf reingefallen! Zum Glück habe ich ihn nach Castasegna geschickt. So schnell kommt der mir nicht in die Quere, momentan habe ich es nur mit Fritschi zu tun.

Langsam mache ich einen Schritt rückwärts. Der Direktor des Kunsthauses hat nur Augen für den Japaner, also bewege ich mich weiter möglichst lautlos vom Wagen weg in den Schatten hinein. Noch einen Schritt, gleich werde ich mich umdrehen und weglaufen.

Da bohrt sich etwas Hartes in meinen Rücken.

»Habe ich Ihnen schon meinen Partner Rico vorgestellt?« Fritschi deutet lachend auf den Mann, der mich zurück zum Wagen drängt.

»Der Fahrer des PPS Lasters?«

Fritschi nickt. »Genau der!«

Unsanft werde ich gegen die Kühlerhaube des BMW gestoßen, ein gezielter Fußtritt an den rechten Knöchel zwingt meine Beine auseinander.

»Hier bleibst du stehen«, sagt der Mann mit der Wollmütze und dem dunklen Vollbart, der mit einer Pistole vor meinem Gesicht herumfuchtelt.

»Rico, durchsuch den Japaner!«

Irgendetwas muss ich Fritschi fragen, ich muss ihn zum Reden bringen, muss irgendwie Zeit gewinnen.

»Darf ich wissen, wie Sie es gemacht haben?«

»Aber sicher.« Fritschi lehnt sich gegen die Kühlerhaube seines Wagens. »Es war ganz einfach. Am Abend der Vernissage wurden die Kühlschränke und der Kompressor für die Kühlgeräte in großen Kisten angeliefert, erinnern Sie sich? Nach dem Abladen sind alle zum Essen gekommen. Niemand hat bemerkt, dass in der einen Kiste kein Kompressor war, sondern der falsche Hund von Giacometti.«

»Stammt die Fälschung aus der Kunsthandlung Giovanelli?«

Fritschi schaut erstaunt zu mir hinüber, nickt dann. »Das Austauschen der beiden Skulpturen war für Rico kein Problem. Danach haben alle geholfen, die Kisten und den doppelt gelieferten Kompressor aufzuladen. Der Lastwagen fuhr weg, die Vernissage konnte beginnen. Als dann die Verwechslung entdeckt wurde, hatten wir bereits einen Hauptverdächtigen.«

»Aber ich bin Ihnen entwischt!«, entgegne ich stolz.

Fritschi zieht eine Zigarette aus der Packung und zündet sie an. »Ich habe Sie in meinem Büro eingesperrt in der Annahme, dass Sie abhauen, schließlich war das Fenster leicht zu öffnen. Sie haben mich nicht enttäuscht. Leider ist mir dann mein übereifriger Assistent Keller in die Quere gekommen, er hat bemerkt, dass die Versicherungsdeckung ungenügend war, da wollte er den möglichen Schaden vom Museum abwenden. Als er Sie im

Warenhaus Manor entdeckte, musste er unbedingt die Verfolgung aufnehmen. Zum Glück sind Sie uns entwischt. Aber Keller wollte weiter dranbleiben, so sind wir nach Bergün gekommen. Weil alle Welt Jagd auf Mettler machte, konnten wir den echten Giacometti ruhig abtransportieren.«

»Da Sie von Müller wussten, wo ich mich versteckt hatte, haben Sie sich gedacht, wenn Mettler in einem Maiensäss verbrennt, ist der Hauptverdächtige tot und alle Probleme wären gelöst.«

»Na ja, die Idee war nicht schlecht, oder?« Fritschi zieht den Rauch tief in sich hinein.

»Es hätte auch fast funktioniert. Als ich in Maloja auftauchte, haben Sie mir das Bike mit den defekten Bremsen gegeben.«

»Das Bike war eigentlich für Keller bestimmt, der Kerl wurde langsam unbequem, er hatte auch bemerkt, dass der Kanister hinten im Wagen fehlte. Zum Glück wollte er sich die Gletschermühlen ansehen, in der Zwischenzeit kam Rico mit dem Laster an, wir luden den Hund in meinen BMW und Rico fuhr damit ins Bergell hinunter.«

»Und wo ist Keller jetzt?«

»Ich habe ihn aus Casaccia angerufen. Es gebe eine Spur in Chur, ich sei bereits unterwegs. Den sehen wir so schnell nicht wieder!« Er stößt ein heiseres, böses Lachen aus.

»Damit kommen Sie nicht durch, Fritschi!«

»Das lassen Sie mal meine Sorge sein!«

»Na ja, gut geplant, aber nicht gut genug. Ich bin immer noch hier!«

»Sicher, Sie sind so schnell nicht kleinzukriegen, Mettler. Dabei hatte mir Müller versichert, Sie seien ein …«

»… ein Versager? Wollten Sie das sagen?«

Fritschi grinst. »Wie gesagt, ich denke, dass Sie mir hier noch nützen können!«

»Eine Frage habe ich noch. Sie haben einen guten Job, sind geachtet, warum machen Sie das?«

»Kennen Sie das Casino in Konstanz?« Diese rethorische Frage erübrigt jede mögliche Antwort.

»Der Japaner hat gerade mal 8.000 in einem Briefumschlag dabei, und in der Brieftasche steckt nur ein bisschen Kleingeld.« Rico versetzt Kubashi einen Faustschlag. »Wollen Sie uns verarschen?«

»Es war immer ausgemacht, dass ich 8.000 für den Hund bezahle!« Kubashi zieht sich die Jacke zurecht.

»Herr Kubashi, wie haben Sie Marco Morandi ihr Angebot übermittelt?«, mische ich mich ein.

»Schriftlich! Ich gab einen Zettel mit der Zahl ab.«

»Und was haben Sie auf den Zettel geschrieben?«, frage ich weiter.

»Acht – null – null – null – Punkt – null – null – Franken!«

»Kann es sein, dass Sie in ihrer Gier den Punkt nicht richtig gesehen haben?«, frage ich Fritschi.

Der Direktor des Kunsthauses starrt uns einen Moment fassungslos an. »Sie glauben doch nicht im Ernst, dass Sie diese Skulptur für läppische 8.000 Franken bekommen?«

»Darf ich es Ihnen erklären?«, fragt Kubashi höflich. »Als großer und langjähriger Verehrer der Giacomettis und ihrer Kunst habe ich alles gesammelt, was zu diesen Künstlern publiziert wurde. Unter anderem ist mir ein Buch mit Fotos in die Hände gefallen.«

Kubashi macht eine Pause, Fritschi trommelt ungeduldig einen Rhythmus auf die Karosserie des BMW.

Gespannt warten wir auf die weiteren Ausführungen des Japaners. Die Glocken am Kirchturm schlagen zwei Mal, es ist halb zehn Uhr, irgendwo in den Gassen glaube ich Schritte zu hören.

»Auf einer alten Aufnahme war die ganze Familie abgebildet, Vater, Mutter, Alberto und seine Geschwister. Auf der linken Bildseite war auch ein Hund zu sehen. Ein Hund wie dieser hier.« Mein Findelhund leckt ihm die Hand. »Also habe ich zu Herrn Morandi und später auch zu Herrn Mettler gesagt, dass ich für einen Hund der Giacomettis 8.000 bezahle. Das Geld gehört Herrn Mettler, er hat mir den Hund besorgt.«

Einen Moment lang starren wir uns gegenseitig an.

»Ist das wahr?« Fritschi geht mit geballten Fäusten auf den Japaner zu. Der Hund knurrt bedrohlich.

»Rico!«

Der Bärtige richtet seine Pistole auf den Hund. »Haltet euren Köter zurück!«

Aus den Augenwinkeln sehe ich einen Schatten herankommen, etwas Unförmiges saust durch die Luft, Rico schreit, die Pistole landet auf dem Pflaster, wir drehen uns um. Da steht keuchend und mit irrem Blick Reto Müller, in der Hand einen Stock.

Rico kauert wimmernd am Boden. »Du hast meinen Arm gebrochen, du Scheißkerl!«

Kubashi bückt sich nach der Pistole, richtet sie auf Rico. Der Hund steht knurrend daneben, die beiden sind bereits ein gutes Team.

Langsam geht Müller auf Fritschi zu. »Her mit dem Wechsel!«

»Aber Reto, beruhige dich, ich habe gesagt, dass du ihn bekommst, wenn …«

Der Stock zischt durch die Luft, knallt dann gegen den Scheinwerfer des BMW, Glas splittert. Müller hebt den Stock erneut und fixiert Fritschi.

Dieser geht zum Wagen, setzt sich hinein und holt das Dokument aus einer Aktentasche, die auf dem Beifahrersitz liegt. Er hält es Müller hin, lässt es dann aber auf den Boden fallen. »Da, nimm, aber vergiss nicht, dass du mit drin hängst!«

Reto lässt den Stock sinken, bückt sich schwer atmend nach dem Papier am Boden und studiert es eingehend. »Alles in Ordnung, ihr könnt ihn haben!«

Langsam dreht sich Müller um und geht davon.

14.

Einen Moment lang haben wir nicht auf Fritschi geachtet.

Erst als der Motor des BMW aufheult, drehen wir uns zu ihm um. Er hat den Rückwärtsgang eingelegt, die Reifen drehen kurz durch, dann schießt der Wagen rückwärts durch die Gasse, bevor Kubashi die Waffe heben kann, ist Fritschi mit der Giacometti-Skulptur verschwunden.

Wir haben es vermasselt, mit Fritschis Flucht habe ich nicht gerechnet, sonst hätte ich ihn nicht in den Wagen gelassen.

Kubashi hat zwar seinen Hund, Müller seinen Schuldschein, meine Unschuld aber ist noch lange nicht bewiesen.

»Wo ist der Scooter, Kubashi?«

Der Japaner zeigt hinüber zum Palazzo Salis, ich laufe los, reiße die Türe des Hotels auf, da steht neben der Rezeption die Reisetasche des Japaners. Mit dem Scooter unter dem Arm hetze ich hinaus, schaue mich um, Kubashi steht immer noch neben dem Bärtigen, der am Boden kauert. Der Hund sitzt daneben.

»Rufen Sie die Polizei. Und passen Sie in der Zwischenzeit auf Rico auf.«

Dann biege ich um die Ecke, haste durch die Gassen. Bei der Kirche beginnt der Asphalt. Die Räder des Scooters beginnen zu rollen. Die Straße führt an den letzten Häusern vorbei zum Ort hinaus. Rechts der Parkplatz, dann fällt die Straße ab.

Wesentlich sicherer als mit dem Fahrrad heute Nachmittag rolle ich mit dem Scooter von Kubashi die Straße hinunter. Die Bremse funktioniert wunschgemäß, ich muss bloß leicht anbremsen, dann kann ich mich so richtig heftig in die Kurve legen.

Weit unten sehe ich die Talstraße, ab und zu rauscht ein Wagen in Richtung Engadin oder hinunter nach Italien. Irgendwo unter mir fährt Fritschi mit einer unersetzlichen Skulptur davon. Notfalls können Müller und Kubashi meine Unschuld bestätigen, damit schaffen wir den Hund aber auch nicht wieder her. Bereits in der Nacht kann Fritschi in Mailand sein, dann landet die Skulptur in einem arabischen Scheichtum, in einem Tresor in New York oder sonst wo in einer Privatsammlung.

Plötzlich zerschneidet Sirenengeheul die Nacht. Kubashi hat also reagiert, die Polizei ist unterwegs. Drei Kurven weiter eröffnet sich mir ein bizarres Bild.

Fritschi muss zu schnell gefahren sein, nach der Kurve hat er wohl die Kontrolle über seinen Wagen verloren. Der BMW ist erst gegen die Leitplanke geknallt und dann gegen einen Baum geprallt. Nun steht er dampfend neben der Straße, seine Scheinwerfer zielen ins Leere. Fritschi steigt eben aus und schaut mir entgegen. Er blutet aus einer Wunde an der Stirn.

»Das war's wohl.« Er zieht eine Zigarette aus der Packung, greift dann suchend in seine Hosentaschen.

Wenig später kommt ein Wagen die Straße hinauf, wir werden geblendet, von allen Seiten rennen Polizisten auf uns zu und richten ihre Waffen auf Fritschi.

Dieser hebt beschwichtigend die Hände. »Schon gut, ich bin unbewaffnet!«

Ein weiterer Wagen braust heran, Türen werden geöffnet.

»Tutto a posto, Mettler, alles in Ordnung? Es hat etwas länger gedauert, ich war noch in Castasegna beschäftigt!«

Marco Morandi und Lena Kauer erscheinen im Scheinwerferkegel. Lena fotografiert den beschädigten BMW, dann mich und Fritschi. Schließlich öffnet sie die hintere Türe des Wagens und macht noch einige Aufnahmen des Hundes von Alberto, der artig auf der Rückbank steht und bei seinem Ausflug ins Bergell keinerlei Schaden genommen zu haben scheint.

»Hat vielleicht mal jemand Feuer?«

Marco zieht sein Feuerzeug aus der Tasche und ist dem Direktor des Bündner Kunsthauses, der wohl für längere Zeit kein Amt mehr ausüben wird, behilflich.

»Verhaften Sie auch diesen Mann, er gehört dazu!«

Die Polizisten schauen erst mich, dann Morandi an. Dieser nickt ihnen zu, lächelt.

»Caro Claudio, du bringst immer alles durcheinander!«

»Ich? Stimmt es etwa nicht, dass du Fritschi wegen dem Hund angesprochen hast?«

»Naturalmente habe ich das.« Morandi grinst. »Ma la cosa, die Sache, war doch etwas anders, als du denkst.«

»Ich höre!« Mit verschränkten Armen stehe ich Morandi gegenüber.

»Du hast sicher auch herausgefunden, dass nostro amico hier«, er zeigt auf Fritschi, »ein leidenschaftlicher und süchtiger Spieler ist. Manchmal gewann er, wie zum Beispiel gegen deinen Freund Reto Müller, dann wieder verlor er un sacco di soldi, beträchtliche Summen. Im Moment hat er eine Pechsträhne, unbezahlte Rechnungen türmen sich, Spielschulden sind nicht bezahlt.«

»Bei meinen Recherchen«, mischt sich Lena ein, »stieß ich auf einen Sammler, der unbedingt einen Giacometti wollte, scheinbar hatte dieser Sammler Fritschi bereits über den Kunsthändler Giovanelli kontaktiert, da er von seiner Schwäche wusste. Leider gelang es mir nicht, herauszufinden, wer dieser Mann ist.«

»Tashi Kubashi?«, frage ich gespannt.

»Lo credevo tutto il tempo! Das glaubte ich die ganze Zeit über«, erklärt Morandi. »Darum spielte ich den Mittelsmann zwischen Kubashi und Fritschi. Uns war klar, dass es noch einen Komplizen geben musste, der helfen würde, a portare il cane fuori dal museo, den Hund aus dem Museum zu schaffen. Ich war deshalb mit dem Direttore Fritschi in der Kunsthandlung Giovanelli, scheinbar wusste dieser saubere Signore genau, zu welchem Zweck er die Kopie der Skulptur besorgen musste. Aber eben, der Komplize fehlte uns.«

»Und wie wusstest du von mir?«, will ich wissen.

»Reto Müller mi doveva fare un Favore, er war mir noch einen Gefallen schuldig«, erklärt Morandi mit gespielter Zerknirschtheit. »Er hat mir erzählt, dass Fritschi einen schrägen Vogel für die Vernissage brauchte. Also wollte ich dich kennen lernen. Du solltest mein Schlüssel, la chiave zu Fritschi sein. Doch nach dem Diebstahl war der Hund wie vom Erdboden verschwunden, du warst geflohen. Fritschi, der Saubermann, gab sich keine Blöße.«

»Arbeitest du auch für die Zeitung?«, frage ich Marco.

»Scusa, Claudio. Du musst entschuldigen«, Morandi hüstelt verlegen, »dass ich mich nie richtig vorgestellt hatte.« Er zieht einen Polizeiausweis heraus. »Aber ich wusste lange nicht, auf welcher Seite du stehst.«

Gemeinsam fahren wir hinauf nach Soglio. Der Japaner steht immer noch vor dem Palazzo Salis und bewacht zusammen mit dem Hund den wimmernden Rico.

Ich gebe ihm ein weiteres Mal seinen Scooter zurück. Kubashi übergibt mir den Briefumschlag mit den 8.000 Franken. »Danke, Mettler.«

Dann begibt er sich mit dem Hund auf einen Abendspaziergang durch die Gassen von Soglio.

»Kann mich jemand nach Hause fahren? Ich bin müde.«

Lena nimmt mich in ihrem Mini Cooper mit durch die Nacht. Sie erzählt von der wunderbaren Story mit den exklusiven Bildern, trotz ihres Fahrstils nicke ich immer wieder ein. Gegen ein Uhr halten wir vor dem Haus.

Eine verschlafene Mona öffnet mir. »Claudio, bist du schon zurück?«

Sie kocht Tee. »Hast du deine Probleme gelöst?«

Wortlos lege ich Kubashis 8.000 auf den Tisch.

»Übrigens«, Mona legt eine Zeitung neben die dampfenden Tassen. »Schau mal dieses Inserat hier an, dieser Job bei der Post wäre doch etwas für dich!«

Es hat sich absolut nichts verändert.

TEIL 2

VON KÜHEN

VAL PERS – VERLORENES TAL

1.

»Hey, Mettler, was treibst du da unter dem Tisch?«

Schnell rolle ich mein Hosenbein herunter und richte mich auf.

Vor mir das unverschämte Grinsen von Gian Meili, mit dem ich seit ein paar Tagen bei der Post zusammenarbeiten muss.

»Halt die Klappe, Gian!«

»Du machst da unten doch nicht etwas Unanständiges?«

Verlegen und wütend zugleich wende ich mich ab.

»Hey, Alter, das ist doch kein Problem! Alle tun es, privat habe ich auch nichts dagegen. Aber hier bei der Post ist das schon etwas anderes!« Meili wirft mir ein Paket zu.

Schnell bücke ich mich, das Paket fliegt vorbei und knallt gegen die Wand. Es scheppert verdächtig, als ich es aufhebe. Alles geht schief in meinem Leben, nichts klappt richtig, und nun sitze ich auch noch bei der Post fest, unfähig, etwas Besseres mit mir und meiner Zeit anzufangen.

»Können wir jetzt endlich weitermachen?« Meili zeigt auf die vollen Postsäcke. »Oder willst du die etwa selber austragen?«

»Halt endlich deine Klappe!«, brülle ich.

Es ist, als würden alle Deiche, die ich mühsam gegen das Wasser aufgerichtet hatte, unter der Last einer Sturmflut einbrechen, es hat alles keinen Sinn mehr, ich kann mich einfach nicht beherrschen, mich hat bereits ein neuer Schub gepackt, ich bücke mich wieder unter den Tisch.

»Mettler, hör mal, jetzt wird's aber krankhaft, ja?« Meilis sommersprossiges Gesicht, umrahmt von den roten Haaren, erscheint mir gegenüber unter der Tischplatte. »Wir sind zum Arbeiten hier, capito?«

Doch ich habe bereits mein Hosenbein aufgekrempelt und kratze mich wie irr am Schienbein.

»Das ist ja …!« Meili verstummt angesichts meines blutenden Hautausschlages.

»Es ist weder gefährlich noch ansteckend, du kannst den Mund wieder zuklappen!«

Das war am Morgen. Meili hatte sich lauthals beschwert, er erklärte unserem Vorgesetzten Franco Raselli, dass er Angst habe, sich anzustecken. Ich wurde bis zum Arztbesuch freigestellt. Nun sitze ich im Wartezimmer von Dr. Kratschmer in St. Moritz. ›Haut- und Geschlechtskrankheiten‹ steht auf einem großen Schild neben dem Eingang. Verstohlen mustere ich die Anwesenden und versuche herauszufinden, wer wohl wegen Haut- und wer wegen Geschlechtskrankheiten hier ist. Meine Beine jucken wie verrückt, möglichst unauffällig reibe ich sie an der Stuhlbeinkante, um mir ein wenig Linderung zu verschaffen.

Angefangen hat es im letzten Herbst. Ein leichtes Jucken an den Beinen, manchmal rieb ich daran, manchmal nicht. Alles war unter Kontrolle. Später, als es schlimmer wurde, definierte ich sogenannte Kratzzonen, Räume eben, an denen ich ungestört an meinen Beinen herummachen konnte, ohne dass es jemand sah und ich gestört wurde, ohne dass jemand merkte, wie es um mich stand.

Und noch später richtete ich Safety-Zonen ein, in denen Kratzen absolut tabu und verboten war, so war zum Beispiel unser Schlafzimmer so eine Zone. Es gab Zeiten, da konnte ich den Juckreiz mit heißem Wasser betäuben, dann wieder juckte es so stark, dass ich erst aufhörte, wenn mir das Blut in die Socken lief.

Und immer wieder die Frage: Warum passiert das mir? Auch gab mir die Tatsache zu denken, dass mein Kratzen mir ein Wonnegefühl gab, bevor sich dann alles in bitterem Schmerz auflöste.

»Herr Mettler, bitte schön.« Die Arztgehilfin öffnet mir die Türe zum Sprechzimmer. »Einen Moment noch, Dr. Kratschmer kommt sofort.«

Verlegen schaue ich mich um, eine Chromstahlliege, ein Schreibtisch, ein Schränklein mit Glasfront, gut sichtbar liegen da diverse Spritzen in verschiedenen Größen, daneben kalt blitzende Instrumente.

»Keine Angst, die brauche ich selten!« Unbemerkt ist der Arzt eingetreten, ein älterer Herr mit Glatze, er legt sich meine Krankenakte zurecht und überfliegt die Personalien. »Herr Mettler, Sie wurden von Ihrem Arbeitgeber angemeldet …«

»Es ist nichts, wirklich, ein kleines Jucken vielleicht, im Moment aber kaum spürbar.«

»Machen Sie sich frei!« Während ich mir die Hosen ausziehe, kratzt sich Kratschmer immer wieder am Hinterkopf. »Dann wollen wir mal sehen.«

Er zieht sich Handschuhe an, betastet dann meine rote Haut an den aufgekratzten und geschwollenen Beinen. »Na, da haben wir aber eine schöne Bescherung!«

»Und? Was kann ich dagegen tun? Ist es ansteckend, oder kann ich weiter arbeiten?«

»Es gibt zwei Möglichkeiten.« Kratschmer wirft die Handschuhe in den Abfalleimer, wäscht sich die Hände und kratzt sich wieder.

»Und die wären?«

»Entweder vier Wochen Antibiotika und Cortisonspritzen … Oder: Bad Innerpers.«

»Innerpers?«

»Genau.« Kratschmer kratzt sich ein weiteres Mal am Hinterkopf. »Bad Innerpers, gelegen im wunderschönen Val Pers, einem Seitental des Prättigaus. Diverse Schwefelquellen, das Wasser hilft nachhaltig bei allen möglichen Hautausschlägen, Sie werden sehen, nach drei Wochen sind Sie gesund und können wieder arbeiten!«

»Drei Wochen? Und wovon soll ich leben? Ich habe keinen festen Arbeitsvertrag!«

Kratschmer deutet auf das Kästchen mit den Spritzen. »Ist Ihnen das lieber?«

Ich schüttle den Kopf.

»Na also, dann werde ich Ihnen jetzt ein Zeugnis schreiben.«

2.

»Drei Wochen arbeitsunfähig?« Franco Raselli, mein Vorgesetzter bei der Post, tobt. »Wie viele Tage arbeiten Sie schon hier, Mettler?«

»Ich … glaube … es … sind …«

»Vier-ein-halb-Tage! Und das zur Probe!« Raselli tigert hin und her. »Und nun wollen Sie drei Wochen zur Kur!«

»Was soll ich machen? Der Arzt sagt, dass …«

»Schweigen Sie! Wer, glauben Sie, bezahlt das? Sollen wir etwa die Briefmarken teurer verkaufen? Auf jeder Marke einen Claudio-Mettler-Solidaritätsfünfer draufschlagen?«

Etwas habe ich bereits gelernt in diesen viereinhalb Tagen bei der Post in St. Moritz: Wenn Raselli sich ereifert, ist es das Beste, man schweigt, senkt demütig das Haupt und wartet ab. Vielleicht habe ich das leidende Geknickt-Sein etwas übertrieben. Denn nach dem ersten Ausbruch kehrt Raselli seine väterlich belehrende Seite nach außen und holt zu einem Vortrag über die Wirtschaft im Allgemeinen und die Post im Besonderen aus.

»Verstehen Sie mich nicht falsch, Mettler. Ich bin kein Unmensch. Aber das wirtschaftliche Umfeld zwingt uns, ökonomisch zu denken. Die Post steht nicht mehr alleine da auf dem weiten Feld der Kommunikation, kann nicht mehr arbeiten, wie sie will!« Raselli seufzt hörbar. »Die Konkurrenz schläft nicht, immer mehr Private drängen sich auf diesen Markt, wenn auch unsere Schweizerische Post«, der Chef wirft sich in die Brust, »weiterhin einsame spitze ist.«

»Was hat das mit meinem Ausschlag zu tun?«, wage ich einen scheuen Einwand.

»Das Volk als Besitzer der Post hat gewisse Ansprüche an unser Wirtschaften. Es erwartet, dass haushälterisch mit dem Steuerfranken umgegangen wird, dass ein Gewinn erwirtschaftet wird, der der Staatskasse zugutekommen soll. Außerdem dürfen beim Service public keine Mittel verschleudert werden, trotzdem müssen Briefe, Pakete und Zeitungen bis ins hinterste Haus in den Bergen gebracht werden!«

Ich nicke demütig. Der Service public, der Dienst am Kunden, das ist ein von Politikern gern und oft benutztes Schlagwort, wenigstens solange dieser Service nichts kostet. Wenn aber eine Poststelle in einem entlegenen Tal nicht rentiert, dann zeigt es sich schnell, ob die vollmundigen Versprechungen nur leere Lippenbekenntnisse waren.

»Auf der anderen Seite soll die Post aber auch menschlich sein, der gute Briefträger, der die Post bis ans Haus bringt, die Schalterbeamtin, die einer betagten Dame beim Ausfüllen eines Formulars hilft, so sieht die Öffentlichkeit ihre Post. Die Post ist stolz darauf, ein Teil dieses Landes zu sein, eine unverzichtbare Institution, ein Fels im allgemeinen Wandel und Zerfall der Werte. Menschlichkeit statt Habgier, Gemütlichkeit statt Globalisierungswahn.« Raselli nickt mir zu. »So ist das, Mettler. Die menschliche Ökonomie, es darf sich lohnen, für andere da zu sein.«

»Und was ist mit mir? Ich meine, wie geht es jetzt weiter?«

»Was stehen Sie noch herum, Mettler, gehen Sie nach Hause, packen Sie Ihre Sachen, verabschieden Sie sich von der Familie, ich werde das Nötige veranlassen, kommen Sie morgen Früh wieder. Wir sind ein sozial eingestellter Betrieb, verstehen Sie, die Post schaut auf ihre Leute!«

Raselli lächelt, nickt mir zu, als ich aufstehe, mich verabschiede. Mit wichtiger Miene zieht er das Telefon zu sich heran.

Es ist nicht das erste Mal, dass ich Pech mit einer Arbeitsstelle habe. Eigentlich hatte ich immer Pech, wenn ich mich zu einer seriösen Arbeit überreden ließ. Eine feste Anstellung hatte ich noch nie, dazu fürchtete ich mich zu sehr vor dem Eingesperrt-Sein in ein Leben, das vielleicht nicht mein eigenes ist.

So habe ich schon als Skilehrer, Wanderleiter, Möbelpacker und Aushilfsschreiner gearbeitet, habe Gartenarbeit verrichtet, behinderte Menschen betreut und Brennholz gesägt. Immer etwas anderes, nie etwas Festes. Aber Spaß hatte ich jede Menge. Hauptsache, es gab etwas Geld, das ich unter die Leute bringen konnte.

Ein Sparkonto hingegen gibt es keines, auch habe ich keine Zukunftspläne, die Gegenwart reicht mir völlig! Meine Eltern wären wohl kaum stolz auf meine Arbeitsleistung, das war mir aber nie wichtig. Ich nehme an, dass sie mich auch so lieben und ziehe es vor, sie nicht zu fragen.

Da ist Mona anders. Mona, die eine eigene Wohnung hat, eine gute Stelle bei der Bank, einen Wagen, schöne Möbel, tolle Kleider. Mona, die so ganz anders ist als ich. Mona, die ich so sehr liebe. Mona, die Ansprüche stellt, Mona, die Erwartungen hat und wecken will. Mona mit ihrem geregelten Leben. Mona und eine gemeinsame Zukunft.

Nur wegen Mona hatte ich mich bei der Post beworben.

Das Teewasser pfeift, ich drehe das Radio lauter.

»… und bereits die ersten Fälle von Maul- und Klauenseuche sind auch in Baden-Württemberg aufgetreten. In einem Umkreis von mehreren Kilometern um die betroffenen Höfe mussten alle Kühe notgeschlachtet werden. Wie die Schweizer Oberzolldirektion mitteilt, gilt nicht nur für Fleisch, sondern auch für lebende Tiere aus Deutschland ein absolutes Einfuhrverbot …«

Vorsichtig gieße ich das heiße Wasser über die Teeblätter und stelle den Timer.

»Was für ein Glück für dich!« Mona hat sich neben mich gestellt, ihr Kopf lehnt an meiner Schulter. »Du darfst drei Wochen zur Kur. Wann fährst du?«

»Morgen, Raselli will das Nötige veranlassen.« Der Timer klingelt nach genau drei Minuten und 20 Sekunden. Ich nehme das Teesieb heraus, stelle die Teekanne aufs Tablett und trage es ins Wohnzimmer. Vorsichtig fülle ich zwei Tassen. Das Aroma verbreitet sich im Raum.

»Drei Wochen …« Mona nippt an ihrem Teeglas und stellt es dann weg.

»Da haben wir vorher noch einiges zu erledigen, glaubst du nicht auch, Claudio?«

Sie schmiegt sich an mich und beginnt, meine Hemdknöpfe zu öffnen.

Das Aroma des Tees verbreitet sich im Wohnzimmer, ich schließe die Augen, stelle mir die Landschaft Darjeelings vor, höre die Lieder der Teepflückerinnen. »Weißt du noch, damals in Indien?«

Mona nimmt mir das Teeglas aus der Hand und zieht mich zu sich auf den Teppich. »Was gefiel dir besser, die Ratten oder die Kakerlaken?« Sie beißt mich ins Ohr.

»Die Teeplantagen im Nebel …« Meine Hand wandert über ihren Rücken, ich sehe das satte Grün der aufsteigenden Hügel, die Nebelschwaden, die aus dem Tal heraufziehen, höre das Geschnatter der Affen – plötzlich durchzuckt mich ein Schmerz, und als wenn ein Blitz eingeschlagen hätte, krümme ich mich zusammen. Die Teeplantage verschwimmt, ich drehe mich von Mona weg, meine Hände reiben rasch über die schuppige Haut der

Unterschenkel, verschaffen mir eine kurze Linderung, dann juckt es noch stärker.

Mona hat unterdessen den Fernseher eingeschaltet, es läuft ein Dokumentarfilm über Fleisch und unsere Essgewohnheiten.

»Bist du mir böse, Schatz?«

Sie dreht den Ton lauter.

»Der Arzt hat mir Tabletten gegeben, ich könnte jetzt eine nehmen, was meinst du?«

Starr blicken ihre Augen auf die Mattscheibe.

3.

»Ihr Zug fährt in einer Stunde, Mettler.« Franco Raselli drückt mir die Fahrkarte in die Hand. »Und hier ist die Adresse der Pension, natürlich konnte ich Sie nicht ins Kurhaus schicken, das wäre versicherungstechnisch zu kompliziert, verstehen Sie?«

Rasellis Rede perlt von mir ab. Meine Gedanken sind bei Mona, heute Morgen hat sie mich nicht einmal geweckt, sie war weg, als ich aufstand. Mit Lippenstift hatte sie auf den Badezimmerspiegel geschrieben: »Ruf mich an, wenn es dich nicht mehr juckt …« Die drei Punkte leuchteten wie frische Blutstropfen.

»Dann wünsche ich Ihnen eine gute Genesung!« Raselli drückt mir die Hand. »Auf Wiedersehen in drei Wochen!«

Val Pers. Ein rätoromanischer Name. Das verlorene Tal. Nicht wirklich geschäftsfördernd für einen Kurort, finde ich.

Am besten erreicht man das Val Pers vom Oberengadin her über die Albulastrecke. Umsteigen in Filisur, dann geht die Fahrt weiter nach Davos. Ziemlich umständlich. Es wird Zeit, dass der Vereinatunnel endlich fertig wird. Am Bahnhof Klosters steigt man dann aufs Postauto um. Alle zwei Stunden fährt ein Bus vom mondänen Ferienort in das kaum bekannte Seitental.

Erst ist das Val Pers eng und schmal, den schattigen Einschnitt zwischen zwei schroffen Felswänden teilen sich ein schäumender Bach und die Straße. Dann, nach etwa drei Kilometern, öffnet sich das Tal. Sattgrüne Wiesen, weit verstreute Höfe. Ein kleines Dorf.

Der Bus hält. Ausserpers. Die wenigen Fahrgäste, die in Klosters eingestiegen sind, verlassen hier, beladen mit schweren Einkaufstaschen, den Bus. Nach einem kurzen Halt auf dem Dorfplatz geht es in steilen Kehren durch ein dicht bewaldetes Felssturzgebiet.

Dann öffnet sich eine weitere Ebene, darüber steile, dicht bewaldete Abhänge, die einen großen Kessel bilden. Drohend der Hängegletscher des Piz Pers, daneben schwarz und mächtig der Muot Mora.

Und an einen Hügel gekauert liegt Innerpers.

»Wollen Sie hier übernachten?« Der Chauffeur gibt mir meine Tasche.

»Ja. Wo finde ich die Pension Aurora?« Ich strecke meine Glieder.

»Die Pension Aurora?« Er zündet sich umständlich eine Pfeife an. »Das ist keine gute Adresse, wirklich nicht, wenn Sie meinen Rat wollen …«

Langsam macht er mich wütend. »Ich suche die Pension Aurora, keinen Rat.«

»Dort hinten. Aber sie ist geschlossen, die Saison beginnt erst im Juni!«

»Geschlossen? Unmöglich, ich habe hier die Reservationsbestätigung!«

»Wenn Sie meinen.« Zufrieden paffend lässt der Chauffeur eine große Rauchwolke in den Abendhimmel steigen. »Überzeugen Sie sich selbst, junger Mann.«

Auf dem Weg hinüber zum Restaurant Krone dreht er sich noch einmal um. »Und überlegen Sie es sich gut. Ich fahre in einer halben Stunde zurück!«

4.

Die Gassen von Innerpers sind leer, wie ausgestorben, kein Mensch, kein Tier und auch kein Fahrzeug ist auf den staubigen Straßen zu sehen.

›Pension Aurora‹ steht auf einem Schild an einem verwitterten Holzhaus, das dringend einen neuen Anstrich braucht. Vergeblich klopfe ich. Die Tür ist verschlossen. Ich gehe um das Haus herum und durch den Garten. Alle Fensterläden sind geschlossen, die Gartenmöbel sind in einer Ecke aufeinandergestapelt und mit einer Plane zugedeckt, überall vermodertes Laub, das Haus scheint seit Monaten unbewohnt zu sein.

Hat mir Raselli die falsche Pension angegeben? Ich sollte ihn anrufen. Vielleicht wäre es sogar das Beste, gleich nach St. Moritz zurückzukehren. Einen Moment noch bleibe ich am Gartenzaun stehen und überlege.

Ein Fensterladen öffnet sich knarrend einen Spaltbreit. »Was machen Sie da?«, ruft eine heisere Frauenstimme.

»Ich?« Verlegen rolle ich mein Hosenbein wieder runter. »Nichts, ich wollte bloß … Eigentlich suche ich ein Zimmer.«

Der Fensterladen öffnet sich ganz. Eine weißhaarige Frau mit wachen Augen mustert mich mit spöttischem Blick. »Sind Sie der Pöstler mit dem Ausschlag?« Sie kichert. »Reiben Sie Ihre Beine immer wie ein Hund an fremden Gartenzäunen?«

Eine Viertelstunde später sitze ich bei Frau Caduff in der Wirtsstube.

»Eigentlich habe ich bis Juni geschlossen …«

»Mein Chef hat mir diese Pension genannt, hier sei es billiger als im Kurhaus.«

»Hat man Ihnen auch gesagt, wie die Spielregeln sind?«

»Spielregeln? Gibt es hier spezielle Spielregeln?«

»Oh ja, Herr Mettler, die gibt es.« Frau Caduff holt eine Flasche Wein und zwei Gläser. »Am Morgen bekommen Sie von mir ein wunderbares Frühstück, danach gehen Sie ins Kurhaus, baden und ruhen sich aus, um elf Uhr erwarte ich Sie wieder hier.«

»Ich weiß nicht, ob ich so früh zu Mittag essen mag.«

»Nicht zum Essen, Herr Mettler.« Frau Caduff schenkt die Gläser voll. »Die Abmachung mit Ihrem Chef lautet, dass ich Sie unentgeltlich bewirte, dass Sie mir aber als Hilfe zur Verfügung stehen, damit ich die Pension termingerecht eröffnen kann. Ist das ein Angebot?« Sie hebt ihr Glas.

»Was erwarten Sie von mir?« Ich schaue auf die Uhr, das Postauto in die Freiheit fährt in wenigen Minuten, noch kann ich verschwinden.

»Sie haben den Garten gesehen, Mettler, es gibt einiges zu tun. Einverstanden?«

Meine Beine unter dem Tisch jucken abscheulich. St. Moritz oder Innerpers. Habe ich überhaupt eine Wahl?

Langsam hebe ich das Glas. »Zum Wohl, Chefin!«

»Heute verwöhne ich Sie noch, Herr Mettler, morgen weht dann ein anderer Wind.« Frau Caduff wischt lachend den Tisch ab. »Kommen Sie, ich zeige Ihnen Ihr Zimmer.«

Eine steile Treppe führt hinauf ins erste Stockwerk. »Hier ist das Bad, dort drüben finden Sie Ihr Zimmer.« Sie schließt auf. Ein Bett, ein kleiner Tisch, ein Schrank, alles sehr einfach. Das Beste ist die Aussicht, ich sehe das weiße Kurhaus, eine kleine Ebene und dahinter die steilen Wände, die das Tal abschließen, darüber den Gletscher und den Gipfel des Piz Pers.

»Gefällt es Ihnen?« Ohne meine Antwort abzuwarten, dreht sie sich um und lässt mich alleine. Ich versorge meine paar Sachen im Schrank und stelle mich dann unter die Dusche. Lange lasse ich das heiße Wasser über meine wunden Beine laufen, bis der Schmerz den Juckreiz betäubt.

Die Reise, der Wein, die heiße Dusche, all das macht mich schläfrig, so lege ich mich aufs Bett, lasse die Luft meine Beine umspielen und träume mich in die Arme von Mona.

5.

Ein lauter Wortwechsel weckt mich. Draußen ist es dunkel geworden. Erst habe ich Mühe, mich in diesem fremden Zimmer zurecht zu finden. Gedanken wirbeln durch meinen Kopf. Die Post, Raselli, Mona, die Pension Aurora, das Val Pers, das Heilbad, schwefelhaltiges Wasser, mein Ausschlag, langsam bringe ich alles zusammen.

Zwei Stimmen dringen bis zu mir in meine Kammer herauf, eine tiefe und eine zweite, etwas höhere, die aufgeregt wirkt. Angestrengt horche ich, doch es ist nichts zu verstehen. Schnell ziehe ich meine Jeans an und schlüpfe in die Schuhe. Möglichst leise steige ich die steile Treppe hinunter und bleibe unschlüssig vor der Wirtsstube stehen.

Durch die Wand dringt eine engagierte Frauenstimme bis zu mir. »Und ich sage dir, dass Anna schon lange zurück sein sollte, sicher ist ihr etwas zugestoßen!«

»Mach dir keine Sorgen, die kommt schon wieder, wir sprechen später darüber.« Man hört Stühle, die verschoben werden. Dann öffnet Frau Caduff die Türe der Wirtsstube. »Ah, Herr Mettler, ich wollte Sie eben rufen, das Essen ist fertig, kommen Sie.«

Sie führt mich hinein, an einem gedeckten Tisch sitzt eine junge Frau mit kurzen Haaren, die Jeans und ein beiges Leinenhemd trägt. Sie schaut mich abweisend an.

»Darf ich vorstellen, das ist meine Nichte Barbla, sie arbeitet manchmal hier in der Pension. Barbla, das ist Herr Mettler.«

Die junge Frau schaut kaum auf, als ich mich setze, erst als Frau Caduff hinausgeht, um das Essen zu holen, hebt sie den Kopf. »Machos können wir hier keine gebrauchen, verstanden? Das nächste Mal will ich die Dusche sauber und ohne Haare im Ablauf übernehmen, und beim Pinkeln sitzt man in diesem Haus, kapiert?«

Frau Caduff rettet mich, sie bringt eine wunderbar dekorierte Platte herein, Rehschnitzel, Rotkraut, Spätzli. Sie füllt unsere Teller randvoll, wir heben die Gläser und essen dann schweigend.

»Na, wie schmeckt euch das?«

Das Essen ist wirklich ausgezeichnet. Und es hat einen Vorteil: Barbla hält den Mund. Langsam kaue ich, gebe mich ganz dem Genuss hin. Gerade will ich ein besonders schönes Stück Fleisch aufspießen, da …

»Aufmachen, Polizei!« Fäuste klopfen an die Tür. »Aufmachen!«

Barbla zuckt zusammen, wird bleich und lässt das Messer sinken. »Lass sie nicht herein, Tante Marta, bitte!«

Wieder hört man die Fäuste gegen der Eingangstür schlagen. »Wird's bald?«

Da löst sich Barbla aus ihrer Erstarrung. Sie springt auf, hastet durch die Tür und verschwindet im Innern des Hauses. Frau Caduff steht langsam auf, öffnet und lässt zwei Polizisten eintreten. »Was wollen Sie?«

»Wo ist sie? Wo ist Barbla?«

Frau Caduff zuckt mit den Schultern. »Barbla ist nicht hier.«

»Barbla soll fort sein? Und das sollen wir glauben?« Der Polizist schaut auf Barblas halb vollen Teller hinunter. »Wo ist sie hin, Marta?« Er schaut Frau Caduff streng an, doch sie zuckt bloß mit den Schultern. Nun wendet sich der Polizist an mich. »Wer sind Sie?«

»Claudio Mettler aus St. Moritz, ich bin hier, weil …«

»Wenn ich etwas Bestimmtes wissen will, dann frage ich!«, schnauzt mich der Uniformierte an und gibt seinem Kollegen ein Zeichen. Dieser verschwindet durch die Tür, dann hört man ihn auf der Treppe poltern.

»Was ist passiert, Max?« Frau Caduff holt ein Glas und schenkt ein.

Schwerfällig setzt sich der Polizist an den Tisch. »Eigentlich darf ich nichts sagen.« Er trinkt einen Schluck. »Wieder diese ›Grüne Front‹. Ein Bombenanschlag auf das Baugeschäft von Belasch in Ausserpers. Der Schaden ist klein, ein paar geplatzte Betonröhren. Aber man weiß nie, was passiert wäre, wenn da jemand gewesen wäre …«

»Niemand da.« Der zweite Polizist kommt zurück. »Alles leer.«

»Na dann, Marta. Wir kommen wieder. Wenn Barbla auftaucht, sag ihr, sie soll keine Dummheiten machen. Bei Bomben hört der Spaß auf!«

Dann sind die beiden Eindringlinge weg.

Frau Caduff hat den Kopf in die Hände gestützt, immer wieder wird ihr Körper von stummen Weinkrämpfen geschüttelt.

»Kann ich Ihnen irgendwie helfen?« Behutsam berühre ich ihren Arm.

Sie hebt den Kopf, starrt mich mit leeren Augen an. »Lassen Sie mich alleine. Gehen Sie schlafen, Herr Mettler, bitte!«

6.

Unruhig wälze ich mich hin und her. Vielleicht liegt es daran, dass ich schon am Nachmittag geschlafen habe. Nach einer Weile öffne ich das Fenster, stehe da und lasse die kühle Nachtluft ins Zimmer. Eben will ich mich wieder hinlegen, da sehe ich jemanden durch den Garten huschen.

Kurz darauf höre ich, wie Steinchen gegen die Hauswand geworfen werden.

Ein Fenster wird geöffnet. »Was ist?« Das ist die Stimme von Frau Caduff.

»Du musst kommen, Marta, es ist so weit«, höre ich eine Männerstimme aus dem Garten.

Wenig später sehe ich, wie Frau Caduff mit einer Tasche unter dem Arm das Haus verlässt, zusammen mit dem Unbekannten hastet sie die Straße hinunter und verschwindet im Schatten eines Stalles.

Schnell bin ich angezogen, husche die Treppe hinunter und stehe wenig später im Garten. Gestern Mittag habe ich im Schuppen ein Rad gesehen, das nehme ich heraus, steige auf und fahre schnell in die Richtung, in der Frau Caduff verschwunden ist. Vor mir taucht der Dorfplatz auf, still und leer liegt er in der Nacht. Nur aus dem Restaurant Krone ertönt das dumpfe Gelächter einer Stammtischrunde. In einer Seitenstraße plätschert ein Brunnen.

Dann höre ich Stimmen. Im Schatten der Häuser schiebe ich das Rad um den Platz herum, biege in die schmale Gasse rechts neben der Kirche und halte an der Friedhofsmauer. Im Licht einer Straßenlampe sehe ich, wie zwei Personen in einen Landrover steigen, der anschließend ohne Licht aus dem Dorf herausfährt.

Ich springe auf und radle los. Wie ein Irrer trete ich in die Pedale. Vor mir fährt der Landrover über einen Feldweg. Warum machen die kein Licht? Krampfhaft umklammern meine Hände den Lenker. Meine Augen sind ganz auf den dunklen Punkt vor mir fixiert. Das Schlagloch sehe ich zu spät.

Eigentlich hätte ich mir alle Zähne ausschlagen können, die Schulter ausrenken, das Bein brechen, doch das Erste, was ich nach dem Sturz spüre, ist dieser verdammte Juckreiz an meinen Beinen. So liege ich im Dunkeln auf dem Rücken auf einer Wiese am Straßenrand und kratze mich so irr wie lange nicht mehr, erst als Blut fließt, höre ich auf.

Eine halbe Stunde später bin ich wieder im Dorf. Diesmal fahre ich langsamer, die Beine schmerzen und das Rad eiert, das gibt einiges zu tun für einen Mechaniker.

Zurück in der Pension schenke ich mir ein großes Glas Wein ein und leere es in einem Zug, dem ersten lasse ich gleich noch ein zweites folgen. Ruhig schlafen, ich möchte nur tief und fest schlafen, was geht mich das alles an?

Immer wieder schrecke ich auf und horche in die Nacht hinaus, einmal scheint mir, als würde ich Schritte hören. Vielleicht, denke ich, ist Frau Caduff zurückgekommen. Oder Barbla. Endlich umhüllt mich dunkler Schlaf.

7.

Um sieben Uhr läutet mein Wecker. Ganz zerschlagen stehe ich auf und steige die Treppe hinunter.

»Frau Caduff?« Auf dem Tisch steht noch immer das Geschirr von gestern Abend, auf den Essensresten krabbeln ein paar Fliegen herum. Auch in der Küche ist nicht aufgeräumt, ungespülte Pfannen stehen auf dem Herd, auf der Ablage liegt ein großes Messer. Frau Caduff ist noch nicht zurück.

Wie in der Nacht verlasse ich die Pension Aurora durch den Hinterausgang und … Erschrocken lasse ich die klebrige Türfalle los. An der Türe hängt ein Huhn, Nägel sind durch die Flügel getrieben worden und mit Blut hat jemand ›SCHLAMPEN‹ aufs Holz gemalt. Nur weg, denke ich, einfach weg hier!

Der Weg führt mich durch die Wiesen, irgendwo muss ich mich übergeben, die unruhige Nacht, das Blut auf meinen Händen. Dies alles ist ohne eine Tasse Tee, oder wenn es sein muss, auch Kaffee – kaum zu ertragen. Nicht dass ich zart besaitet wäre, es ist nur einfach etwas viel im Moment, dabei müsste ich mich doch dringend erholen! In einem Bach wasche ich mir Hände und Gesicht. Dann taucht vor mir das Kurhaus auf, und mir wird wieder bewusst, warum ich in diesem Tal bin: Es geht nur um meinen Ausschlag, sage ich mir, und es geht um die Schwefelquellen, die ihn heilen können. Frau Caduff, Barbla und ihre Probleme mit der Polizei gehen mich wirklich nichts an.

Das Kurhaus ist ein stattlicher Bau, wenigstens aus der Ferne. Als ich näherkomme, wird sichtbar, wie die Pracht bröckelt, wie die Zeit ihre Spuren hinterlassen hat, große Teile des Putzes fehlen, die Läden hängen schief in den Angeln und die Fenster sind stumpf.

Eine große, schummrige Halle, die Luft zum Schneiden, es riecht nach Angst, nach Geschwüren und Eiter.

»Hier ist Ihre Kurkarte, Herr Mettler, die Badekabinen sind dort hinten.«

Die Frau im weißen Kittel an der Rezeption gibt mir den Schlüssel mit der Nummer 5, dazu schenkt sie mir ein staubtrockenes Lächeln. Ein langer, kahler Flur, rechts die Türen, die zu den einzelnen Kabinen führen. Ich schließe die 5 auf. Ein heller Raum mit einem großen Fenster, eine dampfende Wanne, schwefliger Geruch.

Langsam ziehe ich mich aus und steige vorsichtig in die Wanne. Das Wasser brennt wie Feuer an meinen aufgekratzten Beinen. »Ein Indianer kennt keinen Schmerz!« stöhne ich und setze mich in die Brühe.

»Ein guter Spruch, mein Herr, für einen Indianer sind Sie allerdings etwas zu bleich«, brummt jemand hinter mir und kichert.

»Wissen Sie«, sage ich zur Stimme, »Therapie habe ich mir bisher anders vorgestellt, irgendwie liebevoller, nicht wie das hier.«

Ein junger Mann mit einem Wuschelbart, ganz in weiß gekleidet, massig wie ein Bär – oder wie ein Psychiatriepfleger – stellt sich neben die Badewanne und verschränkt die Arme. »Anders?«

»Ja, wie in den Berichten über das Bäderleben in Bad Ragaz, in Baden-Baden, in Zurzach. Eine Kur mit gutem Essen, schönen Frauen und so …«

»Wie sind Sie versichert?«

»Spielt das eine Rolle?«

»Scheinbar schon.« Er zeigt auf die schäbigen Wände, auf die ausgebleichten Vorhänge, die blinden Fensterscheiben. Dann schaut er sich kopfschüttelnd den Ausschlag an meinen zerkratzten Beinen an. »Juckt es manchmal?«

Vorsichtig hebe ich mein Bein aus dem Wasser und zeige auf die Kratzspuren meiner Nägel. »Glauben Sie, dass dies Folterspuren sind?«

Er nimmt meine Kurkarte, die ich auf den Stuhl neben der Tür gelegt habe und studiert sie gründlich. »Sie wohnen in der Pension Aurora? Die ist doch noch geschlossen!«

»Kennen Sie Frau Caduff?«, frage ich zurück.

»Besser kenne ich Barbla.« Er geht hinüber zum Fenster und schaut hinaus.

»Sie meinen die Nichte?«

»Ja.« Der Bär dreht sich zu mir. »Wir sind zusammen in der ›Grünen Front‹. Wir setzen uns für den Umweltschutz ein, für die Erhaltung dieser wunderbaren Bergwelt. Damit Leute wie Sie hier noch lange Ferien machen können.« Seine Augen leuchten begeistert auf. Oder doch eher fanatisch?

»Mit Bomben und so?« Ich kann es einfach nicht lassen.

Am liebsten, denke ich, würde mir der Pseudopsychiatriepfleger jetzt eine Spritze verpassen. Oder mich in der Wanne ersäufen. Stattdessen dreht er sich abrupt um. »Sie finden den Ausgang selber, nehme ich an. Dreißig Minuten baden, dann eine Stunde ausruhen, das Frottiertuch liegt auf dem Liegestuhl.«

Peinlich genau halte ich mich an die Vorschriften. Vielleicht beobachtet mich der Bär und stoppt dabei die Zeiten. Viel mehr gibt es sicher nicht zu tun hier.

Freundlich lächelnd nimmt die Frau an der Rezeption meinen Schlüssel entgegen. »Übrigens, Herr Mettler, fehlt uns noch Ihre Kaution.«

»Meine was?«

»Ihre Kaution. 2.000 Franken. Das ist hier so üblich. Weil die Krankenkassen immer so lange warten mit der Bezahlung. Und unsere Fixkosten laufen trotzdem weiter. Das verstehen Sie doch, oder?«

Feierlich überreicht sie mir einen Einzahlungsschein. »Bis Ende Woche sollte ich die Summe … Sie wissen schon!« Ihr Lächeln ist verschwunden.

Vielleicht ist diese zuvorkommende Haltung der Grund, warum so viele Badegäste hier sind, denke ich mit einem Blick in die leere Eingangshalle.

8.

Kurz vor zehn bin ich zurück in der Pension Aurora. Frau Caduff ist immer noch nicht aufgetaucht. Erst braue ich mir eine Kanne Assam und trinke eine erste Tasse im Stehen. Ein Apfel und ein Stück Brot stillen meinen Hunger. Nun bin ich bereit. In der Küche binde ich mir eine Schürze um und beginne, aufzuräumen. Ich wasche das Geschirr und die Pfannen von gestern Abend ab. Dann entferne ich mit einer Zange das Huhn von der Hintertür und putze auch das eingetrocknete Blut weg. Am Schluss stelle ich die Stühle auf die Tische, wische überall und nehme, weil ich schon mal dabei bin, den Boden im unteren Stockwerk feucht auf.

Ich bin ganz schön im Schuss, mein Bodenlappen putzt wie von Zauberhand geführt unter den Tischen herum, ich fahre eine Pirouette, drehe mich zum Eingang der Gaststube, da klatscht der Bodenlappen gegen ein paar schmutzige Gummistiefel, die auf dem frisch gescheuerten Boden stehen.

»Sind Sie die neue Angestellte?« Der massige Mann kaut grinsend an seinem stinkenden Stumpen herum. Seine Stiefel haben eine Schmutzspur durch die frisch geputzte Wirtsstube gezogen. »Ein toller Ersatz für die fanatische Barbla.«

Verlegen trockne ich meine Hände an der Schürze ab.

»Was wollen Sie?«

»Na ja, Barbla ist ja mehr mit der ›Grünen Front‹ beschäftigt, mit Bomben basteln und Ökoterrorismus, da kommen Sie als Ersatz wie gerufen, nicht wahr!« Er lacht böse.

»Was kann ich für Sie tun?«

»Sagen sie Marta, dass ich hier war.« Er gibt mir eine schmuddelige Karte. »Sagen Sie ihr, dass ich auf mein Geld warte. Sagen Sie ihr, dass meine Geduld bald zu Ende ist, dass die Bagger in drei Tagen auffahren.« Er wirft seinen Stumpen in mein Putzwasser, es zischt, schon dreht er sich um und schlurft davon.

›Luis Belasch‹, lese ich auf seiner Karte, ›Hoch- und Tiefbau, Erdarbeiten‹.

Seufzend fülle ich den Kessel mit frischem Wasser. Nun kann ich nochmals von vorne beginnen.

Gegen zwei Uhr ist Frau Caduff endlich zurück. Müde lässt sie ihre Tasche fallen. »Das war eine lange Nacht.«

So sieht sie auch aus, die Marta Caduff, übernächtigt, mit dunklen Augenringen in einem müden Gesicht. Und ich konnte nicht herausfinden, was sie da draußen getrieben hat, obwohl ich ihr in der Dunkelheit mit dem Fahrrad gefolgt bin. »Nehmen Sie eine Tasse Tee?«

»Gerne.« Sie lässt sich auf einen Stuhl fallen. »Wenn Sie wüssten, Mettler …«

Vorsichtig gieße ich das heiße Wasser über die Teeblätter und schaue auf meine Uhr. Drei Minuten und zwanzig Sekunden.

»Wissen Sie, Herr Mettler, Freud und Leid liegen so nahe beisammen. Gestern Abend, als die Polizei Barbla wegen dieser Bombengeschichte abholen wollte, da brach für mich eine Welt zusammen. In der Nacht dann wurde ich zu einem wunderbaren Ereignis gerufen!« Sie lächelt.

Ich versuche mir vorzustellen, was das Wunderbare an einer Fahrt im Landrover durch die Nacht sein soll.

»Habe ich Ihnen schon erzählt, dass ich auch als Hebamme arbeite?«

»Hebamme?« Langsam schenke ich uns zwei Tassen ein.

»Gestern Nacht wurde ich zu einer Geburt ins Dorf gerufen, es dauerte eine Weile, ich habe versucht, Sie anzurufen. Aber Sie haben scheinbar ziemlich tief geschlafen.« Genüsslich schnuppert sie am Tee. »Habe ich so etwas Gutes in meinem Schrank?«

»Nein, diesen Assam habe ich selbst mitgebracht.« Ich könnte mich ohrfeigen. Da fahre ich in der Nacht durch die Gegend und verfolge irgendeinen Landrover, und Frau Caduff ist zur gleichen Zeit im Dorf und hilft bei einer Geburt.

Gähnend steht sie auf. »Ich werde mich eine Weile hinlegen, wecken Sie mich bitte zum Abendessen, ja?«

9.

Das Telefon läutet. Schnell stelle ich die Bratpfanne zur Seite und nehme den Hörer ab. »Pension Aurora, guten Tag!«

»Hallo, hier ist Anna, ich suche Barbla.«

»Barbla ist nicht da.« Ich denke an den Besuch der Polizei gestern Abend, an Luis Belasch mit seinem stinkenden Stumpen.

»Dann sagen Sie Marta ...« Ihre Stimme verstummt, es ist nur noch ein Knacken zu hören.

»Hallo, sind Sie noch da?«, rufe ich viel zu laut. Auf der anderen Seite der Leitung bleibt es still. Langsam lege ich den Hörer auf die Gabel zurück.

»Wer ist dran?« Frau Caduff kommt gähnend in die Wirtsstube.

»Eine Frau namens Anna hat angerufen, sie wollte mit Barbla oder Ihnen sprechen, aber sie hat einfach aufgelegt ...«

»Anna ist eine Freundin von Barbla.«

»Ist sie auch in der ›Grünen Front‹?« Ich denke an den bärtigen Mann im Bad.

»Das sind doch Spielereien. Anna ist ein nettes Mädchen, manchmal etwas eigensinnig, aber herzensgut.«

Wir gehen in die Küche hinüber. »Übrigens, ein Herr Luis Belasch war auch noch hier, er hat gesagt, er wolle sein Geld, sonst …«

Frau Caduff erbleicht, klammert sich dann an der Kante des Herdes fest und lässt sich schwer atmend auf einen Hocker fallen. »Belasch! Der hat mir noch gefehlt.«

Ich gehe zurück zu den Töpfen und rühre den Basmatireis um.

Sie schnuppert. »Was riecht hier so gut?«

»Setzen Sie sich, heute werde ich Sie verwöhnen, das bringt uns auf andere Gedanken.«

Zuerst serviere ich einen Frühlingssalat mit Löwenzahnblättern aus dem Garten und Ei, dazu schenke ich uns einen kühlen Weißen aus dem Veneto ein.

»Wissen Sie, dass die Bombe der ›Grünen Front‹ gerade in Belaschs Baugeschäft hochgegangen ist, bringt mich wirklich in Verlegenheit! Natürlich denken jetzt alle an Barbla und ihre Freunde, weil ich dem gierigen Geizhals noch Geld schulde.«

Um ihre Laune aufzubessern, serviere ich den nächsten Gang.

Zwei Stunden später sitze ich in der Krone. Die Wirtsstube ist verraucht, an den langen Tischen hocken einige Leute und hören den Ausführungen einer Frau zu, die neben der Theke steht. »Versteht ihr denn nicht, dass unsere einzige Entwicklungsmöglichkeit der Tourismus ist? Investitionen in die Zukunft sind gefragt. Schaut euch das Kurhaus an. Verlottert und verbraucht!«

Ein zustimmendes Gemurmel wird hörbar. Auch ich nicke.

»Und wie ist das mit der Sömmerung von auswärtigem Vieh, wenn die Maul- und Klauenseuche noch weiter um sich greift? Es werden in allen Bereichen Einnahmen fehlen. Die Landwirtschaft wirft kaum noch etwas ab, die Betriebe sind zu klein und leben nur noch von Subventionen, das örtliche Gewerbe hat zu wenig Aufträge und ist auch kaum innovativ, die touristische Infrastruktur ist ein Witz.«

Die Frau nimmt einen großen Schluck aus ihrem Wasserglas. »Ich sage euch, wenn wir das Steuer nicht herumreißen und dies massiv, dann verlassen unsere Jungen das Tal. Und was dann passiert, könnt ihr euch ausrechnen!«

Ein paar Bauern paffen große Rauchwolken gegen die Decke und fluchen leise vor sich hin. In meiner Ecke frage ich mich, ob es wirklich so schade wäre, wenn dieses Tal entvölkert würde, wenn die jungen Leute stattdessen in Klosters und Davos leben würden, wo auch etwas los ist am Abend.

Die Rednerin wischt sich den Schweiß von der Stirn, lächelt dann tapfer in die Runde. »Und darum wäre ich froh, wenn sich je zwei Leute aus Innerpers und Ausserpers bei mir melden würden, damit wir eine Arbeitsgruppe bilden können. Die Entwicklung des Tales muss endlich vorangetrieben werden. Danke für euer Kommen. Ich habe geschlossen.«

Ein freudloser Applaus. Dann wird schweigend ausgetrunken, bezahlt, schnell leert sich die Gaststube.

»Und die Arbeitsgruppe?«, ruft die Frau den Leuten nach, da sind die letzten schon draußen. Seufzend legt sie ihre Unterlagen auf den Tisch.

Irgendwie tut mir die Frau leid. »Wissen Sie was? Ich mache in Ihrer Arbeitsgruppe mit. Auf den Erfolg, auf die Entwicklung des Val Pers!«, sage ich, um sie aufzuheitern und hebe mein Glas. »Ich bin übrigens Mettler, Claudio Mettler.«

»Ich bin Christine Peters, die Kurdirektorin des Tals. Viva Claudio.«

»Viva Christine!« Wir trinken einen Schluck. »Steht's so schlimm?«

Nervös drehen ihre Hände das Weinglas. »Ja. So viele Probleme, dass ich nicht weiß, wo ich beginnen soll. Und die Leute hier ... Die sind alle so stur.« Sie schüttelt resigniert den Kopf. »Die Bauern, die Spekulanten, die Umweltschützer, alle wollen etwas anderes, außerdem ...«

Die Tür des Restaurants wird aufgerissen, und schnaufend wankt der Bauunternehmer Belasch herein. »Es ist etwas passiert, ich habe sie gefunden, aber das wollte ich nicht, wirklich ...«

Der Wirt packt Belasch an den Schultern. »Was ist los, Luis?«

»Eine Frau, sie liegt da draußen bei der Baustelle, sie ist tot!«

»Wer ist die Frau?« Der Kronenwirt schüttelt den Bauunternehmer an den Schultern. »Sag schon, Luis, wer ist sie?«

»Hast du eine Wurst, Bruno?« Belasch schaut uns aus blutunterlaufenen Augen an. »Ich würde gerne etwas essen ...« Müde lässt er seinen schweren Körper auf einen Stuhl sinken.

»Hast du die Polizei schon angerufen?« Der Kronenwirt steht immer noch da.

»Erst die Wurst, dann die Polizei, mach schon, Bruno!«

Schweigend starren wir den Bauunternehmer an, der sich seine großen Hände reibt. »Was glotzen Sie so? Eine Tote passt wohl nicht in Ihr Tourismuskonzept, Frau Peters?«

Die Kurdirektorin zuckt zusammen. »Hören Sie auf, Sie haben ja keine Ahnung!«

»Von wegen! Mord in unserer heilen Welt, das schadet dem Fremdenverkehr, oder etwa nicht?«

Bruno stellt einen dampfenden Teller vor den Bauunternehmer. »Iss! Und ich rufe inzwischen die Polizei an, bis die hier sind, hast du gegessen. Guten Appetit!«

»Komm, Claudio, mir reicht's!« Christine Peters zieht mich hinter sich her. »Der Kerl ist so widerlich. Dabei sollte ich ihm dankbar sein, schließlich investiert er ein halbes Vermögen in die touristische Entwicklung des Tales!«

»Etwa bei der Baustelle, wo er die Tote gefunden hat?«

Christine nickt.

Kalter Schweiß läuft mir den Rücken hinunter. Ich muss die Tote sehen, von der Belasch gesprochen hat. Ich will wissen, wer die junge Frau ist. »Hast du ein Auto? Wir müssen sofort zu dieser Baustelle. Komm!«

10.

Christine jagt den kleinen japanischen Jeep über die Landstraße.

»Was will Belasch hier draußen bauen?«

Sie weicht blitzschnell einem Schlagloch aus. »Einen Fun-Waterpark mit Riesenrutschen, Wellenbad, Sauna, Solarium und so weiter. Eigentlich ein Gewinn für unser Tal, aber …«

»Was heißt ›eigentlich‹?«

»Da draußen ist ein Hochmoor. Ein Moor von nationaler Bedeutung, behaupten die Umweltschützer der ›Grünen Front‹, und darum laufen sie Amok gegen das Projekt. Doch die Bewilligung des Val-Pers-Waterparks durch den Kanton ist längst rechtskräftig. Man hat die ›Grüne Front‹ ausgetrickst.«

Christine hält vor einem Bretterzaun.

Mir ist heiß und kalt zugleich, ich fürchte mich vor dem Anblick einer Toten auf dem Baugelände von Belasch, stelle mir vor, es sei Barbla, die Nichte von Frau Caduff. Die Barbla, die mich gestern Abend so feindselig behandelt hat, weil ich nicht sitzen wollte beim Pinkeln. Die Barbla, die Aktivistin der ›Grünen Front‹, die vor der Polizei davongerannt ist, weil sie angeblich eine Bombe bei Belasch gezündet haben soll. Bei Belasch, dem ihre Tante noch Geld schuldet, das dieser nun zurückhaben will.

Christine holt eine große Taschenlampe aus dem Wagen und geht durchs Tor. »Wenn Belasch keine Gespenster gesehen hat, dann muss hier irgendwo eine Leiche sein, komm schon!«

Der Lichtkegel wandert über die aufgewühlte Erde, streift einen Trax, einige Betonröhren, eine Baubaracke. Dahinter ist wieder der Bretterzaun. Im Licht tauchen Erdhügel auf, eine Palette mit Gerüstteilen, Schaltafeln. Dann streicht das Licht über eine Grube, streift kurz einige Stofffetzen, huscht weiter zu einer Feuerstelle.

Ich nehme Christine die Lampe ab, gehe hinüber zur Grube und schaue genauer hin.

Da liegt ein Mantel auf der feuchten Erde, dunkle Flecken überall, doch von einer Toten weit und breit keine Spur …

»Gehen wir!« Christine hat sich wieder gefasst. »Ich möchte sehen, was Belasch der Polizei erzählt.« Sie hängt sich bei mir ein.

Nachdenklich werfe ich einen letzten Blick auf den Mantel. »Könnte das nicht Blut sein?«

Sie schüttelt den Kopf und dreht sich weg. »Das sind Erdflecken, Belasch ist vor einem Mantel davongerannt. Komm endlich!«

Vielleicht hätte ich es gar nicht gesehen, wenn Christine mich nicht gepackt und am Arm in Richtung Wagen gezerrt hätte. Der Schwung in ihrer Bewegung dreht meinen Arm mit der Lampe gegen den Trax. Hinter der rechten Raupe erscheint im Lichtstrahl etwas Braunes, Kräftiges, Animalisches.

»Nicht, Claudio, komm zurück, bitte, bleib hier!«

Ich lasse Christine mit ihren Bitten hinter mir zurück und gehe vorsichtig auf den massigen Trax zu. Meine Schuhe verursachen ein schmatzendes Geräusch auf dem lehmigen Boden. Dieses große, braune Ding ist von der Traxschaufel halb verdeckt, langsam gehe ich weiter. Der

Lichtkegel erfasst etwas Haariges, zwei große, glasige Augen starren mich an.

»Christine, komm, schau dir das an!«

Kopfschüttelnd betrachtet sie die tote Kuh, die hinter der Traxschaufel liegt. »Soll das ein Scherz sein?« Ihr gekünsteltes Lachen durchschneidet die Kälte der Nacht. »Belasch hat doch von einer toten Frau gesprochen!«

11.

Eine Viertelstunde später sind wir zurück in Innerpers.

»Wo soll ich dich rauslassen, Claudio?«

»Ich bin noch nicht müde. Komm, lass uns noch etwas in der Krone trinken!«

Es scheint, als habe sich die Nachricht von der angeblichen Toten auf Belaschs Baustelle schnell herumgesprochen. Die Wirtsstube ist wieder gut gefüllt, die Innerperser sitzen in leise Gespräche vertieft hinter ihrem Bier, ab und zu werfen sie verstohlene Blicke hinüber zum Stammtisch. Dort sitzt Belasch und starrt schweigend seine großen Hände an, neben ihm hocken die beiden Polizisten, die gestern Abend wegen Barbla bei uns in der Pension Aurora waren.

Christine Peters knallt die Türe gegen die Wand und geht dann langsam auf den Stammtisch zu.

»Könnten Sie in Zukunft aufhören, solche geschmacklosen Scherze zu machen!«, faucht Christine den Bauunternehmer an und setzt sich auf einen freien Stuhl.

Belasch hebt den Kopf »Was will die Tourismustante jetzt schon wieder?«

»Auf Ihrer Baustelle liegt keine Tote, wir waren eben dort!«

»Wie bitte?« Der Polizist schaut Christine mürrisch an. »Seit wann macht die Kurdirektorin die Arbeit der Polizei?«

»Seit wann sitzt die Polizei tatenlos herum, Herr Koch?«

Der Polizist schnauft wütend, steht auf und schaut in die Runde. »Komm, Luis, zeig uns deine Leiche! Und Sie, Frau Kurdirektorin Peters, kommen mit. Dann können Sie sich gleich davon überzeugen, wie die Polizei eine solche Sache angeht. Alle andern bleiben hier!«

Obwohl die Anweisungen von Koch eindeutig sind, folge ich der Gruppe in die Nacht hinaus.

»Was wollen Sie hier draußen?« Koch schaut mich feindselig an.

Christine hängt sich bei mir ein. »Mettler gehört zu mir.«

Viel zu schnell rast der Streifenwagen durch die Nacht. Vorne sitzen die beiden Polizisten, am Steuer Koch, daneben sein junger Kollege. Ich hocke auf der Rückbank, eingeklemmt zwischen der Kurdirektorin Christine Peters und dem nach Schweiß und Alkohol stinkenden Luis Belasch, der wirres Zeug vor sich hin stammelt. Schnell sind wir wieder bei der Baustelle.

Wir steigen aus und bleiben unschlüssig beim Polizeiwagen stehen. Die Scheinwerfer verfangen sich in den Nebelschwaden, die zäh über der Baustelle hängen.

»Komm schon, Luis, zeig uns deine Leiche!«

»Ich weiß nicht so recht, vielleicht habe ich heute Abend zu viel getrunken und mir alles nur eingebildet.«

Koch packt ihn am Arm. »Nimm dich zusammen, Luis!«

Belasch geht schwankend voraus auf die Baustelle zu, die Polizisten leuchten mit ihren großen Scheinwerfern das Gelände ab. Zwischen den weißen Schwaden taucht der Bretterzaun auf, die Baubaracke. Dort im Matsch lag bei unserem ersten Besuch vor einer halben Stunde der Mantel. Und drüben beim Trax habe ich die tote Kuh gefunden.

Aber … Wo ist der Trax hingekommen? Das große gelbe Ungetüm steht nicht mehr bei der Baubaracke. Und die tote Kuh ist ebenfalls verschwunden, doch dahinter in der dunklen Leere leuchtet etwas.

Die Polizisten machen ihre Lampen aus. Langsam gehen wir auf das flackernde Licht zu.

Christine klammert sich an meinen Arm. Ihre Nägel durchbohren meine Jacke.

Da liegt sie. Eine junge Frau. Auf dem Rücken. Im milden Licht von Kerzen, die neben ihrem Kopf in der Erde stecken. Die Hände sind über dem Bauch gefaltet. Auf dem blutigen Haar ein Kranz aus Wiesenblumen. Sie scheint zu lächeln, ein leises, spöttisches Lächeln.

»Vorher lag sie dort drüben!« Der massige Körper des Bauunternehmers schwankt leicht. »Zusammengekrümmt am Boden. Ich habe sie nicht berührt.«

Christines Körper wird von einem stummen Schluchzen geschüttelt.

Der junge Polizist wendet sich ab, zückt sein Funkgerät und fordert von irgendeiner Zentrale Verstärkung an.

Koch beugt sich über die Leiche. »Das ist Anna Rasut, daran besteht kein Zweifel!«

Schweigend stehen wir in der nebligen Nacht, die Kerzen knistern. Anna Rasut liegt da und lächelt. Sie scheint ihren Frieden gefunden zu haben.

Der junge Polizist fährt uns ins Dorf zurück. Schweigend sitzen wir auf der Rückbank, unfähig, die Bilder der Nacht in Worte zu fassen.

»Morgen um elf erwarte ich Sie alle drei auf dem Posten.«

Einen Moment noch stehen wir auf dem Platz vor der Krone. Dann berührt Christine kurz meinen Arm. »Gute Nacht, Claudio, danke für deinen Beistand.« Die Kurdirektorin versucht ein zaghaftes Lächeln, dreht sich dann um und verschwindet in einem Mehrfamilienhaus.

Müde erreiche ich die Pension Aurora. Es geht gegen zwei Uhr. Die Hintertür ist offen. Die schmutzigen Schuhe lasse ich unten im Flur stehen. Ohne Licht zu machen, steige ich auf Socken die steile Treppe hinauf.

Trotz der Müdigkeit liege ich lange wach und kratze meinen juckenden Ausschlag von den Oberschenkeln bis zu den Füßen. Immer wieder taucht vor mir die lächelnde Anna Rasut auf.

Wer war diese Frau? Ist es die Anna, die am Abend in der Pension angerufen hat und mit Barbla sprechen wollte?

12.

Völlig zerschlagen und mit wunden Beinen erwache ich am nächsten Morgen. Leise gehe ich hinunter, nehme meine Schuhe und mache mich auf den Weg zum Kurhaus.

»Guten Morgen.« Lächelnd übergibt mir eine junge Frau, die anstelle des bösen Drachen an der Rezeption des Kurhauses steht, den Bademantel und den Schlüssel zu meiner Badekabine.

Eine dampfende Wanne steht bereit. Langsam lasse ich meinen geschundenen Körper ins schweflige Wasser gleiten.

Schwungvoll reißt der Therapeut, der immer noch aussieht wie ein Psychiatriepfleger, den Vorhang auf. »Na, wie geht's uns denn heute?«

»Wie es Ihnen geht, weiß ich nicht, ich bin müde und will meine Ruhe!«

Umständlich misst er die Wassertemperatur. »Es darf noch etwas wärmer sein.« Dann dreht er einen Hahn auf und lässt es dampfen.

»Sie sind doch bei der ›Grünen Front‹, Herr … äh …?«

»Keller. Gian Peder Keller, man nennt mich Dschipi.«

»Kennen Sie Anna Rasut?«

»Anna? Aber sicher, sie ist die Chefin bei der ›Grünen Front‹, sie hat unsere Aktionen organisiert, ihre Ideen sind genial.« Er schaut auf das Thermometer. »Und jetzt ist es heiß genug.«

»Anna Rasut ist tot, Dschipi.«

Keller erstarrt, wird bleich. »Das glaube ich nicht, unmöglich!«

»Sie ist ermordet worden!«

Der Bär schwankt. »Das kann doch nicht sein! Unsere Anna?«

»Ich habe sie selbst gesehen. Auf der Baustelle von Belasch. Und jetzt drehen Sie endlich den Wasserhahn zu, oder wollen Sie mich kochen?«

Keller gehorcht mechanisch. »Hören Sie zu, Mettler, ich muss dringend mit Barbla sprechen, suchen Sie sie, es ist wichtig. Sagen Sie ihr, dass Anna alles gewusst hat. ALLES!« Er wirft mir noch einen flehenden Blick zu, dann verschwindet er hinter dem Vorhang.

Statt in die Pension Aurora zurückzukehren, betrete ich die Krone. Schließlich muss ich mich um elf Uhr auf dem Polizeiposten melden, und ich habe ja noch nicht gefrühstückt.

»Sie wünschen?« Bruno, der Kronenwirt, reibt mit einem Lappen über den sauberen Tisch. »Einen Kaffee vielleicht?«

»Tee wäre mir lieber. Haben Sie einen wirklich guten, ich meine …«

»Tee ist Tee, oder?« Bruno verschwindet hinter dem Tresen.

Auf dem Tisch liegt eine Regionalzeitung. Vorne die Schlagzeile mit fetten Buchstaben: ›Maul- und Klauenseuche nähert sich der Schweizer Grenze. Große Ausmerzaktion in Süddeutschland‹.

Kein Wort über Anna. Die Tote im Hochmoor von Innerpers ist wohl erst nach Redaktionsschluss gemeldet worden. Auch gut.

Als der Wirt das Glas vor mich hinstellt, schaue ich auf die Uhr. Drei Minuten zwanzig, das macht auch aus einem lausigen Tee manchmal ein passables Getränk.

Bruno wischt weiter an seinen Tischen herum und beobachtet mich aus den Augenwinkeln. Nach zwei Minuten öffnet sich die Tür und der Polizist Koch kommt herein. »Sind Sie nicht …?« Er setzt sich zu mir.

»Mettler, wir kennen uns von gestern Abend.«

»Mettler, genau. Der Freund von Frau Peters.« Er lacht hohl. »Einen Kaffee, Bruno! Sie brauchen übrigens nicht mehr auf den Posten zu kommen, der Mord ist quasi aufgeklärt.«

Der Tee zieht nun genau drei Minuten. »So schnell?«

»Sicher.« Koch lächelt. »Wenn die Polizei etwas in die Hand nimmt …«

Vor lauter Mord vergesse ich, auf die Uhr zu schauen.

»Geklärt, Max?« Bruno, der Kronenwirt, hat neugierig gelauscht. Er bringt den Kaffee für Koch und setzt sich unaufgefordert zu uns an den Tisch.

Der Polizist räuspert sich. »Das bleibt aber unter uns, ja?«

»Sicher!« Bruno nickt, was sicher bedeutet, dass es am Nachmittag das ganze Dorf wissen wird.

»Also, Belasch hat heute Morgen gestanden, das heißt …«

»Der Bauunternehmer?« Mein linkes Bein beginnt wie wild zu jucken. »Dann haben Sie ihn verhaftet?«

»Nicht direkt, sein Anwalt war bei uns und hat eine von Belasch unterzeichnete Erklärung abgegeben.«

»Auch das noch!«

»Was soll das heißen? Trauen Sie der Polizei etwa nicht? Haben Sie eine andere Theorie zu diesem Fall?«

Enttäuscht starre ich auf die dunkle Brühe vor mir. Jetzt habe ich doch tatsächlich vergessen, den Teebeutel rauszunehmen.

»Schon gut, alles in Ordnung. Es ist nur der Tee.«

»Was ist mit dem Tee?«, fragt der Wirt lauernd.

»Ungenießbar!« Ich schiebe die Tasse weg. »Was ist mit Belasch?«

»Er wird sich zur gegebenen Zeit stellen. In der Zwischenzeit gilt er für uns als Täter, vorderhand warten wir ab.« Triumphierend schaut der Polizist zu mir hinüber. »He, Mettler, was …«

Da kann ich nichts machen, meine Hand ist automatisch zu meinem Bein hinunter gezuckt und kratzt dort wild auf und ab.

13.

»Sie kommen spät heute.« Frau Caduff steht im Garten der Pension Aurora. »Wie war die Therapie?«

Missmutig schüttle ich den Kopf und denke an mein zerkratztes Bein.

»Das wird schon.« Sie drückt mir einen Rechen in die Hand. »Arbeit an der frischen Luft wird Ihnen guttun. Aber passen Sie auf die Tulpen auf!«

So beginne ich, den Garten aufzuräumen. Vorsichtig reche ich um die Tulpen herum, die überall in der Wiese stehen. Belasch hat also gestanden, die Umweltschützerin umgebracht zu haben. Er hält sich versteckt und wird sich irgendwann stellen. Aber was hat Dschipi damit gemeint, als er sagte, dass Anna alles gewusst habe? Und was soll ›alles‹ bitte sein?

»Achtung, die rote Tulpe da …« Frau Caduff steht am Fenster.

Vor lauter Mord habe ich die Blume glatt umgesäbelt.

»Frau Caduff, ich muss unbedingt mit Barbla sprechen.« Vorsichtig schiene ich den Stil der Tulpe mit einem Ästchen. »Geht das?«

»Nicht so laut, Mettler! Kommen Sie rein!«

Achtlos lasse ich den Rechen auf der Wiese liegen und betrete die Wirtsstube. Frau Caduff wischt sich die Hände an der Schürze ab und zieht eine Schublade aus dem Buffet, dahinter erscheint ein kleines Fach.

»Hier, nehmen Sie diese Karte, sehen Sie, da ist die Alp Terraz, da oben sind drei hohe Tannen und weiter hinten …«

Geduldig lasse ich mir den Weg zu Barblas Versteck erklären, packe dann meinen Rucksack und verlasse die Pension.

Ein weißer Geländewagen hält neben mir. »Na, Claudio, machst du eine Wanderung?«

»Sicher, bei dem Wetter!«

Christine Peters lächelt mich an. »Komm, steig ein, ich habe da was für dich …« Sie öffnet die Tür ihres Wagens. »Wohin kann ich dich bringen?«

Ich steige ein. »Alp Terraz. In die Richtung.«

Sie fährt los. »Alp Terraz. Da wohnen doch diese Spinnerinnen.«

»Spinnerinnen?«

»Althippies, Fundamentalistinnen. Der Albtraum für alle Touristiker.«

Sie macht eine theatralische Grimasse und ich muss

lachen. »Ihr seid wirklich verloren, wenn sich mal etwas nicht verkaufen lässt.«

Christine schaltet, ein schmales Sträßchen führt den Hang hinauf. »Das mit Belasch beschäftigt mich, weißt du …«

»Er hat gestanden. Wo ist das Problem?«

»Heute Abend kommen einige Politiker aus Chur, zusammen mit einem Tourismusfachmann aus Deutschland. Wenn hier ein Mörder frei herumläuft, der dazu ein Unternehmer ist, der im Fremdenverkehr investieren will, dann ist das wirklich schlecht für unser Image.« Sie biegt in einen Waldweg ein, der sanft ansteigt. »Kannst du mir einen Gefallen tun?«

Ich denke an die 2.000 Franken, die ich bis zum Wochenende im Kurhaus abliefern muss und kontere mit einer Gegenfrage: »Kannst du mir einen Gefallen tun?«

»Dir kann ich doch nichts abschlagen, Mettler!« Lachend streicht sie sich eine Strähne aus dem Gesicht. Ich erkläre ihr meine therapeutisch-finanzielle Notlage.

»Hör zu, Mettler, such Belasch und überrede ihn, sich zu stellen, ich regle das mit dem Kurhaus, einverstanden?«

Christine Peters lässt mich am Ende der Ebene aussteigen. Nach einer halben Stunde erreiche ich die Alp. Vor der Hütte sitzen zwei Frauen in langen, braunen Kleidern. Sie sehen nicht gerade wie echte Älplerinnen aus.

»No milk, no cheese, no photos!«

»Entschuldigen Sie, ich wollte nur …«

»Es gibt nichts zu glotzen, Kleiner, geh weiter und lass uns in Frieden, wir brauchen keine Touristen und keine Machos!« Eine der Frauen steht auf und schaut mich wütend an.

»Schon gut, kein Problem.« Beschwichtigend hebe ich die Arme und schaue mich um. Etwas ist merkwürdig, etwas fehlt. »Ich gehe gleich weiter. Können Sie mir sagen, wo die Kühe sind?«

»Kühe?« Die sitzende Frau lacht bitter. »Dieses Jahr kommen keine Kühe. Maul- und Klauenseuche in Baden-Württemberg, da herrscht absolutes Einreiseverbot für unsere Gäste!«

Erst jetzt sehe ich die getrockneten Pflanzen, die auf Gitterrosten an der Sonne liegen. »Was machen Sie damit?«

»Tee. Irgendwie müssen wir den Sommer doch durchbringen, oder?«

Verlegen reibe ich über mein Bein. »Kennen Sie ein Rezept gegen Ausschlag?«

»Komm schon her«, knurrt die Frau, »zeig der Tante, was du hast. Ich werde schon nicht beißen!«

Umständlich kremple ich mein Hosenbein hoch.

14.

Oberhalb der Alp nehme ich die Karte von Frau Caduff zur Hand, vorbei an den drei Tannen, da ist der große Felsblock, der aussieht wie ein Gesicht, dann die Lichtung, der Bach.

Irgendwann erreiche ich eine kleine Felswand, Frau Caduff hat mir genau erklärt, wie man den Einstieg findet. Langsam klettere ich hinauf, die Tritte sind gut sichtbar, nach zehn Metern mache ich den Fehler, hinunterzuschauen, kurz nur, doch es reicht. Schweiß rinnt mir über den Rücken, ich klammere mich an den Griffen fest, meine Beine beginnen zu zittern.

Und dann sirrt ein Stein an mir vorbei, prallt unter mir von der Wand ab, und schlägt irgendwo in der Tiefe auf. Schnell ziehe ich den Kopf ein.

Steinschlag! Das hat mir gerade noch gefehlt!

Dem ersten Stein folgen weitere. Einige treffen ganz in der Nähe meines Kopfes auf die Wand und knallen hinaus ins Leere. Dann Stille. Vogelgezwitscher. Über mir taucht Barblas Kopf neben einem Felsvorsprung auf.

»Oh, der Stehpinkler! Entschuldigung, ich dachte …«

»Dir sollte man den Hosenboden versohlen, spinnst du?«

»Achtung, Mettler, ich habe noch mehr Steine.«

»Schon gut!« Wütend steige ich aufwärts. Barbla streckt mir die Hand entgegen und zieht mich hinauf auf ein kleines Plateau. Hinter ihr sehe ich den Eingang zu einer Höhle.

»Hast du etwas zu essen dabei?«

»Von Tante Marta!« Ich packe Brot und Käse aus. »Warst du die ganze Zeit hier oben?«

Sie bricht ein Stück Brot ab und grinst. »Das Versteck ist gut, nicht?«

»Hör zu, Barbla, ich bin nicht zum Spaß hier.«

»Das weiß ich doch. Niemand klettert aus Spaß die Wand herauf.« Barbla lacht. »Da bist du keine Ausnahme. Meine Freundin Anna zum Beispiel …«

»Anna ist tot, Barbla.«

Sie hört auf zu kauen, schluckt, wird bleich. »Sag, dass es nicht wahr ist, Mettler!« Sie schaut mich bittend an, doch ich kann nur den Kopf schütteln. Da lässt sich Barbla nach hinten fallen, ihr Körper wird von stummen Weinkrämpfen geschüttelt. Sie starrt eine Weile hinauf in den tiefblauen Himmel, dann setzt sie sich wieder neben mich. »Los, Mettler, erzähl! Ich will alles wissen.«

Ich erzähle, wie wir Anna auf der Baustelle von Belasch gefunden haben, von den Kerzen und dem Blumenkranz in ihren Haaren. Ich erzähle von der Polizei, von Belasch, seinem Anwalt und von Dschipi.

»Er hat gesagt, dass Anna alles gewusst habe, er will dich treffen, es sei dringend, lässt er ausrichten.«

Schweigend schauen wir ins Tal hinunter.

Später holt sie ein Seil aus der Höhle. »Geh! Ich möchte alleine sein, sag Dschipi, dass ich ihn treffen will, noch in dieser Nacht. Um vier soll er beim Tunnel sein.« Barbla bindet das Seilende um meine Brust. Bang schaue ich in die Leere unter mir.

»Na geh schon, Angsthase, oder willst du lieber fliegen?«

15.

Um sechs bin ich beim Kurhaus. Die Frau an der Rezeption lächelt mich freundlich an.

»Ah, Herr Mettler, gut dass ich Sie sehe, das Problem mit Ihrer Kaution hat sich erledigt, Frau Peters bürgt für Sie.«

Die umtriebige Christine hat also ihren Teil der Abmachung eingehalten.

»Ich suche Herrn Keller, den Therapeuten.«

»Dschipi? Ich rufe ihn, setzen Sie sich doch in die Halle.«

Einige ältere Badegäste blättern in Zeitschriften und trinken aus großen Gläsern das schweflige Wasser, das aus einem Brunnen plätschert. Ich setze mich ans Fenster.

Dschipi Keller hastet den Gang entlang, füllt ein Glas mit Wasser und kommt zu mir an den Tisch. »Trinken Sie das, es hilft bei Ihrem Ausschlag.« Einige Badegäste haben beim Wort ›Ausschlag‹ den Kopf gehoben und schauen nun neugierig zu uns herüber. Keller senkt die Stimme. »Haben Sie Barbla gefunden?«

»Sicher, Sie will sich mit Ihnen treffen und zwar …«

Eine Tür geht auf. Christine Peters erscheint mit einer Dame und drei dunkel gekleideten Herren. Sie zeigt in die Runde, erklärt etwas.

»Kommen Sie um neun zu mir, ich wohne hinter der Krone«, zischt der Therapeut kaum hörbar. Und lauter: »Trinken Sie! Das Wasser wird Ihnen guttun.« Dann ist er weg. Christine verschwindet mit ihrer Delegation im Bädertrakt. Ich nehme einen großen Schluck. Es ist widerlich! Aber was tut man nicht alles für die Gesundheit.

Marta Caduff sitzt über einen Stapel Papiere gebeugt in der Wirtsstube der Pension Aurora. »Na, Mettler, wie geht's Barbla?«

»Ausgezeichnet, sie hat mich mit Steinen empfangen.« Ich beginne, den Tisch fürs Abendessen zu decken. »Die Geschichte mit Anna hat sie mitgenommen.«

Frau Caduff steht auf. »Sie waren gute Freundinnen. Aber was soll man da machen? Die jungen Leute …« Sie verschwindet in der Küche. Pfannen klappern. Dann kommt sie mit der Suppe zurück. »Verstehen Sie etwas von Geld?«

Ich schenke den Wein ein. »Sehe ich so aus?«

Sie schüttelt den Kopf. »Ich auch nicht, sonst wäre ich nicht so in der Klemme. Belasch hat hier im Haus einige Arbeiten ausgeführt, ich kann im Moment nicht bezahlen, meine Parzelle beim Tunnel habe ich als Sicherheit hinterlegt, die werde ich nun wohl verlieren.«

Tunnel? Meine Neugier ist geweckt. Wollte Barbla sich nicht in der Nacht mit Dschipi bei einem Tunnel treffen? Um vier Uhr morgens?

»Was ist das für ein Tunnel?«

»Der Bau des Vereinatunnels zwischen Klosters und dem Engadin betraf am Anfang auch uns. Vor einigen Jahren wurde auch vom Val Pers her gebohrt, hier wurden große Mengen das Aushubmaterials zwischengelagert, wir Landbesitzer bekamen eine stattliche Prämie von der Rhätischen Bahn. Das waren goldene Zeiten für uns. Nun arbeiten die Tunnelbauer tiefer im Berginnern. Seither ist nie mehr so viel Geld ins Tal geflossen.« Sie seufzt.

»Und dieser Tunnel …«

»Dient in Zukunft als Fluchtstollen für den Vereina. Die Schienen sind intakt. Gerade vor drei Wochen wurden sie von einem Bautrupp gewartet.«

»Sie sind hier hinten also mit einer Hauptlinie der Rhätischen Bahn verbunden?«

Sie nickt. »In einigen Jahren werden wir in der Nähe des Portals hören, wie die Züge durch den Vereina donnern.«

»Sind Ihre Geldprobleme nicht erledigt? Belasch ist flüchtig, möglicherweise ein Mörder, da haben Sie doch Ruhe, oder?«

»Heute war Pit Niggli hier, der Anwalt von Belasch. Er hat mich darauf hingewiesen, dass ich übermorgen bezahlen muss, sonst wird das Grundstück automatisch überschrieben.« Frau Caduff legt seufzend den Löffel weg. Auch mir ist der Appetit gründlich vergangen.

Vor der Krone stehen zwei dunkle Mercedes und der weiße Geländewagen von Christine. Die Tourismusdelegation verpflegt sich also. Bündner Spezialitäten, Gerstensuppe, Pizokels, Maluns und Malanser oder umgekehrt. Und danach ein großes Stück Nusstorte, dazu einen Grappa oder einen Churer Röteli. Alles auf Staatskosten.

Das Haus hinter der Krone ist baufällig und schäbig. Ich klopfe. Niemand öffnet. Die Tür ist nicht verschlossen, ich trete ein. »Hallo, ist jemand zu Hause?«

»Kommen Sie rein, ich bin hier oben.«

Also steige ich die dunkle Treppe hinauf und trete in ein kleines Schlafzimmer. Ein Bett mit Eisengestell, ungemacht. Dschipi Keller lehnt am Schrank und kratzt sich am Oberarm.

»Na, auch Ausschlag?«

Er schüttelt den Kopf. »Wo soll ich Barbla treffen?«

»Beim Tunnel. Um vier Uhr in der Nacht. Gehen Sie hin?«

Keller verdreht die Augen, schweigt und kratzt sich wieder.

»Sie sind wohl kein Nachtmensch, oder?«

Wieder schaut er mich mit einem merkwürdigen Blick an. »In der Nacht habe ich Angst.«

»Immer noch fertig wegen Anna? Na gut, dann geh ich wohl am besten wieder, ich sehe Sie dann morgen in der Therapie.«

»Gute Nacht.« Keller kratzt sich weiter, seine Haltung hat etwas Elendes, Bedrücktes. Kranke Leute geben mir den Rest, vor allem seit mich dieser Ausschlag plagt. Da sehne ich mich nach gesunden, fröhlichen Mitmenschen. So drehe ich mich um und verlasse das Haus, um auf dem schnellsten Weg in mein Bett zu kommen.

16.

Die beiden letzten Nächte habe ich wenig geschlafen. So versinke ich, kaum dass ich mich hinlege, in ein tiefes, dunkles Loch. Ganz verschwommen tauchen oben am Rand meine neuen Bekannten auf: Die lächelnde Anna mit dem Blumenkranz auf den blutigen Haaren, Barbla in ihrem Höhlenversteck, Luis Belasch, wie er mit irrem

Blick seine Wurst isst, Christine in ihrem weißen Geländewagen und Dschipi, der Bär, der den Wasserhahn nicht zumacht. Dauernd taucht Dschipi in meinem Traum auf, ich sehe immer und immer wieder, wie er am Schrank lehnt, sich kratzt und die Augen verdreht.

»Was soll das?« will ich ihm zurufen, doch ich bin tief in meinem dunklen Loch, und mich hört hier unten keiner. Mettler hat nichts zu sagen.

So schaue ich ihm zu, sehe die Schranktür hinter ihm, seine verdrehten Augen und … da ist es! Hat sich die Schranktür nicht ein bisschen bewegt?

Schweißgebadet setze ich mich im Bett auf. Diese Schranktür. Warum war Keller so merkwürdig gestern Abend? Warum hat er sich immer wieder gekratzt, obwohl er keinen Ausschlag hat, warum hat er so die Augen verdreht?

Und dann knallt mir die Erkenntnis frontal gegen den Kopf. Schmerzhaft. Meine Dummheit tut richtig weh! Gestern Abend stand jemand hinter Dschipi Keller im Schrank. Jemand, der ihn bedroht hat.

Vom Kirchturm schlägt es drei Uhr, als ich beim Haus des Therapeuten bin. Alles ist ruhig. Die Fenster sind dunkel. Er wird schlafen, denke ich und sehne mich nach meinem eigenen, warmen Bett. Mettler, du bist ein Narr!

Vielleicht ist es das Beste, wenn ich ihn wecke, damit er sich mit Barbla in einer Stunde beim Tunnel treffen kann.

Die Haustür ist immer noch offen. Ich suche nach einem Lichtschalter, kann aber keinen finden Einen Moment stehe ich da und horche in das schlafende Haus hinein. Ein Balken knarrt. Im Dunkeln taste ich mich durch den Flur, da ist die Treppe, meine Hände fahren über das grobe Mauerwerk, finden das Geländer, vorsichtig steige ich hinauf. Wo war das Zimmer? Ich gehe nach links, öffne eine Tür, es riecht nach einem billigen Rasierwasser.

»He, was …« Grob werde ich gepackt und nach vorn gestoßen, mit der Schulter knalle ich gegen ein Möbelstück, schnell drehe ich mich zur Seite. Dort, wo ich vor wenigen Sekunden noch lag, landet krachend ein schwerer Gegenstand. Holz splittert. Dann ist es ruhig. Zitternd liege ich in der Ecke des Raumes. Ich wage kaum zu atmen. Da, Schritte entfernen sich, hasten die Treppe hinunter, dann fällt die Haustür ins Schloss.

Mühsam rapple ich mich auf, finde endlich einen Schalter und mache Licht. Vor mir ein erstauntes Gesicht, ich zucke zurück, doch ich bin es, der sich mit schmerzverzerrtem Gesicht aus dem Spiegel heraus anstarrt. Ich nicke mir zu, reibe meine Schulter, steige über das Gerippe eines zerschlagenen Stuhles und gehe hinüber ins Schlafzimmer.

Dschipi Keller liegt am Boden, fein säuberlich mit Klebeband umwickelt.

Mit der Nagelschere aus dem Badezimmer mache ich mich daran, das Paket zu öffnen. Dann leere ich ihm ein Glas Wasser über das Gesicht.

»Nein, bitte Mama. Nicht schon wieder waschen«, lallt er.

Keller stinkt nach Schnaps. Neben dem Schrank steht eine halb leere Flasche Kirsch. Mit dem ist heute wohl nicht mehr zu rechnen. So zerre ich ihn zum Bett, und es gelingt mir mit einiger Anstrengung, ihn bequem hinzulegen. Sogleich beginnt er zu schnarchen.

Es ist jetzt drei Uhr fünfzehn. Um vier Uhr wird Barbla beim Tunnel sein.

Und der Unbekannte. Falls er vorhin im Schrank war und uns belauscht hat, weiß er von dem Treffen und er wird sicher auf sie warten. Soll Barbla etwa wie Anna enden? Mit einer Kugel im Kopf und einem Blumenkranz auf den blutigen Haaren?

Mit zwei kräftigen Ohrfeigen versuche ich, Keller nochmals wach zu kriegen. Ich habe keine Ahnung, das Treffen mit Barbla stattfinden soll. Dschipi lallt unverständliche Worte und schaut mich aus großen, besoffenen Augen an.

»Wo ist der Tunnel, Keller, sagen Sie schon!«

»Nur nicht so … heftig mein Freund … weil … Freunde schlagen sich doch … nicht, oder?« Ein langer, erstaunter Blick für mich, dann ist er wieder hinüber. Einen Moment noch bleibe ich unschlüssig stehen, laufe dann die Treppe hinunter, nehme Kellers Fahrrad und radle die Straße hinunter bis zum Haus, in dem Christine Peters wohnt.

17.

Nach mehrmaligem Läuten öffnet sich ein Fenster im zweiten Stock.

»Was ist denn?« Christine, erst verschlafen und ungehalten, dann freundlich und überschwänglich. »Oh, Claudio, hallo!«

»Mach bitte auf, es ist dringend, ich muss …«

»Die Hintertür ist offen, Claudio, komm einfach rauf, ja?«

Schnell durchquere ich den Garten, trete ein und steige die Treppe hinauf. Die Wohnungstür ist nur angelehnt.

»Christine?«

»Hier bin ich, Claudio!« Sie sitzt in einem knappen Nachthemd (rot) auf dem Sofa (schwarz) und zieht sich die Lippen (knallrot) nach. »Schön, dich zu sehen, willst du dich nicht setzen? Soll ich Musik machen?«

Das hat mir gerade noch gefehlt. »Christine, ich wollte eigentlich … Ich bin hergekommen, um …«

»Pssst, nichts sagen, Claudio, es ist alles gut …« Sie streckt mir die Hand entgegen, und ich setze mich auf die Kante des Sofas, unfähig zu reagieren. »Lass dich gehen, entspann dich, vergiss die letzten Tage.«

Sie legt mir ihren Fuß auf die Schulter.

»Christine, ich wollte wissen …« Verlegen betrachte ich meine Hände, die Uhr. Es ist schon fünf nach halb vier. »Du musst mir helfen, sonst …« Christines Zehen spielen mit meinem Ohr, sie sind sehr geschickt.

»Was passiert sonst, Claudio?« Sie rückt etwas näher heran.

»Sonst haben wir bald noch eine weitere Tote am Hals!« Ich berichte kurz, was vorgefallen ist.

Schnell verwandelt sich die schöne, sinnliche Christine im roten Nachthemd in die geschäftige, zweckmäßig gekleidete Kurdirektorin, die alles tun würde, um die Destination Val Pers vor weiterem Schaden zu bewahren. Es geht nicht um Barbla, das ist mir schon klar, es geht um den Besuch der Delegation aus Chur. »Um wie viel Uhr soll dieses Treffen stattfinden?«

»Um vier Uhr. Beim Tunnel.«

Der kleine japanische Jeep von Christine ist zugeparkt. Fluchend holt sie ihr Rad aus dem Keller. Schon sind wir draußen auf der Ebene, wie die Verrückten treten wir in die Pedalen. Der Feldweg führt am Kurhaus vorbei bis zum hinteren Ende des Talkessels. Dann taucht vor uns ein flacher Damm auf. »Gleich haben wir's geschafft!«

Drüben am Waldrand steht eine Baubaracke, dahinter klafft ein schwarzes Loch im Berg. Wir lehnen die Fahrräder gegen einen Zaun und steigen den Damm hinauf. Oben angekommen sehe ich, dass hier Schienen verlaufen, die genau auf den Tunnel zuführen.

Christine nimmt meine Hand. »Weißt du, Claudio, dass dies schon die zweite Nacht ist, die wir uns zusammen um die Ohren schlagen?«

Ich komme nicht dazu, ihr eine Antwort zu geben. Ein Schuss peitscht durch die Dunkelheit und dann noch ein zweiter. Instinktiv sind wir schon beim ersten Knall zu Boden gegangen.

»Auf solche Nächte kann ich gut verzichten …«

»Was war das, Claudio?« Christine drückt sich zitternd neben mich an den Bahndamm.

»Hast du noch nie Schüsse gehört?«

Irgendwo dort hinten in der Dunkelheit sitzt jemand mit einem Gewehr und schießt Löcher in die Gegend. Und irgendwo muss auch Barbla sein!

»Komm, schnell!«

Wir klettern vom Damm hinunter und hasten geduckt auf den Eingang zu in der Hoffnung, dass uns die totale Finsternis des Tunnelschachts schützt. Noch zehn Meter bis zum Loch, noch fünf, gleich haben wir's geschafft.

»Halt, keine Bewegung!« Aus der Dunkelheit löst sich ein Schatten, der Lauf einer Schusswaffe zeichnet sich gegen den Nachthimmel ab.

Wir sind so erschrocken, dass wir vergessen, innezuhalten. Mündungsfeuer, ein Schuss und der Schrei von Christine durchlöchern mehr oder weniger gleichzeitig die Nacht.

Stöhnend liegt meine Begleiterin auf den Schienen. Geduckt stehe ich daneben und warte auf einen weiteren Schuss. Langsam drehe ich den Kopf. Der Schatten mit dem Gewehr ist verschwunden.

»Christine, was ist los? Wo bist du getroffen?«

»Kannst du mir einen Gefallen tun, Claudio?«, röchelt sie kaum hörbar.

»Sicher, jederzeit.« Vorsichtig kauere ich mich neben sie und halte ihren Kopf. Irgendwie kommt mir das alles unwirklich vor, fast wie in einem Film.

»Wenn ich heute Morgen nicht arbeiten kann, dann musst du mich vertreten. Versprichst du mir das?«

»Für dich tue ich alles, meine Liebe!«, hauche ich, um sie zu beruhigen. Vorsichtig streiche ich ihr die Haare aus dem Gesicht.

Schritte knirschen weiter drüben hinter dem Bahndamm. Dann flammt der Strahl einer Taschenlampe auf und taucht Christine und mich in gleißendes Licht.

»Ah, der Mettler, schon wieder? Ich hätte es mir denken können!«

»Barbla?« Ungläubig starre ich die Nichte von Frau Caduff an. Mit einer Schrotflinte unter dem Arm kommt sie auf uns zu. »Hast du etwa auf uns geschossen?«

Barbla schaut auf uns hinunter. »Um die Tourismustussi wäre es jedenfalls nicht schade. Schließlich ist sie es, die unser Hochmoor überbauen lässt!«

Die Tourismusdirektorin, die eben noch im Sterben lag, setzt sich ruckartig auf. »Wie bitte? Ich soll an allem schuld sein?« Sie lacht bitter. »Man holt mich, damit ich den Fortschritt in dieses rückständige Tal bringe und was treffe ich an? Bornierte Besserwisser, fanatische Umweltschützer, selbstherrliche Dorfkönige.«

»Ich habe Sie nicht gerufen, Frau Peters! Und meine Freunde auch nicht!«

Christine lässt sich nicht beirren. »Wissen Sie, ich könnte in Zermatt arbeiten oder in Gstaad. Könnte tätig sein für Leute, die meine Arbeit zu schätzen wissen. Stattdessen lasse ich mich breitschlagen und hocke in diesem gottverlassenen Tal. Und wozu? Damit Umweltschützer auf mich schießen?« Stöhnend lässt sie sich in meinen Schoß sinken.

»Ich habe doch nicht auf Sie geschossen! Wenn ich auf Sie gezielt hätte, würden Sie jetzt anders aussehen, das garantiere ich Ihnen. Nun zeigen Sie schon her!«

Vorsichtig drehen wir Christine auf den Rücken. Sie stöhnt leise. Barbla leuchtet mit ihrer Lampe und deutet dann auf einen kleinen Blutfleck in der Gesäßgegend. »Ist das alles?«

»Es tut ganz schön weh!«

»Sterben jedenfalls wird sie nicht daran! Leider.« Barbla lacht. »Aber zum Arzt muss sie schon. Das Blei sollte raus. So schnell wie möglich, sonst kann es eine Blutvergiftung geben!«

Dann erzählt sie uns, dass sie hier beim Tunnel auf Dschipi gewartet habe. Jemand sei in der Dunkelheit mit einem Messer auf sie losgegangen. Da habe sie geschossen. »Doch leider habe ich nicht getroffen!«

»Mich schon, und es tut ganz schön weh!«

»Aber meine Damen, ich bitte euch!«

»Misch dich nicht ein, Claudio, mit dieser Wildkatze werde ich schon selber fertig!«

Wäre dieses Geräusch nicht gewesen, hätten sie sich vielleicht noch geprügelt. So aber hocken wir auf den Gleisen einer stillgelegten Bahnlinie vor einem unbenutzten Tunneleingang und horchen in die Nacht hinaus.

»Es kommt aus dem Tunnel.« Barbla leuchtet in die Dunkelheit.

»Jetzt hat es aufgehört.« Christine legt ihren Arm um meine Schultern. »Komm, Claudio, gehen wir zum Arzt!«

Ich helfe Christine auf die Beine.

»Da, hört ihr? Da ist es wieder.« Ein dumpfes Rauschen und Stampfen ist aus dem Berg zu hören.

»Komm, Claudio, ich möchte gehen, ich will nicht, dass eine Narbe zurückbleibt.« Ich sehe Christine wieder im roten Nachthemd vor mir, wie sie mich zuvor empfangen hat. »Außerdem ist es ja logisch, dass man hier draußen Züge hört, schließlich wird da drin irgendwo gebaut.«

»Kann ich etwas für dich tun, Barbla?«, frage ich noch.

»Schaff mir diese … Dame vom Hals!« Sie spuckt aus. »Und hilf bitte der Tante, wenn der Anwalt von Belasch sie heute bedrängt.« Schon hat die Nacht Barbla und ihr Gewehr verschluckt.

Christine und ich stolpern zu den Fahrrädern. Langsam gehen wir durch die Dunkelheit. Ich schiebe die beiden Räder, Christine humpelt neben mir her. Das Geräusch aus dem Tunnel wird noch einmal lauter, dann verebbt es wieder. Als ich mich kurz umdrehe, scheint es mir, als würde ich drei Lampen einer Lokomotive sehen.

»Du weißt, was du mir versprochen hast, Claudio?«

»Was denn?«

»Du wirst mich im Tourismusbüro vertreten, während ich meinen Allerwertesten reparieren lasse!«

»Und was hätte ich da zu tun?«

»Du musst die Gäste beraten, am Nachmittag wirst du dann die Delegation aus Chur und Deutschland herumführen und ihnen die schöne Gegend zeigen. Ich kann so wirklich nicht mit dem Jeep fahren , das verstehst du sicher.« Sie drückt meinen Arm.

»Darf ich sie auch auf die bleihaltige Luft aufmerksam machen?«

18.

Der Wecker rasselt wie immer viel zu früh. Zum ersten Mal in diesen Tagen steht ein Frühstück bereit. Frau Caduff hantiert in der Küche. »Guten Morgen, gut geschlafen?«

Ich murmel etwas Unverständliches, das so viel heißen kann wie »Na sicher, ausgezeichnet!« oder aber »Miserabel und viel zu wenig.«

Frau Caduff stellt eine dampfende Kanne Tee vor uns auf den Tisch. »Herr Mettler, Sie wissen um das Problem: Ich schulde dem Bauunternehmer Belasch eine gewisse Summe, die ich ihm im Moment nicht zurückzahlen kann. Die Summe ist heute fällig. Als Pfand dient ein Stück Land in der Nähe des alten Tunnels. Belasch ist untergetaucht und des Mordes verdächtig, doch sein Anwalt wird seine Interessen weiter wahrnehmen. Ich weiß wirklich nicht, wie ich das machen soll …« Sie lässt die Arme sinken.

»Und wie stellen Sie sich meine Hilfe vor?«

Sie schaut mich an, und ihre Augen beginnen zu leuchten. »Es ist ganz einfach, Mettler, Sie müssten nur mit dem Anwalt Pit Niggli …«

Um sieben bin ich im Kurhaus.

»Was für ein schöner Morgen, nicht wahr?« Die Frau an der Rezeption händigt mir den Schlüssel mit der 5 aus. »Setzen Sie sich doch noch einen Moment in die Halle, bis alles bereit ist.«

Ich nehme mir ein großes Glas Schwefelwasser und vergrabe mich hinter einer Zeitung. Für einen kurzen Moment muss ich wohl eingenickt sein. Dann spüre ich eine harte Hand, die mich unsanft wachrüttelt.

»Einen schönen guten Morgen wünsche ich dir, Schnüffler!«, flüstert eine Stimme hinter mir. »Hör zu, Schnüffler, dreh dich nicht um, nimm dich zusammen, lächle, sonst …«

In meinem Rücken spüre ich einen Stich, langsam bohrt sich etwas Spitzes durch meine Kleider.«

»Ganz ruhig, wir sind doch Gentlemen, oder?«

Er lacht ein heiseres, böses Lachen. Die Zeitung in meinen Händen zittert und raschelt.

»Mein Messer wartet auf dich, also komm mir nicht wieder in die Quere! Ist das klar?«

Ich nicke bloß.

Langsam zieht er sein Messer zurück. Dann höre ich, wie das Fenster hinter mir geöffnet wird, höre ihn springen, sehe in der Drehung, wie eine braun gekleidete Gestalt hinter den Büschen des einstmaligen Kurparks verschwindet.

Wenigstens wünscht mir mein Badeassistent Dschipi nicht auch noch einen schönen Morgen, er hat genug Probleme damit, einigermaßen fit dreinzuschauen.

»Und du weißt nicht, wer dich in deinem eigenen Haus überfallen, gefesselt und mit Schnaps abgefüllt hat?« Wenn man sich in einer solch speziellen Situation begegnet ist, finde ich, darf man sich ruhig duzen.

»Vielleicht würde ich ihn wiedererkennen. Vielleicht, denn der Kerl war im Schrank. Ich wollte ein frisches T-Shirt herausnehmen, dann ging alles ganz schnell, ein Messer, ein Schlag. Als du kamst, musste ich mich vor die Schranktüre stellen, als du gegangen warst, hat er mich von hinten gepackt und …« Er wischt sich den Schweiß von der Stirn und prüft meine Wassertemperatur.

»Was hast du mit deinen Beinen gemacht?« Der Badeassistent Dschipi Keller beugt sich über die Wanne.

»Was soll ich schon machen? Ich kratze an meinen Ausschlag herum.« Nun schaue auch ich genauer hin. »Verrückt …« Die Haut an meinen Beinen ist nicht mehr knallrot und aufgeraut wie bei meiner Ankunft. Vielmehr haben sich die offenen Stellen geschlossen, ein feines Rosa macht sich bemerkbar.

»Das sind unsere heilenden Schwefelquellen.«

»Quatsch! Ihr haltet mich einfach alle voll auf Trab, da komme ich gar nicht mehr zum Kratzen.« Zufrieden lasse ich mich ins warme Wasser zurücksinken. Wenigstens habe ich hier im Bad meine Ruhe und keiner will etwas von mir.

»Ich hätte da eine Idee, Mettler!« Nicht auch noch er!

Eine halbe Stunde später liege ich im Ruheraum, gut eingepackt auf einer bequemen Liege, und versuche, meine Aufträge zu ordnen.

Christine Peters will also von mir, dass ich die Tourismusdelegation durchs Tal führe. Sollte ich für sie nicht auch noch Belasch suchen?

Frau Caduff möchte, dass ich noch heute mit Belaschs Anwalt spreche, damit man ihr morgen nicht das Land wegnimmt.

Und schließlich Dschipi, für ihn soll ich herausfinden, ob die Herren Politiker und Touristiker eine weitgehende Verschandelung der Landschaft im Val Pers planen.

Als zwei weitere Badegäste in den Raum kommen, stelle ich mich schlafend und drehe mich zur Wand.

»Weißt du, Camenisch, in Berlin gab's auch so eine Geschichte, darüber ist die Partei dann gestolpert.«

»Hier ist Graubünden und nicht Deutschland!« Wohlig seufzend lässt sich dieser Camenisch auf die Ruheliege sinken, sie ächzt gequält unter seinem Gewicht. »Hier kennt man sich und hält zusammen. Es wird funktionieren, Genosse Arpagaus, weil auch deine Sozialdemokraten von der SP mitmachen, statt wie sonst immer zu stänkern und zu stören.«

»Nenn mich nicht immer Genosse. Ich sage auch nicht Bruder Camenisch, oder soll ich Kongo-Camenisch zu dir sagen, nur weil du ein Schwarzer von den Christdemokraten bist?«

Camenisch lacht leise. »Ihr Sozis! Immer Vollgas gegen den Klassenfeind!«

»Ich bin bei meinen Wählerinnen und Wählern erledigt, wenn das rauskommt! Projekte in einer Landschaftsschutzzone, das kann ich mir eigentlich nicht leisten. Wir Sozis haben unsere Prinzipien.« Arpagaus atmet schwer.

»Eure Prinzipien sind doch Makulatur. Hier geht es um Realpolitik. Um die Stärkung des Wirtschaftsstandortes Graubünden. Kugler wird begeistert sein.«

»Und du meinst, dass wir alles unter dem Deckel halten können?«

»Natürlich«, brummt der Christdemokrat Camenisch. »Ich bin jetzt seit siebzehn Jahren im Grossen Rat, ich weiß doch, wie der Hase läuft. Und wenn uns Maria die volle Unterstützung der Volkspartei zusichert, dann haben wir alle im Boot, denn Marias Schwager ist Kantonalpräsident der Freisinnigen!«

»Eine gut schweizerische Konkordanzlösung!«, sagt Arpagaus wenig begeistert. »Von rechts bis links. Wie mich das manchmal ankotzt!«

»Denk an Graubünden, wir brauchen eine lösungsorientierte Politik!«

Politik hat mich noch nie sonderlich interessiert, ich schlafe langsam ein, während die Herren eifrig ihr Päckchen fertig schnüren.

19

»Na, worum ging's?« Dschipi packt mich unsanft an der Schulter.

»Geht ihr immer so um mit euren Badegästen?« Ich reibe mir die Augen. »Ich habe wunderbar geschlafen.«

»Aber die Politiker … die waren doch mit dir da drin, oder?«

»Sicher, sie haben über ein geheimes Projekt gesprochen, haben gesagt, dass bei der Sache sowohl SVP, CVP, SP wie auch die FDP mitmachen.« Ich gähne.

»Was für ein Projekt, Mettler?« Dschipi ist noch etwas bleicher geworden.

»Das habe ich nicht erfahren, ich muss wohl eingeschlafen sein.«

»Eingeschlafen!«, heult Dschipi wie ein verletztes Tier, »eingeschlafen? Wegen diesem Projekt musste Anna sterben! Und du bist eingeschlafen?« Sein großer Körper wird von einem Schluchzen geschüttelt.

Dann fasst er sich, kommt langsam auf mich zu, nun sieht er wieder aus wie der Psychiatriepfleger mit der Spritze. Ich weiß nicht, was er mit mir gemacht hätte, wären da nicht eben zwei ältere Damen hereingekommen.

»Herr Keller, welche Ruhebetten können wir nehmen?«

»Und«, hüstelt die andere, »eine Decke bitteschön! Hier zieht es.«

Dschipi beruhigt sich auf der Stelle.

»Wenn ich etwas weiß, erfährst du es als Erstes. Okay?« Dann überlasse ich ihn den Damen.

Ich habe die Schnauze gestrichen voll. Von allen und allem in diesem Tal!

Frau Caduff erwartet mich bereits in der Pension Aurora. »Gut, dass Sie kommen, Herr Mettler.«

»Ich beginne gleich mit den Sträuchern, ich muss mich nur noch umziehen.«

»Keine Sträucher, Herr Mettler, Frau Kurdirektorin Peters hat angerufen, sie hat etwas von einer Operation gesagt …«

Am liebsten würde ich laut herauslachen. So ein Theater wegen dem einen Schrotkorn in Christines Hinterbacke. Wenn Frau Caduff wüsste, dass ihre Nichte Barbla geschossen hat.

»Frau Peters hat gesagt, Sie sollen um elf im Kurbüro sein, Sie hätten es ihr versprochen. Wenn Sie dann noch im Dorf sind …« Sie schaut mich fragend an.

»Ich weiß, Frau Caduff, der Anwalt, ich werde mit ihm sprechen.« Traurig schaue ich auf die Gartenhandschuhe und die Heckenschere hinüber, die auf mich warten. Warum lässt man mich nicht etwas Einfaches tun?

Vor vier Tagen bin ich in Innerpers angekommen, ein einfacher Badegast mit extrem juckendem Ausschlag an beiden Beinen, mein einziger Wunsch war, gesund zu werden und meine Ruhe zu haben. Doch nun stehe ich anstelle der Kurdirektorin in ihrem kleinen Büro neben der Krone, weil Christine sich keinen Bluterguss an ihrem Popo leisten kann.

Gut, ich muss zugeben, dass ich mich nicht mehr so oft und so intensiv an den Beinen kratze. Auf die Kur scheine ich gut anzusprechen, aber das gibt doch meinen Mitmenschen nicht das Recht, so über mich zu verfügen, als wäre ich ein Teil von ihrem Leben.

»Guten Morgen, ist Frau Peters nicht da?« Eine Frau, von Kopf bis Fuß in grünem Loden, mustert mich vorwurfsvoll. »Wir sind verabredet!«

»Ich vertrete Frau Peters. Krankheitshalber.« Ich strecke mich, um etwas seriöser zu wirken.

»Gut.« Die Dame mustert mich spöttisch. »Frau Peters wird schon wissen, was sie macht. Sind Sie informiert?«

»Eigentlich … Das heißt … Irgendwie …«

Ihre langen Fingernägel trommeln einen Marsch auf die Theke. »Informieren Sie sich gefälligst. Und heute Nachmittag um zwei erwarte ich ein geländegängiges Fahrzeug vor der Krone. Klar?«

Bevor ich antworten kann, erscheint eine weitere Dame im Büro, eine mit Hund, ebenfalls in äußerst geschmackloser Wanderkleidung, genau wie die bereits Anwesende. Sie mustern sich feindselig, als ob sie sich aus dem gleichen Versandkatalog kennen würden.

»Könnten Sie schnell … weil mein Putzli muss doch … verstehen Sie?« Sie hebt den Hund hoch.

»Wir sind gleich soweit!«, knurrt Dame Nummer eins. »Haben Sie das mit dem Wagen verstanden? Mit Fahrer. Für Maria Thalmann.«

»In Ordnung, Frau Thalmann, wird gemacht.« Geschäftig schreibe ich eine Notiz und wende mich dann meiner neuen Kundin zu.

»Moser ist mein Name, und das hier ist Putzli.« Sie streckt mir den Hund entgegen. »Ein feines Tier, nicht wahr?«

»Sicher, ein hübscher kleiner Kerl.« Ich halte dem

Putzli die Hand vor die Schnauze, da knurrt er mich heftig an. »Dann eben nicht.«

»Er ist so sensibel!« Die Frau streichelt das wuschelige Ding auf ihrem Arm. »Und wenn man so sensibel ist, dann ist es doch klar, dass er all diese hässlichen Dinge nicht ertragen kann, verstehen Sie?«

Ich nicke verständnisvoll und beginne, die Prospekte auf der Theke neu zu sortieren. Unterdessen plätschert die Rede von Frau Moser so dahin. Erst als ich zum zweiten Mal das Wort ›tote Kuh‹ höre, schrecke ich auf. »Was sagen Sie da? Eine tote Kuh?«

»Nicht eine, mein Herr, gleich mehrere!« Entrüstet streckt mir Frau Moser den knurrenden Hund entgegen. »Wenn das nicht aufhört, reisen wir ab, verstehen Sie, wir melden es dem ›Blick‹.«

Der Hund strampelt wild in ihren Armen und bringt mit seinen Pfoten die sauber sortierten Prospekte erneut durcheinander.

»Beruhigen Sie sich, Frau Moser, es gibt sicher eine Erklärung …«

»Eine Erklärung? Wofür? Hören Sie, heute Morgen zum Beispiel, da gingen wir früh spazieren. Putzli mag einfach nicht liegen bleiben, wenn schönes Wetter ist. Wir marschierten also über die Wiesen zum alten Bahntunnel, da lagen die toten Kühe haufenweise. Bringen Sie das in Ordnung, sonst …« Frau Moser setzt den Hund ab und geht zeternd hinaus.

20.

Um zwölf Uhr schließe ich die Tür des Tourismusbüros von Innerpers und gehe hinüber zu Christines Wohnung. Die Hintertür steht offen, ich steige die Treppe hinauf. Niemand öffnet auf mein Klingeln, so trete ich ein.

Christine liegt im Wohnzimmer auf der Couch – im gleichen roten Nachthemd wie gestern Nacht. »Oh, Claudio, schön, dass du kommst, könntest du nicht …« Und schon bin ich als Krankenpfleger engagiert, schüttle ihre Kissen auf, koche Tee und mache ihr ein belegtes Brot.

»Die Operation war ganz schön schmerzhaft, weißt du.« Und bevor ich widersprechen kann, zieht sie ihr Nachthemd hoch und zeigt mir das kleine Pflaster auf der linken Pobacke.

»Dass ein kleines, lausiges Schrotkorn so schmerzen kann.«

»Hör mal, eine Frau Maria Thalmann war bei mir im Tourismusbüro und …«

»Ach, die Thalmann.« Christine schlürft einen Schluck Tee. »Warum schmeckt der Tee nicht so gut, wenn ich ihn selber angieße?«

»Du musst ihn genau drei Minuten und zwanzig Sekunden ziehen lassen. Hat mir ein Inder beigebracht … Frau Thalmann hat gesagt, sie brauche mich mit einem geländegängigen Fahrzeug für einen Ausflug heute Nachmittag.«

»Genau. Es handelt sich um die Politiker aus Chur und ihren Kollegen aus Deutschland. Wichtige Leute. Von ihnen hängt die weitere touristische Entwicklung des Tales ab. Du kannst meinen Wagen nehmen. Fahr sie, wohin sie wollen.«

»Na hör mal, ich bin zur Kur hier und nicht …«

»Mettler! Wer hat mich in der Nacht aus dem Bett geholt und ist schuld am Schrotkorn in meinem Po?« Sie schaut mich böse an.

Ich strecke die Hand nach dem Schlüssel aus.

»Na also! Geht doch. Kriege ich einen Kuss?«

Bis um zwei Uhr habe ich noch etwas Zeit, so gehe ich zu Dschipi hinüber. Vielleicht kann er mir erklären, was die Politiker aus Chur im Val Pers suchen und wie die toten Kühe, die Frau Moser gesehen haben will, zum Tunnel kommen. Das Haus von Dschipi ist wie gestern Nacht unverschlossen, doch er ist nicht da. So setze ich mich in die Küche, gieße mir ein Glas Wasser ein und lese die Zeitung.

Wenig später klopft es. »Hallo, ist jemand da?«

»Hereinspaziert. Das Wartezimmer ist hier drüben.«

Die Haustür wird geschlossen. Schritte. Dann erscheint ein perfekt gekleideter Mann in der Tür, sportlich, gut rasiert, wachsamer Blick und …

»Ist Herr Keller nicht da?« Eine herrische Stimme.

»Sehen Sie ihn vielleicht?« Ich schaue unter den Tisch. »Hier ist er nicht!«

»Lassen Sie das! Wann kommt er wieder?«

»Bin ich Herrn Kellers Sekretärin?« Ich greife nach der Zeitung.

»Darf ich mich setzen?« Er zieht einen Stuhl zum Tisch und verzieht das Gesicht zu einer Grimasse, die möglicherweise ein Lächeln sein könnte. »Ich kenne Sie gar nicht, Herr …«

Ich nehme mir den Sportteil vor. »Ich Sie auch nicht!«

»Verzeihung, ich habe mich noch gar nicht vorgestellt.« Nun scheint er begriffen zu haben, dass es bei mir mit der Brechstange nicht geht. »Mein Name ist Niggli, Pit Niggli.«

»Claudio Mettler, freut mich.« Wir schütteln uns die Hände.

»Es freut mich, dass ich Sie treffe, Herr Mettler. Sie wohnen und arbeiten doch bei Frau Caduff und scheinen einen großen Einfluss auf die Dame zu haben.« Er räuspert sich, zieht dann seine Brieftasche hervor und legt einen Tausender auf den Tisch. »Wäre es vorstellbar, dass man die alte Dame davon überzeugt, uns das Landstück beim Tunnel ohne großes Aufsehen zu überschreiben?«

Ein Schulterzucken meinerseits bewegt ihn dazu, einen weiteren Tausender auf den Tisch zu legen.

»Na, Mettler, ist das ein Angebot?« Niggli zündet sich eine Zigarre an und schaut mich erwartungsvoll an.

»Ich soll also Frau Caduff dazu bringen, Ihnen das Land zu überschreiben?« Vor mir liegen die zwei Tausender.

Er pafft Rauchwolken in die Küchenstube. »Nicht mir. Frau Caduff schuldet Herrn Belasch Geld und kann es nicht zurückzahlen, da wäre es wirklich das Einfachste …«

»Frau Caduff wird ihre Schulden bezahlen, wenn sich Belasch der Polizei stellt.« Ohne die zwei Tausender eines Blickes zu würdigen, stehe ich auf und lasse den verdutzten Anwalt in Kellers Küche zurück.

21.

Um zwei Uhr halte ich mit dem Jeep von Christine vor der Krone. Frau Thalmann und drei Herren mit kleinen Rucksäcken stehen bereit. Sie wiederum ganz in Loden, die Herren mit festem Schuhwerk und Expeditionskleidung, einzig die Tropenhelme fehlen noch.

»Mein Name ist Mettler, ich werde Sie heute Nachmittag fahren.«

Frau Thalmann öffnet die Wagentür. »Darf ich vorstellen: Herr Arpagaus, Herr Camenisch und Herr Doktor Kugler aus Stuttgart.«

Der etwas übergewichtige Kugler setzt sich neben mich, die anderen zwängen sich auf die Rückbank.

»Wohin fahren wir?« Ich starte den Motor und lege den Gang ein.

»Wir möchten Herrn Doktor Kugler gerne das Tal zeigen, nehmen Sie zuerst die Straße zur Baustelle am Aquapark.« Frau Thalmann lehnt sich zurück. »Das wird ihn sicher interessieren.«

Nach wenigen Minuten Fahrt halte ich neben dem Bretterzaun.

»Warten Sie bitte hier auf uns.« Frau Thalmann und die Politiker gehen zum Tor und verschwinden hinter dem Bretterzaun. Ich wende den Wagen, steige dann aus, gehe zum Eingang und schaue zur Stelle hinüber, wo wir vorgestern Nacht die tote Anna Rasut gefunden hatten. Eine junge Tote, umgeben von brennenden Kerzen, einen Blumenkranz um den Kopf. Das heißt, gefunden haben wir sie erst beim zweiten Mal, beim ersten Mal hatte dort der gelbe Trax gestanden und daneben eine tote Kuh gelegen. Beim zweiten Besuch war dann die Leiche da, Trax und Kuh dagegen verschwunden. Frau Moser kommt mir in den Sinn mit ihrer Geschichte. Ist es wirklich möglich, dass sie heute Morgen einen Haufen toter Kühe beim Tunnel gesehen hat?

Nach einigen Minuten sind meine Fahrgäste zurück. Kugler wischt sich mit seinem Taschentuch den Schweiß von der Stirn.

»Kann man von hier zum Tunnel hinüberfahren?«, will Arpagaus wissen.

»Wir können es versuchen.« Ein Weg voller Schlaglöcher führt uns hinüber zum Bahndamm. Was soll's? Es ist ja nicht mein Wagen. Meine Passagiere werden ganz schön durchgeschüttelt.

»Wohin führen diese Schienen?« Herr Kugler neben mir hält sich krampfhaft am Türgriff fest.

»Sie enden beim Tunnel«, erklärt die Thalmann, »doch ich denke, man könnte sie bis zum Aquapark verlängern, dann gäbe es eine direkte Verbindung für unsere … Gäste.«

»Gut. Wissen Sie, Herr Camenisch«, ein Schlagloch unterbricht Kuglers Rede, »funktionierende Transportwege sind das A und O in unserem Geschäft.«

»Geht es nicht auch um eine soziale Aufgabe?«, mischt sich Arpagaus in die Diskussion ein. »Ich denke da an einen Dienst am Volk, an ein Geschäft, das beiden Seiten dient und nicht aus purer Profitgier getätigt wird.«

»Da ist er wieder, unser guter Sozialist«, spottet Camenisch, »dabei sucht er nur nach Argumenten, um eine saubere Weste zu behalten.«

»Ein soziales Geschäft, das finde ich echt gut!« Kugler lacht, bis ihm die Tränen über die Wange rinnen. Dann schnäuzt er sich. »Jetzt ganz im Ernst, Frau Thalmann, meine Herren, wir sind nicht zum Spaß hier. Wie sieht es mit dem Pilotprojekt aus?«

Ich halte den Wagen neben dem Tunnel an, meine Fahrgäste steigen aus, erst studieren sie einige Pläne. Dann folgen die Männer den Schienen und verschwinden im Eingang, Frau Thalmann lehnt sich an den vorderen Kotflügel und raucht.

Gestern Abend hatte Barbla hier auf uns geschossen. Oder auf den Unbekannten mit dem Messer, den wir aber nicht gesehen haben. Derselbe Unbekannte, der davor im Schrank von Dschipi stand. Und der mich heute Morgen in der Halle des Bades bedrohte. War dieser Mann der Mörder von Anna Rasut?

Weiter drüben sehe ich den gelben Trax, wie er Erdmassen herum schiebt. Das will ich mir doch aus der Nähe anschauen.

Es sieht so aus, als würde der Trax ein Loch zuschütten. Ein Loch? Etwa für die toten Kühe, von denen Frau Moser mir heute Morgen herzählt hat? Das will ich sehen. So gehe ich an der gelben Maschine vorbei auf das Loch zu. Der Mann in der Führerkabine macht mir Handzeichen, ich soll verdammt noch mal zur Seite gehen, er müsse arbeiten, irgendetwas Unverständliches eben.

Wenn mich etwas interessiert, will ich nicht unbedingt verstehen.

Einen gewaltigen Erdhaufen vor sich herschiebend, röhrt der Trax neben mir auf die Grube zu, auch ich beschleunige meine Schritte, gerne würde ich sehen, was da unten liegt, bevor die Erde alles bedeckt, ich habe den Grubenrand schon fast erreicht, da heult der Trax auf, aus den Augenwinkeln sehe ich, wie sich eine Erdwelle auf mich zubewegt. Halt!, ich bin doch kein Surfer, denke ich noch, schon ist die braune Masse über mir. Ich springe nach links, dann ist die Erde da, begräbt den Ort, an dem ich eben noch stand, und bedeckt nun zum Glück nur meine Beine.

»Bist du noch zu retten?«, brülle ich die gelbe Maschine an, da senkt sich die Schaufel erneut, kratzt über den Erdboden auf mich zu, meine Beine, ich muss meine Beine freikriegen, fieberhaft grabe und zerre ich, immer näherkommt die große, gelbe Schaufel mit ihren gewaltigen Zähnen, rast auf mich zu, die Raupen wühlen sich ins Erdreich, der Motor heult auf, endlich gibt der saugende Grund meine Füße frei, ich beginne zu laufen, höre das Monster hinter mir ächzen und schnaufen, die Angst macht ungeahnte Kräfte in mir frei. Wie ein Weltklassesprinter fliege ich über das Gelände, da ist der Bahndamm und dahinter steht der Wagen von Christine.

Frau Thalmann steht rauchend daneben und schaut mich entgeistert an. »Wie sehen Sie denn aus, Mettler?« Missbilligend mustert sie meine schmutzverkrusteten Hosen. »Und wo haben Sie ihre Schuhe gelassen?«

»Haben Sie den Trax dort bei der Grube gesehen? Der Typ in der Maschine ist irr, der wollte mich umbringen!« Erschöpft lehne ich mich gegen den Wagen.

»Aber Herr Mettler, machen Sie Witze?« Die Thalmann schüttelt den Kopf.

»Haben Sie es nicht gesehen? Der Maschinist wollte mich mit Erde zuschütten!«

»Aber Herr Mettler!« Sie fasst mich am Arm. »Seit mindestens zehn Minuten stehe ich hier und schaue Ihnen zu, wie Sie auf der Wiese da drüben herumrennen. Und dabei sind Sie wohl gestürzt, oder etwa nicht?«

»Wenn Sie meinen …«, verwirrt kratze ich mich am Hinterkopf, »ich bin also im schlammigen Boden stecken geblieben und habe dabei die Schuhe verloren.«

»Genau so war es, Mettler!« Die Thalmann drückt ihre Zigarette aus.

Nun kommen Arpagaus, Camenisch und Kugler aus dem Tunnel, löschen die Lampen und schlendern intensiv diskutierend zum Wagen.

»Gibt es einen Ort mit guter Aussicht auf das Tal?«, will Arpagaus wissen und schaut zum Trax hinüber, der weiter in der Erde herumwühlt, als ob nichts geschehen wäre.

»Sicher«, erklärt Camenisch, »die Alp Terraz.«

22.

Wir überqueren die Ebene auf der Höhe des Kurhauses und fahren an der halb zerfallenen Fassade entlang. Ein Therapeut, ganz in Weiß, schließt eben sein Fahrrad ab. Es ist Keller. Als er uns kommen sieht, stellt er sich dem Wagen in den Weg. Ich halte an und lasse die Scheibe hinunter. Kugler neben mir bekommt einen Hustenanfall, krampfhaft sucht er in der Tasche neben seinen Füßen nach einem Taschentuch.

Camenisch beugt sich nach vorn. »Warum halten wir, Mettler?«

»Da ist ein Bekannter von mir, gleich geht's weiter.«

Dschipi, der auf der Fahrbahn gewartet hat, bis der Wagen hält, kommt nun auf uns zu, stutzt. »Ach du bist es, Claudio.«

»Wen hast du erwartet? Den Weihnachtsmann?«

Arpagaus auf der Rückbank räuspert sich. »Können wir fahren?«

»Hör zu, Claudio, ich hab da was Interessantes erfahren, kannst du nicht schnell aussteigen?« Bittend schaut mich der Therapeut an.

»Tut mir leid«, mischt sich nun Camenisch ein. »Wir müssen noch hinauf zur Alp, Herr Mettler wird von uns bezahlt!«

Dschipi spuckt wütend aus. »Weißt du, wen du da herumchauffierst?«

»Fahren Sie endlich, Mettler. Sonst ...« Aus purem Reflex starte ich den Motor, denn die Autorität in Camenischs Stimme duldet keine Widerrede.

»Es ist die Crème de la Crème des Grossen Rates«, ruft Dschipi Keller und springt zur Seite, als ich anfahre. »Sozis, Christdemokraten und Volkspartei schön vereint. Da wünsch ich dir mal viel Vergnügen. Wir sehen uns später!«

Mit hochrotem Kopf taucht Kugler endlich aus den Niederungen des Wagens auf und schnäuzt sich die Nase. »So ein Spinner!«

Nach einer halben Stunde Fahrt halte ich unterhalb der Alpweide an. »Wenn Sie dort nach links gehen, kommen Sie zu einem Felsen, da ist die Sicht wunderbar.«

Camenisch nimmt mich beiseite und deutet auf meine schmutzigen Hosenbeine. »Keine Extratouren mehr,

Mettler, ist das klar?« Dann läuft er hinter den anderen her und verschwindet im Wald.

Ich ziehe mir die Socken aus und gehe barfuß über die Weide auf die Alpgebäude zu. Wieder sitzen die beiden Frauen in den langen, braunen Kleidern an einem Tisch und sortieren Kräuter.

»Sieh mal, Gianna, unser Freund mit dem Ausschlag!«

»Wolltest du nicht gestern kommen und dir deinen Tee abholen?«

»Schon, leider ist mir etwas dazwischengekommen und …«

»Schau, es passiert auch bei ihm!« Gebannt starren die beiden meine Füße an. »Es sinkt. Und wie. Fantastisch!«

Nun sehe ich es auch. Meine kleinen Zehen sind feuerrot. »Was ist das?«

»Ein interessantes Phänomen! Ausschläge können an den Extremitäten entlang absinken. Setz dich, ich mache Tee.«

Die Frau, die Gianna heißt, verschwindet, die andere beginnt damit, Kräuter und Blumen zu einem Kranz zu winden.

»Machen Sie das öfters? Solche Kränze, meine ich«, und denke an die tote Anna Rasut, die man mit einem Blumenkranz auf dem Kopf gefunden hat.

»Immer, wenn es nötig ist!« Ihre Augen starren ins Leere. »Bald kommen die Kühe ins Tal, doch sie werden tot sein. Sie sollen hier begraben werden, weil keiner sie sonst aufnehmen will …«

»Hör auf mit diesen Geschichten, Katrin! Dein Tee.« Gianna stellt eine dampfende Tasse vor mich hin und eine Papiertüte daneben. »Trink jeden Tag drei Tassen vor dem Essen.«

Unten beim Wagen sind die Politiker aufgetaucht und winken.

»Die Herren der Kühe«, murmelt Katrin. »Sie suchen neue Gräber.«

»Was haben Sie eben gesagt?«, frage ich und trinke vorsichtig einen Schluck.

Katrin beachtet mich nicht, flicht weiter und beginnt zu summen.

»Geh, es ist Zeit«, flüstert Gianna. »Meine Schwester sieht Gespenster!«

Ich starre auf den Kranz. »Hoffentlich haben Sie recht!« Das Gebräu schmeckt bitter, dennoch nippe ich tapfer an der Tasse.

»Nimm deinen Tee und schau zu, dass die da unten verschwinden!« Gebannt starrt Gianna zu den Politikern hinunter, Camenisch hat sich aus der Gruppe gelöst und steigt zu uns herauf.

»Die Blumen für die Herren der Kühe«, singt Katrin und dreht den Kranz hin und her.

»Geh, sonst passiert hier noch etwas Schreckliches.« Sie wirft einen raschen Blick auf Katrin, die steif dasitzt und auf ihre Hände starrt, dann schaut sie mich flehend an.

So lasse ich meine Tasse stehen und gehe grußlos davon. Nachdenklich überquere ich die leere Alpweide. Wo sonst Kühe weiden, steht Camenisch und wartet auf mich.

»Es ist eine Schande!«, sage ich beiläufig zu ihm.

»Was meinen Sie?« Sein Blick hat etwas Lauerndes.

»Na, diese Krankheiten. Maul- und Klauenseuche, BSE …«

»Was hat das mit dieser Alp zu tun, Mettler?«

»Sehen Sie hier irgendwo eine Kuh? Hören Sie Glockengeläut? Nicht einmal Kuhfladen hat es auf der Wiese, oder sind Sie schon in einen getreten?«

»Um das zu erfahren, sind Sie zur Alp hinaufgegangen?«

»Aber nein.« Ich ziehe den Tee aus der Jackentasche. »Es geht um meinen Hautausschlag, wissen Sie, die Damen kennen ein Mittel dagegen.«

Der Politiker schaut kopfschüttelnd zur Alphütte, winkt den beiden Hirtinnen flüchtig zu, dann gehen wir zum Wagen zurück.

Unterdessen sind die andern eingestiegen, Camenisch setzt sich zu Arpagaus und zur Thalmann, der beleibte Herr Kugler sitzt wieder neben mir auf dem Vordersitz. »Ich habe genug gesehen. Mir reicht's. Zurück ins Dorf bitte!«

Die Thalmann beugt sich nach vorn. »Aber Herr Doktor, wir wollten doch noch …«

»Ich habe genug gesehen!«, zischt Kugler heftig. »Ich habe mir ein Bild gemacht und ihren Pilotversuch überprüft. Das muss fürs Erste reichen!«

Schweigend fahren wir durch den Wald ins Tal hinunter.

23.

Der Rauch ist schon vom Kurhaus aus sichtbar.

Arpagaus packt meine Schulter. »Schneller, Mettler, im Dorf brennt es! Vielleicht ist es die Krone!«

»Ich habe meinen Schmuck noch im Zimmer!«, kreischt die Thalmann aufgeregt.

»Und mein PC mit allen Daten!« Kugler dreht das Fenster runter. »Los, Mensch, wir müssen zurück!«

Eine dunkle Ahnung hat mich gepackt. Ich drücke aufs Gas, nicht wegen Thalmanns Schmuck oder wegen Kuglers PC. Die Pension Aurora von Frau Caduff kommt mir in den Sinn, auch Christine Peters, in ihrer Wohnung liegend mit der Schrotwunde am Po. So mute ich meinen Fahrgästen einiges zu, ohne Rücksicht brettere ich über die Schlaglöcher und sehe im Rückspiegel, wie die Köpfe der Politiker auf- und abtanzen.

Bei der Dorfeinfahrt stelle ich erleichtert fest, dass die Pension Aurora unversehrt im verwilderten Garten steht.

Wir fahren weiter. Auf dem Dorfplatz werden wir von einem Feuerwehrmann angehalten. »Hier könnt ihr nicht durch!« Er zeigt auf die Schläuche am Boden.

»Was ist passiert?«, brüllt Arpagaus aufgeregt und steigt aus.

Der Feuerwehrmann zeigt auf die Rauchsäule hinter der Krone. »Siehst du das nicht, Mann? Vollbrand. Da ist nichts mehr zu retten!«

Arpagaus läuft den Schläuchen entlang und verschwindet in der Gasse hinter dem Gasthaus Krone.

»Ganz schön nervös euer Freund. Was hat er denn?«

»Was geht Sie das an?« Camenisch steigt aus.

»Etwa Probleme mit dem sozialistischen Gewissen?«

»Das war's dann, Mettler, danke fürs Fahren!« Die Thalmann drückt mir eine Banknote in die Hand und folgt ihren Kollegen hinüber zur Krone.

Ich nehme die Straße nach rechts, umrunde das Dorf und erreiche das Haus, in dem Christine wohnt. Zum Glück ist es ebenfalls unversehrt.

Eigentlich könnte ich zu Christine hinauf und mit ihr einen Tee trinken, doch dann stelle ich mir vor, dass sie mich wieder in ihrem roten Nachthemd erwarten könnte. Und vielleicht müsste auch noch ihr Pflaster gewechselt werden. Lieber nicht!

Am besten wird es sein, diese Bekanntschaft so schnell wie möglich zu beenden. Ich suche hier Erholung und ein einfaches Leben. Der Garten von Marta Caduff braucht mich. Da liegen Blätter herum, Büsche müssen geschnitten werden und die Gartenmöbel stehen verstaubt im Schuppen. Mehr kann ich nicht verkraften. Schließlich bin ich krankgeschrieben! So nehme ich Schreibblock und Stift aus dem Fach in der Wagentür zur Hand und schreibe:

›Es tut mir leid, ich kann das nicht. Im Moment ist mir alles zu viel. Ich weiß auch nicht, wie es weitergehen soll, ich habe einfach keine Kraft dazu. Jeder Abschied schmerzt. Verzeihung. Claudio.‹

Dann werfe ich Zettel und Wagenschlüssel in den Briefkasten von Christine Peters.

Dschipi Keller kommt mir in den Sinn, wie er heute Mittag auf der Straße stand und mir etwas mitteilen wollte, es aber nicht konnte, weil Camenisch mich zur Eile getrieben hatte, um möglichst schnell hinauf zur Alp Terraz zu kommen.

Unvermittelt hat der Wind gedreht, dunkle Rauchschwaden ziehen mir entgegen, hustend biege ich um die Ecke. Da, wo noch heute Mittag Kellers Haus stand, lodert jetzt ein knisterndes Inferno. Flammen züngeln aus den Fenstern, der Dachstuhl wird kaum mehr zu retten sein, überall Schläuche und Feuerwehrmänner und Wasser und Schaum, geschriene Befehle, Flüche und das prasselnde Feuer.

Vor mir ein paar Frauen, die fasziniert zuschauen, wie das Haus langsam seine Konturen verliert. »Was ist mit Keller, wo ist er?«

»Er wurde rausgetragen, schon ganz am Anfang. Auf einer Trage.«

»Wohin hat man ihn gebracht?«

Eine Frau zeigt hinüber zu einer Garage. »Dort hinten haben sich die Samariter eingerichtet, fragen Sie die …« Dann starrt sie wieder gebannt ins Feuer.

Eine Samariterin in orangenem Overall behandelt die verbrannte Hand eines stöhnenden Feuerwehrmannes.

»Nun halt mal still, ja?«

»Wenn es weh tut, verdammt noch mal!«, flucht der Verletzte.

»Entschuldigen Sie, was ist mit Herrn Keller? Wo ist er?«

»Sehen Sie nicht, dass ich beschäftigt bin?«, fährt mich die Samariterin wütend an, dann stutzt sie, lächelt. »Ach Sie sind das, Mettler.«

In dieser Aufmachung hätte ich Frau Caduff fast nicht erkannt. »Keller geht es den Umständen entsprechend gut, er ist nach Schiers ins Spital gebracht worden.« Dann, nachdem sie den Feuerwehrmann versorgt hat, zieht sie mich zur Seite. »Dschipi wollte noch mit Ihnen sprechen, er hat mir aufgetragen …«

Zwei Feuerwehrleute tragen einen Mann herein. »Schnell, Marta, hilf mal …«

Vorsichtig legen sie den Mann auf ein paar Wolldecken.

»Warten Sie zu Hause auf mich, bald werde ich abgelöst«, flüstert mir Frau Caduff zu, dann geht sie hinüber. »Was ist mit ihm?«

»Ein Verrückter!« Der Feuerwehrmann nimmt seinen Helm ab und trocknet sich die Stirn. »Er wollte ins Haus. Durch die Hintertür. Er hat wie irr gebrüllt, man solle Keller rausholen, dann ist er umgekippt!«

Der Mann am Boden stöhnt und wälzt sich hin und her.

»Brand …«, röchelt er. »Brand …« Als der Feuerwehrmann zur Seite tritt, sehe ich sein Gesicht, es ist Arpagaus, der sozialdemokratische Politiker mit seiner ›Von Fall zu Fall‹-Integrität, der so verstört auf das Feuer im Dorf reagiert hat und bei unserer Ankunft ohne Gruß davonrannte.

Wieder sein »Brand …« Und dann stockend: »Brand… stif… tung!«

Nun hat ihn sein soziales Gewissen wirklich eingeholt.

24.

Langsam wird es dunkel. Ohne Licht sitze ich im Garten der Pension Aurora, vor mir eine Kanne Assam, daneben der Honigtopf, in der Hand die dampfende Tasse, auf dem Gaumen das Aroma der indischen Hügel. So warte ich auf Frau Caduff, meine Vermieterin. Oder eher meine Chefin? Einmal bin ich Gast, dann wieder ihr Hausbursche. Und zwischendurch halte ich ihr lästige Bauunternehmer und deren schmierige Anwälte vom Leib. Nicht schlecht, oder? Ich schaue mich im verwilderten Garten um. Bald beginnt die Saison und davor sollte ich alles in Ordnung bringen. Dort drüben liegt noch immer der Rechen auf der Wiese, den habe ich gestern vergessen, als ich das Laub unter den Bäumen zusammengekehrt hatte, dann aber beschloss, zu Barbla zu gehen.

Was ist das? Ein Knacken, dann huscht ein Schatten über die Wiese auf das Haus zu.

Behutsam stelle ich meine Teetasse auf das Tischchen und stehe auf. Geschmeidig bewegt sich die Gestalt von Baum zu Baum. Kaum mehr als ein Schatten ist zu sehen. Dann knirschen leise Schritte auf dem Kies. Kurz nur zeichnet sich die Silhouette an der Hauswand ab, dann knarrt die Hintertür. Ein Spuk von wenigen Sekunden.

Um mir Mut zu machen, nehme ich einen Schluck Tee, packe dann eine kleine Gartenhacke und schleiche auf die Hintertür zu. Wenn man die Tür ruckartig öffnet, kann man das Knarren vermeiden. So gelange ich in den Vorraum. Eine Tür führt hinunter in den Keller, sie ist abgeschlossen. Eine weitere in eine Werkstatt, lautlos drücke ich auf die Klinke, schaue mich um: nichts.

Die dritte Tür führt mich weiter ins Haus hinein, hinein in die Dunkelheit. Ein Balken knackt. Dann wieder Stille. Am liebsten würde ich schreiend hinausrennen, stattdessen schleiche ich mich tastend weiter, in der Tür des Schankraums schrecke ich zurück, die Stühle auf den Tischen sehen im Licht der Straßenlampe draußen aus wie Skelette … Da! Da ist es wieder, das Knacken des Balkens.

Es ist über mir. Leise Schritte auf dem Holzboden des ersten Stockwerkes. Vorsichtig gehe ich zurück zur Treppe. Die Gartenhacke fest in der Hand nehme ich Stufe um Stufe. Was habe ich hier überhaupt verloren? Stufe. Lächerlich! Stufe. Das ist doch nicht mein Spiel! Stufe. Und wenn der da oben bewaffnet ist? Stufe. Eine Pistole hat? Stufe. Die Gedanken abschalten. Stufe. Nur Ohr. Stufe. Nur Auge. Stufe. Nur Angst!

Endlich bin ich oben, rechts die Gästezimmer, auch meines. Zwei Schritte bis zu einer trügerischen Sicherheit. Links das Bad, dann das Schlafzimmer von Marta Caduff, die Tür steht einen Spaltbreit offen, schwaches Licht wird von dem Rahmen reflektiert.

Den Atem anhalten, die Hand krampft sich um die Hacke, langsam an der Badezimmertür vorbei auf das Schlafzimmer von Frau Caduff zu.

Ein Blick in den leeren Raum genügt, ich will mich umdrehen, doch es ist schon zu spät, der kalte Messerstahl hat seinen Platz zwischen meinen Schulterblättern gefunden und dirigiert mich ins Zimmer hinein. Auf dem Boden zwischen verstreuten Papieren liegt eine Stablampe.

»Der Trick mit dem Badezimmer war nicht schlecht, was?«, zischt es hinter mir. »Los, nimm die Lampe, aber langsam, wir gehen.«

Vorsichtig nehme ich die Stablampe auf. »Hören Sie, das hat doch keinen Sinn, geben Sie auf, wie viele Leute müssen noch sterben?«

»Du fehlst mir noch, Mettler, dein Name steht ganz

oben auf meiner Wunschliste!«, kichert es hohl in meinem Rücken. »Gib mir mal die Papiere da drüben.«

Vorsichtig packe ich das angegebene Bündel und gebe es nach hinten weiter. Der Druck des Messers verstärkt sich, automatisch gehe ich los, den Flur hinunter und zur Treppe.

Eine Tür knallt gegen eine Zimmerwand, Licht erhellt den Korridor, »Halt, bleibt stehen, sonst lege ich euch um!« Breitbeinig steht Barbla da, die Schrotflinte auf mich und meine Begleitung hinter mir angelegt.

»Nicht schießen, Barbla, ich bin's, Mettler!«

»Die Dame wird sicher viel Freude mit dir haben!« Ein Fuß blockiert mein rechtes Bein, gleichzeitig werde ich geschubst, segle auf Barbla zu, diese hebt die Waffe, ich starre in das Schwarz der Läufe, warte auf die doppelte Schrotladung in mein Gesicht und den Knall. Ewigkeiten später bin ich am Tod vorbeigeflogen und klammere mich dankbar an Frau Caduffs Nichte fest. »Der ist uns entwischt!« Kopfschüttelnd stellt sie die Flinte an die Wand. »Du kommst mir vielleicht ungelegen, Mettler.«

Kaum hat sie das gesagt, ertönt draußen im Garten ein Schrei.

Barbla packt die Flinte. »Schnell!« Dann rennt sie vor mir die Treppe hinunter. »Nimm du die Hintertür, ich gehe ums Haus herum.« Sie verschwindet durch die Wirtsstube.

Vorsichtig öffne ich die Tür. Der Garten liegt im Dunkeln, Kies knirscht unter meinen Schuhen, vor mir ein Stöhnen auf der Wiese. Langsam gehe ich auf die Stelle zu. Auf dem Gras verstreut die Papiere, die der Unbekannte aus dem Schlafzimmer von Frau Caduff entwendet hat. Und neben dem Rechen am Boden kauert eine stöhnende Gestalt, die Hände vor dem Gesicht.

»Entschuldigen Sie«, begrüße ich unseren nächtlichen

Besucher, »leider habe ich vergessen, den Rechen wegzuräumen.«

»Schwein!«, zischt es unter mir. »Hau ab!«

»Aber nicht doch, Kleiner!« Denn klein ist die Gestalt wirklich, klein und zierlich. »Das ist die Revanche für deinen Auftritt mit dem Messer vorhin!«

Der Unbekannte versucht, nach meinen Beinen zu treten. »Ich werde dich kriegen, Mettler!«

»Keine Chance! Hierher, Barbla, unser Besuch hat Bekanntschaft mit dem Rechen gemacht.« Dann beginne ich, in der Dunkelheit die herumliegenden Papiere einzusammeln.

Ein Knacken lässt mich herumfahren. Da steht Barbla, bleich und etwas verwirrt. Hinter ihr halb im Schatten eine massige Gestalt, die Schrotflinte im Anschlag.

»Hallo, Mettler! Da sind wir ja alle vereint!« Belasch tritt neben Barbla und winkt mit dem Flintenlauf. »Bringen Sie mir die Papiere herüber.«

Langsam gehe ich auf ihn zu. »Hören Sie, Belasch, Sie sind ein flüchtiger Mörder, geben Sie auf, sonst verschwinden Sie für den Rest Ihres Lebens im Gefängnis, wollen Sie das wirklich riskieren?«

Wenn er jetzt einen Fehler machen würde, dann könnte ich vielleicht … Doch Belasch macht keinen Fehler, fast keinen. Er nimmt die Papiere langsam entgegen, hält die Flinte aber immer so, dass er uns jederzeit eine Ladung in den Bauch jagen könnte.

»Ich bin kein Mörder, Mettler, Anna hat jemand anderer auf dem Gewissen. Helfen Sie meiner … meinem Kollegen beim Aufstehen. Und um es hier in aller Deutlichkeit nochmals zu wiederholen: Mit dem Tod von der Rasut habe ich nichts zu tun.«

Missmutig helfe ich dem Opfer unseres Rechens auf die Füße zu kommen, Barbla und ich werden ins Haus getrieben und in der Werkstatt eingesperrt, dann geht das Licht aus.

Barbla klopft wild gegen die Tür. »Das werden Sie büßen, Belasch, Sie und …« Sie hält inne. »Was meinst du, Mettler, wer war die andere?«

»Die andere … Wie meinst du das?«

Barbla gibt mir einen Stoss in die Seite. »Hast du das nicht gemerkt? Der Unbekannte, der den Rechen geküsst hat, war eindeutig eine Frau!«

25.

Nach einer halben Stunde in der Dunkelheit hören wir draußen die Schritte der heimkehrenden Samariterin. Und nach einigen Faustschlägen gegen die Tür sind wir endlich frei. Ich braue uns eine Kanne Tee, während Frau Caduff und Barbla die neusten Entwicklungen beraten.

»Was waren das für Papiere, die Belasch und seine Begleiterin im Haus gesucht haben?«, will ich wissen.

»Die Urkunde über das Stück Land beim Tunnel, nehme ich an. Außerdem fehlen Kontoauszüge, nun weiß Belasch wirklich Bescheid über meine Situation!« Frau Caduff seufzt laut.

»Was machen wir jetzt, Tante? Gehen wir zur Polizei?« Wütend stapft Barbla hin und her.

»Du kannst da nicht hingehen« Vorsichtig nehme ich das Sieb mit dem Teekraut aus der Kanne. »Du wirst gesucht. Wegen dieser Bombe. Schon vergessen?«

Eine Weile ist es still in der Küche.

»Wissen Sie, Mettler, was Dschipi Ihnen schon die ganze Zeit über sagen wollte? Was er mir aufgetragen hat, nachdem er aus seinem brennenden Haus gerettet wurde? Ich soll Ihnen sagen, dass es um die Kühe ...«

»Warum habe ich das nicht gemerkt? Es ist immer um die Kühe gegangen«, flüstert Barbla, »Anna hat die ganze Zeit davon gesprochen, nur haben wir ihr nicht richtig zugehört.«

Frau Caduff hängt die Jacke mit der Aufschrift ›Sanität‹ an die Garderobe und setzt sich in die Wirtsstube »Kommen Sie, Herr Mettler, lassen Sie mich erzählen.«

»Tee?« Ich stelle drei dampfende Tassen auf den Schiefertisch, dazu Honig und Löffel.

»Wozu soll der Honig gut sein bei schwarzem Tee?«

»Zucker«, erkläre ich Barbla, »gibt dem Tee einen harten Geschmack, Honig dagegen macht ihn rund und geschmeidig. Versuch's mal!«

»Ja, Herr Oberlehrer!« Sie streckt mir die Zunge heraus, sodass es Frau Caduff nicht sieht, doch es wirkt keinesfalls unfreundlich.

»Also, ich wurde heute Abend um etwa 18 Uhr alarmiert, es hieß, es brenne im Dorf. Natürlich bin ich sofort los, wir haben in der Garage den Samariterposten eingerichtet und auf Verletzte gewartet. Heiß!«

»Meinst du das Feuer, Tante?«

»Der Tee, Kleine.« Frau Caduff stellt die Tasse auf den Tisch und zwinkert mir zu. »Nach kurzer Zeit haben die Feuerwehrleute Keller gebracht. Er hustete, sagte etwas von eingeschlafen, von einer Kerze, er war etwas wirr. Das Feuer und alles war wohl zu viel für ihn.«

»Sie haben eine Nachricht erwähnt, die er für mich hatte.«

»Genau. Keller flüsterte, sodass nur ich es hören konnte, ich solle ihnen sagen, Anna hätte alles gewusst wegen den Kühen und so, die Geschichte habe nur in zweiter Linie mit dem Moor zu tun. Und weil Anna das gewusst hätte, habe sie sterben müssen. Jede Nacht kommen die Kühe durch das Loch, hat er gesagt …«

»Und weiter, Tante, was noch?«

Frau Caduff schüttelt müde den Kopf. »Das war alles, dann haben sie ihn mit der Ambulanz abgeholt und nach Schiers gebracht.«

»Wozu wollte er das alles mir erzählen?« Ich nehme einen Schluck Tee. »Einem Fremden, den eure Geschichten doch gar nichts angehen!«

»Du bist kein Fremder, Mettler, du gehörst zu uns!« Barbla berührt mich am Arm.

Wütend stehe ich auf und stoße den Stuhl um. »Ich gehöre nirgendwohin, ist das klar? Das hier sollte für mich ein Kuraufenthalt sein, kein Überlebenstraining! Holt die Presse her oder engagiert einen Privatdetektiv, ich jedenfalls bin draußen!«

Eine halbe Stunde lang irre ich durch die kühle Nacht. Der immer wieder auftretende Brandgeruch erinnert mich schmerzhaft an die Vorfälle hier in Innerpers. Warum nur habe ich mich auf die verschiedenen Geschichten eingelassen? Warum habe ich nicht einfach nur meine Therapie gemacht? Heißes Schwefelwasser für meine Beine und sonst nichts! Keine Anna, keine Barbla, kein Belasch und kein Dschipi. Und auf Christine und die Politiker aus Chur und Stuttgart kann ich sehr gut verzichten!

Später dann überquere ich den Dorfplatz, auf dem immer noch ausgerollte Schläuche liegen, und betrete die Krone. An den Tischen sitzen dicht gedrängt die Feuerwehrleute, in einer Ecke hockt Arpagaus.

»Ist hier noch frei?«

Mit einer müden Bewegung lädt er mich zum Sitzen ein. Er sieht übel aus: die Kleider angesengt, Rußflecken im Gesicht und auf den Händen. »Nehmen Sie sich ein Glas, Mettler!« Er zeigt auf seine Weinflasche.

»Wissen Sie«, flüstert er beim Einschenken, »es ist gut, dass er gerettet wurde, es war Brandstiftung, doch ich wollte es nicht! Ganz bestimmt nicht. Glauben Sie mir?«

Ich nicke ihm aufmunternd zu und hebe mein Glas.

Anfangs ist Arpagaus in sich gekehrt und einsilbig. Als ich aufstehen will, bestellt er eine weitere Flasche und schenkt uns ein.

»Na dann, Viva.« Er hebt sein Glas. »Ich bin der Jonny, das heißt, eigentlich hat meine Mutter mich Jonathan getauft, kennst du den Film von der Möwe Jonathan mit der Musik von Neil Diamond?«

»Nein, tut mir leid.«

»Du solltest dir mal die Songs anhören. Sehr romantisch, so wie meine Mutter eben.« Er trinkt kichernd. »Weißt du, als ich in die SP eintrat, das heißt, begonnen habe ich bei den Jusos, da fand ich Jonny besser, wilder, das ist nicht so brav, findest du nicht auch?«

Bei der dritten Flasche dann erzählt Jonny, warum ein Politiker auch mit der Gegenseite paktieren müsse. »Stell dir vor, Mettler, wenn ich hier mitmache, dann unterstützen mich die Politiker der Christdemokraten und diejenigen der Volkspartei bei unserer Initiative um eine Einheitskrankenkasse, das ist doch gut, oder?« Doch seine weinerliche Stimme sagt mir, dass schon lange nicht mehr alles gut ist bei der politischen Arbeit von Arpagaus.

»Skrupel, Jonny? Schließlich geht es doch um Brandstiftung, vielleicht auch um einen Mordversuch!«

Jonny Arpagaus, der von seiner Mutter nach einer romantischen Möwe getauft wurde, öffnet den Mund, schließt ihn wieder, dann wird sein schmaler Körper von einem wilden Schluchzen geschüttelt.

»Was ist mit dem passiert?« Die Thalmann, diesmal in einem modischen Deux-Pieces, ist an unseren Tisch getreten und schaut mitleidig auf den weinenden Jonny hinunter.

»Haben Sie nie beim Wein die Wahrheit gesucht?«

»Nicht in solcher Gesellschaft!« Sie wendet sich angewidert ab. »Komm, Jonny, ich bringe dich ins Bett.« Sie packt ihn am Arm, doch Jonny bäumt sich auf.

»Lass das, Maria! Ich gehe nicht mit der Klassenfeindin von der SVP ins Bett!«

»Bitte, Jonny, komm jetzt, du hast genug gehabt!« Sie zieht ihn hoch.

»Die SP bestimmt selber, wann sie genug hat!« Arpagaus reißt sich los und taumelt die Internationale intonierend nach draußen, die Thalmann schaut ihm nach, geht dann hinüber zur Bar, diskutiert wild gestikulierend mit Camenisch und zeigt immer wieder auf mich.

Mit meinem Glas in der Hand gehe ich zu ihnen hinüber. »Wird euer kleiner Sozialist langsam zum Sicherheitsrisiko, oder irre ich mich vielleicht?«

Camenisch schaut mich verächtlich an. »Was geht Sie das an?«

»Mich? Eigentlich nichts. Eigentlich möchte ich schon lange meine Ruhe und meinen Frieden. Wenn man mich mit all den Geschichten endlich in Ruhe lassen würde, könnte ich schon lange zufrieden in meinem Bett liegen!«

»Sie kriegen Ihre Ruhe schon noch!« Kugler, der deutsche Tourismusfachmann aus Stuttgart, schenkt mir nach. »Trinken wir auf das Joint-Venture zwischen Baden-Württemberg und Graubünden!«

Die Thalmann schenkt mir ein dünnes Lächeln. »Trinken Sie aus, Mettler, und dann will ich Sie hier nie mehr sehen, will nichts mehr von Ihnen hören!«

»Ihr Wunsch beruht ganz auf Gegenseitigkeit, Gnädigste!« Austrinken und raus hier, die Leute sind wirklich kaum mehr zum Aushalten.

26.

In meinem Kopf dreht sich ein Karussell, Lichter blinken, immer wieder tauchen schwarze Löcher auf, in die ich zu fallen drohe, einmal stolpere ich über eine Schlange, die am Boden liegt, will sie mit meinem Taschenmesser töten, doch ein Feuerwehrmann reißt mich weg. Irgendwo muss ich mich übergeben, irgendwann halte ich den Kopf in einen Brunnen, bis ich keine Luft mehr kriege.

»Jonny!«, rufe ich in die Nacht hinaus, »Jonny!« Doch von Jonny keine Spur, nur ein Hund bellt den Mond an und in einem Haus flimmert das blaue Licht eines einsamen Fernsehers. Ich muss mich hinlegen, muss ausruhen. Der gute Jonny hätte mich sicher auf seinem Teppich schlafen lassen.

»Weißt du, wie spät es ist?« Christine öffnet die Wohnungstür und lässt mich eintreten. »Setz dich aufs Sofa, ich mache Kaffee!«

»Ach, Christine«, lalle ich, »warum ist alles so schwierig?«

»Warum wohl, Mettler? Weil du die Nase dauernd in Dinge steckst, die dich nichts angehen.« Ohne auf meinen Protest zu achten, schenkt sie mir eine große Tasse ein. »Ein starker Kaffee, mein Lieber, ist das Richtige für dich, das weckt dich auf. Tee gibt's später!«

Gehorsam schlürfe ich die bittere Brühe. »Weißt du was? Ich werde mich nur noch um meine Badekur kümmern, das heißt, wenn ich dieses Dokument losgeworden bin.« Ich zeige auf meine ausgebeulte Hosentasche.

»Ein Dokument? Interessant.« Sie setzt sich auf die Sofalehne, vor meinen Augen liegen ihre braunen, kaum bedeckten Oberschenkel. Nicht schon wieder diese Show mit dem roten Nachthemd! »Lass mal, Christine, du musst dich nicht anstrengen, ich zeig dir das Ding schon, das heißt, wenn du mal Licht machen könntest!«

Sie streichelt meinen Hals. »Wozu brauchen wir Licht?« Ihre Hand wandert über meinen Oberkörper. »Entspann dich, Claudio, lass ganz locker, ja?«

»Wie soll ich mich entspannen mit dem Kopf voller Koffein?« Ruckartig setze ich mich auf, packe ihre Hand, die sich eben in meiner Hosentasche vergraben wollte. Dann mache ich Licht.

Im Dunkeln war es ihr natürlich gelungen, das blaue Auge vor mir zu verbergen, doch im Licht der Deckenlampe sehe ich die ganze Bescherung. »Hast du vielleicht Bekanntschaft mit unserem Rechen gemacht, Christine?« Ich denke an den Überfall am Abend, an die Gestalt, die im dunklen Garten der Pension Aurora lag.

»Es ist nicht so, wie du denkst, Claudio!«

»Was glaubst du wohl, was ich denke?«

»Bitte, Claudio!« Sie wirft mir einen flehenden Blick zu. »Ich habe Angst. Du musst verschwinden. Jetzt gleich. Sie wollen dich umbringen!«

»Mich umbringen?« Ich stoße Christine zurück. »Lasst mich doch alle in Ruhe! Du und Belasch und der Anwalt. Ich werde morgen abreisen. Wieso kommst du nicht einfach mit?«

»Ich kann nicht, ich habe mich auf dieses Geschäft eingelassen und will es auch zu Ende bringen. Belasch wird schon bald seine Unschuld beweisen und seinen Waterpark bauen, dann wird der Tourismus hier im Tal boomen. Und ich bin dabei!«

»Und warum lässt du deinen Tourismus nicht ohne Belasch boomen?«

»Wir brauchen Kapital, Mettler, ohne Kapital geht in so einem verlotterten Bergtal gar nichts. Aber keiner will hier investieren, und ohne Investitionen gibt es keinen Boom. So einfach ist es eben. Und so kompliziert. Darum ist Doktor Kugler hier. Auf Einladung der kantonalen Parlamentarier. Wenn alles gut geht, werden die Deutschen mitziehen. Dieses Geschäft lassen wir uns nicht kaputtmachen. Von niemandem.«

»Kein Problem. Ich werde euch nicht stören!«

»Gib mir das Dokument, Claudio! Dann lässt man dich in Ruhe ziehen. Bitte!«

Ich stehe auf. »Das Dokument ist meine Lebensversicherung. Ich werde es dir mit der Post schicken, wenn ich heil aus dem Tal komme.«

Sie stellt sich mir lächelnd in den Weg, ihr Körper schmiegt sich an meinen, ihre Lippen gleiten auf mich zu. Fast hätte ich mich gehen lassen, hätte alles akzeptiert und den verdienten Lohn entgegengenommen. Doch tief in mir drin sträubt sich etwas, wütend schubse ich Christine aufs Sofa zurück, benommen bleibt sie liegen. »Es tut mir alles so leid, aber ich kann nicht anders, Claudio.«

Schnell bin ich draußen, schaue mich kurz um, nun ganz nüchtern, ganz konzentriert, leise wie eine Katze auf der Jagd. Niemand ist zu sehen, keinerlei Geräusche sind zu vernehmen. Abseits der Feldwege überquere ich die Wiesen und versuche, meine Gedanken zu ordnen.

»Belasch«, fasse ich meine Erkenntnisse zusammen, »hat vielleicht Anna Rasut getötet, weil sie etwas bei seiner Baustelle entdeckt hat. Seither ist er flüchtig. Sein Bauprojekt hat er dennoch nicht aufgegeben und versucht zusammen mit seinem Anwalt Pit Niggli, Frau Caduff unter Druck zu setzen. Darum auch der Einbruch und der Versuch, die Besitzdokumente für das Stück Land beim Tunnel zu stehlen. Dass ich das wichtigste Dokument beiseite geschafft habe, hat niemand bemerkt. Bravo Mettler, gut gemacht!« Ich kichere leise und gehe weiter in die Nacht hinein.

»Christine ist informiert, sie will, dass Belasch mit dem ›Aquapark‹ Erfolg hat, damit der Tourismus hier im Tal in Schwung kommt. Trotz des Mordes an Anna Rasut macht sie weiter gemeinsame Sache mit einem vermeintlichen Mörder. Sie schreckt auch vor einem Einbruch bei Caduff nicht zurück. Der Aquapark steht über allem. Darum ist auch die Politikerdelegation hier. Dann gibt es noch die beiden Hirtinnen und Frau Moser mit ihrem Gerede von den toten Kühen. Und der Traxfahrer, der irgendeine Grube beim Tunnel zudeckt. Viel ist das nicht, Mettler, und es passt auch nicht wirklich zusammen.«

In der Dunkelheit stolpere ich und falle zu Boden. Ein Hindernis auf dem offenen Feld holt mich in die Realität zurück, ich spucke Erde, rapple mich auf, schaue zurück, da liegt etwas, hinkriechen, tasten, Stoff spüren, ein Körper, die Kälte der Nacht.

»He, Jonny, hörst du mich? Gib Antwort, so besoffen bist du nicht, Kleiner!« Doch Jonny bleibt stumm und kalt. Ein dünner Blutfaden zieht sich von der Wunde an seiner Schläfe über das Gesicht.

Eine elende Wiese in der Nacht im Val Pers. Ein offener, weiter Sternenhimmel. Die Stille, in der sich Jonny auf seinen letzten Weg macht. Hinauf in die Freiheit auf der Suche nach einer Möwe, die Jonathan heißt, und an die sich heute kaum noch jemand erinnert.

Weit abseits von den Lichtern des Dorfes in der tiefen Dunkelheit sitze ich einen knappen Steinwurf entfernt vom traurigen Sozialisten und warte. Irgendwann wird etwas passieren, irgendjemand wird kommen. Armer Jonny, denke ich, du hast dich doch zu sehr mit dem Klassenfeind eingelassen!

Sternbilder tauchen auf, andere verschwinden hinter den Bergspitzen. Drüben die Lichter von Innerpers, daneben liegt breit und dunkel das Kurhaus. Und 20 Meter vor mir der tote Jonny Arpagaus.

Das Quietschen von schlecht geölten Rädern und Schritte lassen mich zusammenzucken. Sie kommen zurück, die Mörder sind wieder da. Hören sie mein Herz schlagen?

Es sind zwei Gestalten, sie ziehen einen Leiterwagen, halten bei Jonny an, laden ihn auf und verschwinden in der Dunkelheit. Eine Weile noch höre ich das Quietschen der Räder, dann ist es wieder ruhig.

Ich muss wohl eingenickt sein auf der Wiese, habe geträumt von einer Herde Büffel, die auf mich zurast, die Erde zittert unter ihren Hufen, die schweren Tiere kommen näher und werden mich wohl gleich überrennen. Schweißgebadet öffne ich die Augen, meine Finger haben sich im Boden festgekrallt, die Erde zittert immer noch, eine Maschine brüllt in die Nacht hinaus. Gelb, groß und Rauch speiend taucht sie hinter mir auf, ihre Augen zerschneiden die Nacht. Schnell rolle ich zur Seite, raus aus dem Scheinwerferlicht des Traxes.

Dort, wo vorhin Jonny lag, hält die Maschine, ein Mann steigt aus, schaut sich um, spuckt aus und flucht. Dann klettert er in die Führerkabine, gibt Gas und rollt davon. Das also war nun Jonnys Totengräber.

27.

Nach einer Weile wieder Schritte und das Quietschen der ungeölten Räder. Die zwei Schatten heben etwas vom Leiterwagen, legen es auf den Boden, dann scheinen Lichter auf, immer mehr Lichter. Ich denke daran, wie wir die tote Anna Rasut gefunden haben, friedlich hingebettet, um den Kopf einen Kranz aus Bergblumen, der ganze Körper inmitten von brennenden Kerzen.

Die beiden Gestalten gehen nun murmelnd um den Lichtkreis herum, es zieht mich immer näher zu ihnen hin. Schließlich umrunden wir zu dritt Jonnys Leiche, die friedlich lächelnd und mit gefalteten Händen auf der Wiese liegt. Auf dem Kopf ein Kranz aus Alpenblumen. Katrin führt den Trauerzug an, dann folgt Gianna, dahinter komme ich.

»Gehen wir, Mettler, es ist Zeit!«

»Bist du das, Gianna? Ist das dort drüben Katrin?«, frage ich, nur um etwas zu sagen.

»Warum fragst du, wenn du es weißt? Nimm den Wagen!«

Die Frauen gehen voraus, ich folge ihnen mit dem quietschenden Leiterwagen durch die Dunkelheit. Am Rand der Ebene steht ein alter Landrover, wir laden den Wagen ein. Gianna fährt schnell und ohne Licht den Berg hinauf. Endlich die Alp Terraz.

Wir betreten die Alphütte. Gianna macht Feuer, setzt Wasser auf. »Was macht dein Ausschlag?«

»Haben wir nicht größere Probleme als meine juckenden Beine?«

Katrin schaut mich aus großen Augen an. »Was meinst du?«

»Na, die zwei Toten. Und beide tragen diese Blumenkränze. Was habt ihr damit zu tun?«

»Hast du das noch nicht kapiert?« Katrin kichert. »Wir bewachen die Ruhe der toten Kühe!«

»Das musst du mir genauer erklären!«

»In der Nacht kommen die Kühe aus dem Berg. Sie haben einen weiten Weg hinter sich. Nun wollen sie hier in Ruhe begraben werden.«

»Etwa mit dem großen, gelben Trax?« Krampfhaft versuche ich, die verschiedenen Teile des Gesamtbildes nun endlich richtig zusammenzusetzen.

»Bis jetzt sind erst wenige gekommen, doch die Herren der Kühe werden bald mehr schicken.«

»Wozu sollen hier Kühe begraben werden?«

»Die Kühe waren krank. Sie durften nicht mehr leben. Nun werden sie in der Nacht hierhergebracht. Damit sie bei uns ihre Ruhe finden!«

»Und was war mit Anna?«

»Lass meine Schwester in Ruhe«, ruft Gianna und stochert im Feuer herum.

»Lass nur.« Wieder kichert Katrin. »Anna wollte die Gräber der Kühe verraten. Sie hat die Totengräber gesehen. Ich habe sie erschlagen. Sie war eine schöne Leiche, fandest du nicht auch?«

Diese irren Gedankengänge, ganz ruhig vorgetragen, als würde es sich um ein Kochrezept handeln, erschrecken mich. Umständlich gähne ich. »Na gut, Mädels, ich bin ziemlich müde, ich muss gehen.«

Katrin steht auf und starrt mich mit irrem Blick an. »Mettler wird die ewige Ruhe der Kühe stören, er will sie verraten, sie sollen nicht schlafen, sondern brennen, das darf nicht sein!«

»Ist das wahr?« Gianna stellt Tassen auf den Tisch. »Willst du etwa das Massengrab der Kühe verraten?«

»Ich will bloß meine Ruhe, versteht das hier niemand?«

Katrin hat Tränen in den Augen. »Ich will das nicht. Er ist doch nett gewesen mit uns. Aber er wird weggehen. Er wird erzählen, was er hier gesehen hat. Alles über die Kühe und ihre Gräber. Man wird die toten Kühe ausgraben und verbrennen. Und dann werden sie mich holen. Dabei war Anna doch selber schuld.«

»Nicht aufregen, kleine Schwester.« Gianna streicht Katrin beruhigend über die Haare. »Dir wird nichts geschehen. Mettler wird nirgendwohin gehen, versprochen!«

Katrin beginnt, einen weiteren Blumenkranz zu flechten.

Gebannt schaue ich ihren flinken Händen zu. Sie fasst die Stiele der Blumen und flicht sie geschickt ineinander. Der erste Totenkranz lag wie eine Krone auf dem Kopf der toten Anna Rasut. Der zweite Totenkranz schmückte den toten Jonny Arpagaus, mit dem ich vor wenigen Stunden noch drei Flaschen geleert habe. Und der dritte?

Ich versuche, meine Stimme beiläufig klingen zu lassen. »Ist der für mich?«

»Sicher. Und wenn es nötig ist, mache ich noch mehr.«

»Nicht mit mir!« Ich springe auf, der Stuhl kippt um.

»Beruhige dich, Mettler, das können wir sicher klären.« Gianna kommt mit einem Küchenmesser auf mich zu, ich fasse die Lehne des Stuhles und halte ihr die Beine entgegen.

»Hört mal zu, Mädels. Ich gehe jetzt durch diese Tür dort und verschwinde. Ihr werdet mich nie mehr wiedersehen, nichts mehr von mir hören.« Langsam bewege ich mich auf die Tür zu. »Ist das klar?«

»Gar nichts ist klar, Mettler!« Durch eine Seitentür kommt Belasch in die Stube. Die Pistole in seiner Hand zeigt auf meinen Bauch.

Vorsichtig stelle ich den Stuhl auf den Boden und setze mich wieder hin.

Katrin kichert irr. »Bald ist er fertig, der Kranz für Mettler. Die Herren der Kühe werden zufrieden sein mit mir!«

Ohne mich aus den Augen zu lassen, zündet sich Belasch einen Stumpen an. »Warum mussten Sie sich überall einmischen, Mettler? Es hätte alles gut gehen können. Barbla hätten wir am Tunnel erwischt, Dschipi wäre beim Brand ums Leben gekommen. Ohne die ›Grüne Front‹ hätten wir ein leichtes Spiel gehabt. Nun müssen wir es anders machen.«

»Warum sind Sie verschwunden, wenn Sie Anna nicht umgebracht haben?«

»Haben Sie das noch nicht kapiert?«

Ich schaue zu Katrin hinüber. Aber sicher, das ist es. Die Polizisten sollten glauben, dass Belasch der Schuldige wäre. Wenn die Beamten Katrin verhört hätten, wären die Kühe zur Sprache gekommen, man hätte sich gefragt, woher die toten Tiere kommen, zu welchem Zweck sie im Val Pers verscharrt werden. Katrin hätte wohl alles erzählt und die Projekte von Belasch gefährdet. Ein Ablenkungsmanöver.

»Woher kommen die Kühe?«

»Fragen Sie Kugler!« Belasch streckt die Hand aus. »Die Besitzurkunde der guten Marta Caduff, wenn ich bitten darf, ich brauche das Land für unsere Zwecke.«

»Ein schönes Gräberfeld für die Kühe aus Deutschland!«, flüstert Katrin.

Langsam ziehe ich das Dokument aus der Tasche. »Darf ich noch einen Tee haben, einen wirklich guten Schwarztee? Ist das zu viel verlangt?««

Gianna schüttelt den Kopf, legt das Messer weg und holt eine Blechbüchse vom Gestell. »Darjeeling?«

Ich nicke und schaue ihr zu, wie sie den Tee angießt.

»Drei Minuten und zwanzig Sekunden, wenn ich bitten darf.«

Belasch zieht seine Uhr aus der Tasche und legt sie auf den Tisch. Viel zu schnell rast der Sekundenzeiger über das Zifferblatt und zeigt die Endlichkeit, den kümmerlichen Rest meines Lebens an. »Ihr könnt doch nicht alle umbringen!«

»Alle nicht, Mettler, nur diejenigen, die nicht schweigen können!« Belasch bläst den Rauch zur Decke. »Noch zwei Minuten zwanzig.«

»Darf ich wenigstens wissen, wofür ich sterbe?«

Gianna kommt zu mir herüber. »Aber sicher. Wir wollen, dass die Toten glücklich sind und wissend sterben. Los, Belasch, erzähl du!«

»Es ist ganz einfach: Bis zum letzten Jahr weideten hier Rinder aus Baden-Württemberg. Das brachte Einnahmen ins Tal. Nun, da die Maul- und Klauenseuche dort ausgebrochen ist, und die Viecher nicht mehr kommen können, haben sich einige weitsichtige Politiker gesagt, dass man den Deutschen etwas entgegenkommen sollte, dass man ihnen etwas anbieten könnte. Statt lebend kommen die deutschen Kühe nun tot in plombierten Containern bis Landquart, werden dann auf einen Extrazug verladen und erreichen jeweils nachts durch den alten Bautunnel das Val Pers. Am frühen Morgen werden sie ausgeladen und verscharrt. Noch eine Minute.«

»Und dafür musste Anna Rasut sterben?«

»Anna schnüffelte schon lange auf meiner Baustelle herum, die ›Grüne Front‹ hatte etwas gegen den ›Waterpark‹, sie wollte das Hochmoor schützen, leider hat sie an diesem unseligen Abend in der Baugrube die toten

Kühe gesehen. Ihr Pech! Da habe ich Katrin hergeholt, was sollte ich denn machen?«

»Warum haben Sie die Leiche nicht beiseite geschafft?«

»Ich war völlig durcheinander, die Politiker sollten kommen, auf meinem Bauplatz war etwas Schreckliches passiert, so habe ich die Tote gemeldet, das schien mir am einfachsten zu sein! Doch dann wurde es kompliziert und ich musste verschwinden!«

»Und Jonny?«

»Arpagaus hatte Skrupel bekommen, wollte das Geschäft nicht mehr politisch decken, was konnten wir da tun?«

»Anna und Jonny wollten nicht, dass die Kühe in dieser heiligen Erde ruhen, doch dieser Platz ist der einzig würdige Friedhof für die verstorbenen Kühe!« Katrin legt den Kranz vor mich hin. »Willst du ihn schon aufsetzen?«

»Ihr seid doch alle durchgeknallt, damit kommt ihr nie durch …«

»Deine Zeit ist abgelaufen, Mettler!« Belasch zieht seine Uhr an. »Nimm den Tee, dann gehen wir zusammen raus. Dort wartet dein Schicksal auf dich.« Er lacht böse und geht zur Tür.

Gianna streckt mir die Tasse entgegen. »Mit einem Löffel Honig. Ist das in Ordnung?«

Dankbar nehme ich die Tasse entgegen. »Weißt du«, flüstere ich ihr zu, »dass Belasch auf euren toten Kühen einen Rummelplatz errichten wird? Der nützt euch bloß aus, der kassiert überall, versteht ihr? Und wenn ihr ihm nicht mehr nützt, werdet auch ihr geopfert.«

Katrin schüttelt nur den Kopf, doch Giannas Augen weiten sich ungläubig.

28.

Belasch hält mir die Tür der Alphütte auf. Langsam trete ich hinaus in die feuchte Morgendämmerung, in meiner Hand die dampfende Tasse Darjeeling. Nebelschwaden liegen über dem Val Pers, die Weide ist feucht vom nächtlichen Tau. Belaschs Pistole in meinem Rücken weist mir den Weg hinüber zum Waldrand. Gianna folgt uns.

Unten auf der Straße steht ein weißer Geländewagen. Zwei Leute steigen aus und kommen durch den Dunst auf uns zu, Camenisch und die Tourismusdirektorin.

»Christine, was machst du denn hier?«

Sie umarmt mich heftig. »Ich wollte mich von dir verabschieden, Claudio. Warum konnten wir uns nicht in einer anderen Welt kennenlernen?«

»Hör zu, Kleine«, flüstere ich. »Wenn wir schnell genug laufen, schaffen wir es sicher bis zu deinem Wagen, willst du?«

Sie lässt ihre Arme sinken. »Ich kann nicht, Claudio, ich stecke viel zu tief mit drin. Es tut mir leid. Warum hast du nicht auf mich gehört? Ich habe dich immer wieder gewarnt!«

»Etwa mit dem Messer im Kurhaus? Sind dies freundliche Warnungen?«

»Was hätte ich denn tun sollen. In der Nacht bist du ja nie bei mir geblieben.«

»Meinen Glückwunsch, Mettler.« Camenisch klopft mir auf die Schultern. »Auch in der letzten Stunde noch ein Herzensbrecher.«

»Machen Sie auch mit bei diesem Spiel? Was sagt da das christliche C in Ihrem Parteinamen? Vom D für Demokratie will ich gar nicht erst sprechen!«

»Glauben Sie, es macht mir Spaß? Unsere Aktion hier dient dem Wohle des Kantons, wir wollen eine wirtschaftlich schwache Randregion stärken, wollen hier Einkommen generieren. Sie sehen es doch selber: Wirtschaftlich läuft hier nichts mehr!« Es scheint fast, als würde er seine hohlen Phrasen glauben.

»Aber mit toten Kühen handeln, führt dies vielleicht zu einer nachhaltigen Entwicklung?«

»Hört auf zu philosophieren, wir haben nicht viel Zeit.« Belasch gibt allen eine Pistole, nur mir nicht. »Es ist wie bei Jonny. Eine Pistole ist mit scharfer Munition geladen, die andern mit Schreckschüssen. Niemand weiß, wer Mettler umgelegt hat. Hast du den Brief?«

Christine zieht ein Blatt aus ihrer Tasche. Dann liest sie mit theatralischer Stimme: »Es tut mir leid, ich kann das nicht. Im Moment ist mir alles zu viel. Ich weiß auch nicht, wie es weitergehen soll, ich habe einfach keine Kraft dazu. Jeder Abschied schmerzt. Verzeihung. Claudio!«

»Und das hat der da geschrieben? Wunderbar. Einen besseren Abschiedsbrief hat es bei einem Selbstmord noch nie gegeben.« Camenisch reibt sich die Hände. »Ich sehe schon die Schlagzeilen in der Zeitung: Massenmörder von Innerpers richtet sich selber!«

Meine Hände zittern und ich verschütte den Tee. »Aber das könnt ihr doch nicht machen, damit kommt ihr doch nie durch, das glaubt kein Mensch!«

Doch sie stehen bereits alle neben mir, richten die Pistolen auf meinen Kopf, Christine Peters, die Kurdirektorin, die Älplerin Gianna, Belasch, der Bauunternehmer und der aalglatte Politiker Camenisch. Schnell drehen die Gedanken in meinem Kopf. Ist es wohl Zufall, wer die scharfe Munition in seiner Waffe hat? Oder ist vielmehr alles geplant? Wem will Belasch die Schuld in die Schuhe schieben? Schließlich ist es nicht sicher, ob ich als Schuldiger wirklich tauge. Dennoch will der Bauunternehmer in einigen Tagen reingewaschen wieder auftauchen. Wer nützt ihm am wenigsten bei seinen Projekten?

Belasch will sicher nicht zum Mörder werden, Camenisch steht für die ganze Politikerkaste des Kantons und Christine baut am Tourismuskonzept. Da bleibt wohl nur eine übrig!

»Gianna«, schreie ich verzweifelt, »die legen dich rein, du hast die scharfe Munition, sie werden dich opfern!«

»Eins!«

Meine Atmung setzt aus.

»Zwei …«

Aber ich will noch …

»Drei!«

Ohrenbetäubend der Knall, ich stelle mir vor, wie ein Teil meines Schädels weggerissen wird und falle zu Boden. Etwas Schweres fällt auf mich, mein Kopf schmerzt, ich kriege keine Luft mehr, aber das ist doch normal, wenn man tot ist.

Meine Hände fassen nach dem Ding, das auf mir liegt, spüren Stoff, die Konturen eines menschlichen Körpers. Meine Lunge braucht Luft, dringend, endlich kann ich mich unter der massigen Gestalt hervorschieben.

»Will noch jemand etwas auf dem Grab der Kühe bauen?« Gianna zeigt mit ihrer Pistole auf den toten Belasch neben mir, dann wieder auf Christine und Camenisch. Katrin kommt singend von der Alphütte herüber, sie bringt den mir zugedachten Totenkranz mit und setzt ihn behutsam auf Belaschs schweren Schädel.

Wortlos nehme ich meinen vermeintlichen Abschiedsbrief, dazu die Besitzurkunde von Marta Caduff und gehe den Hang hinunter. Niemand hält mich auf. Der Schlüssel in Christines Japaner steckt. Schwer atmend fahre ich durch den Wald hinunter, überquere die Ebene und komme am Kurhaus vorbei. Zwei Badegäste winken mir zu, ich winke zurück. Meine Haut juckt nicht mehr, mein Ausschlag ist wie weggeblasen.

Leise, denn ich will Frau Caduff und Barbla nicht wecken, packe ich meine Sachen in der Pension Aurora zusammen, lege die Besitzurkunde vor die Schlafzimmertür meiner Zimmerwirtin und fahre weiter. Den Wagen lasse ich am Bahnhof in Klosters stehen und besteige den Regionalzug nach Schiers.

Nach einem ausgiebigen Frühstück in einem Restaurant mache ich mich auf den Weg hinauf zum Spital. Dschipi liegt dick einbandagiert zwischen einem abgestürzten Alpinisten aus Freiburg und einem jungen Motorradfahrer aus Zürich, der bei Regen ins Schleudern geraten ist.

»Wie geht es dir?«

Keller brummt etwas Unverständliches.

»Das ist der Verband«, erklärt der Motorradfahrer. »Am Anfang habe ich auch nichts verstanden.«

Vorsichtig schiebe ich die weiße Pracht zur Seite, sodass Dschipis Mund sichtbar wird.

»Ich bin froh, dass du da bist, Mettler, dass dir nichts passiert ist!«

»Mir passiert schon nichts!« Ich versuche zu grinsen, doch der Schreck von letzter Nacht sitzt mir noch in den Knochen. »Du wolltest mir noch etwas sagen.«

»Die Kühe aus Deutschland«, haucht er, »sie sollen alle im Val Pers verscharrt werden!«

»Sprecht ihr von der Maul- und Klauenseuche bei uns?«, mischt der Alpinist sich ins Gespräch ein. »Das ist eine ganz schlimme Sache. Und teuer!«

»Teuer?«

»Das Bundesland Baden-Württemberg muss alle Bauern mit EU-Geldern entschädigen, dazu kommen die Kosten für die Vernichtung der Kadaver: dies erledigt eine private Firma in Singen. Schnell, billig und effizient, habe ich gelesen.«

»Kennen Sie in diesem Zusammenhang einen Herrn Doktor Kugler?«

»Doktor Kurt Kugler? Dem soll diese Firma in Singen gehören. Außerdem arbeitet er als Berater für das Landwirtschaftsamt in Stuttgart. Ein ganz harter Knochen!« Der Alpinist nimmt eine Zeitung vom Nachttisch und hält sie mir hin.

Auf der Titelseite ein Bild von Kugler, daneben die Schlagzeile: ›Der Retter unserer Viehwirtschaft!‹

»Der da«, haucht Dschipi und zeigt auf das Bild, »stand vorgestern Abend bei mir im Schrank!«

Später mache ich in Chur noch einige Einkäufe, dann nehme ich den Schnellzug und bin abends um sechs Uhr in St. Moritz.

29.

»Zeig mal deine Beine! Gut sehen sie aus! Und sonst? Wie war die Kur?«

Ich kremple meine Hosen wieder hinunter. »Weißt du, Mona, Innerpers ist ein langweiliges Kaff, ich bin froh, wieder hier zu sein.«

»Wie sieht es aus, kannst du bald wieder arbeiten?«

»Arbeiten?« Schon ist es wieder hier, dieses eklige Jucken. »Ich bin noch für mindestens zwei Wochen krankgeschrieben, nun beginne ich erst einmal mit der Nachbehandlung.«

»Welche Nachbehandlung?«, flüstert sie und zieht mich hinüber ins Schlafzimmer.

Am nächsten Morgen läutet das Telefon. Verschlafen hebe ich ab.

»Hallo?«

»Hier ist Caduff, sind Sie das, Herr Mettler?«

»Am Apparat. Was gibt es noch?«, brumme ich ziemlich unfreundlich, denn ich will zurück zu Mona in unser warmes Bett. »Mit dem Val Pers habe ich abgeschlossen!«

»Ich wollte mich bei Ihnen bedanken. Für alles!« Frau Caduff macht eine Pause, es scheint, als wolle sie noch etwas sagen.

»Und sonst?«, frage ich in die Stille hinein.

»Sonst geht es gut, allerdings ...«

»Allerdings ...«, ermutige ich sie.

»Der Garten«, fährt sie fort, »er ist noch nicht fertig aufgeräumt, und ich in meinem Alter ...«

»Sie haben doch Barbla! Jetzt, wo sie nicht mehr unter Verdacht steht …«

»Ach Mettler, Sie wissen doch wie Barbla ist.« Sie seufzt. »Außerdem habe ich mich so an Sie gewöhnt, und wenn Sie noch für ein paar Tage …«

»Wer war das?«, will Mona wissen, als ich wenig später zu ihr unter die Decke krieche.

»Es war wegen eines Preisausschreibens.« Ich küsse ihren Hals.

»Ein Preisausschreiben? Was haben sie gesagt?« Sie setzt sich im Bett auf.

»Wir haben gewonnen. Zwei Wochen in einer romantischen Pension in einem abgelegenen Bergtal. Mitarbeit im Haus und Garten. Aber ich weiß nicht so recht …«

Das steht Mona bereits vor dem Schrank. »Was liegst du rum, du Faulpelz? Pack deine Sachen! Wir fahren noch heute!«

Was gibt es da noch zu sagen?

Dass Klarheit herrscht. Niemand ist an meiner Aussage zu den Morden von Innerpers interessiert, niemand will von mir wissen, was wirklich geschehen ist. Trotzdem kann der Fall von den zuständigen Stellen der Staatsanwaltschaft Graubünden speditiv und vollständig aufgeklärt werden. Gianna und Katrin werden nach dem Prozess weggesperrt, sie landen in einer psychiatrischen Klinik in der geschlossenen Abteilung. Den beiden Hirtinnen konnten alle Morde nachgewiesen werden. Die sich widersprechenden wirren Aussagen der beiden Frauen über Kühe und Gräber können von anderen beteiligten Personen nicht bestätigt werden. Diese Geschichten, so der Richter, hätten keinen Bezug zur Realität, wohl aber zu einer gefährlichen Gegenwelt, in der Kühe eine schwer zu verstehende Rolle spielen würden. Diese Geschichten ebnen ihnen aber den Weg zur Verwahrung in einer Klinik.

Jonny Jonathan Arpagaus bekommt ein Staatsbegräbnis erster Güte in der Kathedrale von Chur. Sogar ein sozialdemokratischer Bundesrat ist anwesend und spricht am Grab. Jonathans Mutter wäre sicher stolz auf ihn gewesen, wenn sie gehört hätte, wie man das Wirken ihres Sohnes für die Werte einer besseren Gesellschaft gewürdigt hat.

Camenisch soll, wie man hört, für einen anspruchsvollen Posten im Bundesamt für Landwirtschaft in Bern vorgeschlagen worden sein. Es scheint, als habe ihm seine bisher für den Kanton geleistete Arbeit und seine unkonventionellen Lösungsansätze im Bereich Förderung der Wirtschaft in abgelegenen Talschaften des Berggebietes Tür und Tor für höhere Aufgaben geöffnet.

Und Christine Peters? Die ehrgeizige Tourismustante findet ihre Bestimmung und wird Kurdirektorin in einem Nobelkurort im Wallis. In der Bündner Zeitung wird ihr Wirken für das Val Pers nochmals ausführlich gewürdigt. Nach dem Tod von Luis Belasch und dem Ende des ›Waterpark‹-Projekts in Val Pers sei der Tourismus im Allgemeinen und das Kurhaus im Besonderen nicht mehr zu retten, wird die Peters zitiert. Eventuell könne man im Rahmen eines Naturparkes etwas machen, doch dies sei nicht mehr ihre Sache.

Ein Herr Kugler aus Stuttgart taucht in keinem Bericht auf.

Die bisher ›gelieferten‹ Kühe ruhen ungestört in der heiligen Erde des Val Pers, von einem Kuhhandel zwischen Deutschland und Graubünden will niemand etwas gewusst haben.

Und während Mona mit Barbla und Marta Caduff im Garten der Pension Aurora Tee trinkt, den ich für die Damen zubereitet habe, reche ich Blätter zusammen, repariere den Schuppen und streiche die Fensterläden.

Dies – und die Nächte im alten Holzhaus zusammen mit Mona – ergibt eine wunderbare Nachbehandlung.

Und dass ich nicht im Traum vorhabe, jemals in den Schoß der Schweizerischen Post zurückzukehren, behalte ich vorerst einmal für mich.

ENDE

Claudio Mettler ermittelt:

1. Fall: Hundsvieh
ISBN 978-3-8392-1412-1

2. Fall: Muschelgaul
ISBN 978-3-8392-1660-6

3. Fall: Krähenyeti
ISBN 978-3-8392-2097-9

4. Fall: Randulin
ISBN 978-3-8392-2455-7

Weitere:
Lieblingsplätze Engadin
ISBN 978-3-8392-2616-2

Kati und Sven und die verschwundene Mitra
ISBN 978-3-8392-1803-7

Die Olympiahoffnung
ISBN 978-3-8392-2559-2

Mord zur großen Pause (Hrsg.)
ISBN 978-3-8392-2737-4

DIE NEUEN Lieblings-plätze

ISBN 978-3-8392-2628-5

ISBN 978-3-8392-2615-5

ISBN 978-3-8392-2620-9

ISBN 978-3-8392-2635-3

ISBN 978-3-8392-2618-6

ISBN 978-3-8392-2623-0

ISBN 978-3-8392-2630-8

ISBN 978-3-8392-2631-5

ISBN 978-3-8392-2632-2

ISBN 978-3-8392-2405-2

ISBN 978-3-8392-2622-3

ISBN 978-3-8392-2545-5

ISBN 978-3-8392-2629-2

ISBN 978-3-8392-2634-6

GMEINER KULTUR

WWW.GMEINER-VERLAG.

Mensch, Kultur, Regi